SAS

LE PRINTEMPS DE TBILISSI

DU MÊME AUTEUR

Nº 1. S.A.S. A ISTANBUL
Nº 2. S.A.S. CONTRE C.I.A.
Nº 3. S.A.S. OPÉRATION APOCALYPSE
Nº 4. SAMBA POUR S.A.S.
Nº 5. S.A.S. RENDEZ-VOUS A SAN FRANCISCO
Nº 6. S.A.S. DOSSIER KENNEDY
Nº 7. S.A.S. BROIE DU NOIR
Nº 8. S.A.S. AUX CARAÏBES
Nº 9. S.A.S. A L'OUEST DE JERUSALEM
Nº 10. S.A.S. L'OR DE LA RIVIERE KWAI
Nº 11. S.A.S. MAGIE NOIRE A NEW YORK
Nº 12. S.A.S. LES TROIS VEUVES DE HONG KONG
Nº 13. S.A.S. L'ABOMINABLE SIRÈNE
Nº 14. S.A.S. LES PENDUS DE BAGDAD
Nº 15. S.A.S. LA PANTHÈRE D'HOLLYWOOD
Nº 16. S.A.S. ESCALE A PAGO-PAGO
Nº 17. S.A.S. AMOK A BALI
Nº 18. S.A.S. QUE VIVA GUEVARA
Nº 19. S.A.S. CYCLONE A L'ONU
Nº 20. S.A.S. MISSION A SAÏGON
Nº 21. S.A.S. LE BAL DE LA COMTESSE ADLER
Nº 22. S.A.S. LES PARIAS DE CEYLAN
Nº 23. S.A.S. MASSACRE A AMMAN
Nº 24. S.A.S. REQUIEM POUR TONTONS MACOUTES
Nº 25. S.A.S. L'HOMME DE KABUL
Nº 26. S.A.S. MORT A BEYROUTH
Nº 27. S.A.S. SAFARI A LA PAZ
Nº 28. S.A.S.L'HEROÏNE DE VIENTIANE
Nº 29. S.A.S. BERLIN CHECK POINT CHARLIE
Nº 30. S.A.S. MOURIR POUR ZANZIBAR
Nº 31. S.A.S. L'ANGE DE MONTEVIDEO
Nº 32. S.A.S. MURDER INC. LAS VEGAS
Nº 33. S.A.S. RENDEZ-VOUS A BORIS GLEB
Nº 34. S.A.S. KILL HENRY KISSINGER !
Nº 35. S.A.S. ROULETTE CAMBODGIENNE
Nº 36. S.A.S. FURIE A BELFAST
Nº 37. S.A.S. GUÊPIER EN ANGOLA
Nº 38. S.A.S. LES OTAGES DE TOKYO
Nº 39. S.A.S. L'ORDRE RÈGNE A SANTIAGO
Nº 40. S.A.S. LES SORCIERS DU TAGE
Nº 41. S.A.S. EMBARGO
Nº 42. S.A.S. LE DISPARU DE SINGAPOUR
Nº 43. S.A.S. COMPTE A REBOURS EN RHODESIE
Nº 44. S.A.S. MEURTRE A ATHENES
Nº 45. S.A.S. LE TRÉSOR DU NEGUS
Nº 46. S.A.S. PROTECTION POUR TEDDY BEAR
Nº 47. S.A.S. MISSION IMPOSSIBLE EN SOMALIE
Nº 48. S.A.S. MARATHON A SPANISH HARLEM
Nº 49. S.A.S. NAUFRAGE AUX SEYCHELLES
Nº 50. S.A.S. LE PRINTEMPS DE VARSOVIE
Nº 51. S.A.S. LE GARDIEN D'ISRAËL
Nº 52. S.A.S. PANIQUE AU ZAÏRE
Nº 53. S.A.S. CROISADE A MANAGUA
Nº 54. S.A.S. VOIR MALTE ET MOURIR
Nº 55. S.A.S. SHANGHAÏ EXPRESS
Nº 56. S.A.S. OPÉRATION MATADOR
Nº 57. S.A.S. DUEL A BARRANQUILLA
Nº 58. S.A.S. PIEGE A BUDAPEST
Nº 59. S.A.S. CARNAGE A ABU DHABI
Nº 60. S.A.S. TERREUR AU SAN SALVADOR
Nº 61. S.A.S. LE COMPLOT DU CAIRE
Nº 62. S.A.S. VENGEANDE ROMAINE
Nº 63. S.A.S. DES ARMES POUR KHARTOUM
Nº 64. S.A.S. TORNADE SUR MANILLE
Nº 65. S.A.S. LE FUGITIF DE HAMBOURG
Nº 66. S.A.S. OBJECTIF REAGAN
Nº 67. S.A.S. ROUGE GRENADE
Nº 68. S.A.S. COMMANDO SUR TUNIS
Nº 69. S.A.S. LE TUEUR DE MIAMI
Nº 70. S.A.S. LA FILIERE BULGARE
Nº 71. S.A.S. AVENTURE AU SURINAM
Nº 72. S.A.S. EMBUSCADE A LA KHYBER PASS
Nº 73. S.A.S. LE VOL 007 NE RÉPOND PLUS
Nº 74. S.A.S. LES FOUS DE BAALBEK
Nº 75. S.A.S. LES ENRAGÉS D'AMSTERDAM
Nº 76. S.A.S. PUTSCH A OUAGADOUGOU
Nº 77. S.A.S. LA BLONDE DE PRÉTORIA
Nº 78. S.A.S. LA VEUVE DE L'AYATOLLAH
Nº 79. S.A.S. CHASSE A L'HOMME AU PEROU
Nº 80. S.A.S. L'AFFAIRE KIRSANOV
Nº 81. S.A.S. MORT A GANDHI
Nº 82. S.A.S. DANSE MACABRE A BELGRADE
Nº 83. S.A.S. COUP D'ÉTAT AU YEMEN
Nº 84. S.A.S. LE PLAN NASSER
Nº 85. S.A.S. EMBROUILLES A PANAMA
Nº 86. S.A.S. LA MADONNE DE STOCKHOLM
Nº 87. S.A.S. L'OTAGE D'OMAN
Nº 88. S.A.S. ESCALE A GIBRALTAR
Nº 89. S.A.S. AVENTURE EN SIERRA LEONE
Nº 90. S.A.S. LA TAUPE DE LANGLEY
Nº 91. S.A.S. LES AMAZONES DE PYONGYANG
Nº 92. S.A.S. LES TUEURS DE BRUXELLES
Nº 93. S.A.S. VISA POUR CUBA
Nº 94. S.A.S. ARNAQUE A BRUNEI
Nº 95. S.A.S. LOI MARTIALE A KABOUL
Nº 96. S.A.S. L'INCONNU DE LENINGRAD
Nº 97. S.A.S. CAUCHEMAR EN COLOMBIE
Nº 98. S.A.S. CROISADE EN BIRMANIE
Nº 99. S.A.S. MISSION A MOSCOU
Nº 100. S.A.S. LES CANONS DE BAGDAD
Nº 101. S.A.S. LA PISTE DE BRAZZAVILLE
Nº 102. S.A.S. LA SOLUTION ROUGE
Nº 103. S.A.S. LA VENGEANCE DE SADDAM HUSSEIN
Nº 104. S.A.S. MANIP A ZAGREB
Nº 105. S.A.S. KGB CONTRE KGB
Nº 106. S.A.S. LE DISPARU DES CANARIES
Nº 107. S.A.S. ALERTE AU PLUTONIUM
Nº 108. S.A.S. COUP D'ETAT A TRIPOLI
Nº 109. S.A.S. MISSION SARAJEVO
Nº 110. S.A.S. TUEZ RIGOBERTA MENCHU
Nº 111. S.A.S. AU NOM D'ALLAH
Nº 112. S.A.S. VENGEANCE A BEYROUTH
Nº 113. S.A.S. LES TROMPETTES DE JÉRICHO
Nº 114. S.A.S. L'OR DE MOSCOU
Nº 115. S.A.S. LES CROISÉS DE L'APARTHEID
Nº 116. S.A.S. LA TRAQUE CARLOS
Nº 117. S.A.S. TUERIE A MARRAKECH
Nº 118. S.A.S. L'OTAGE DU TRIANGLE D'OR
Nº 119. S.A.S. LE CARTEL DE SEBASTOPOL
Nº 120. S.A.S. RAMENEZ-MOI LA TÊTE D'EL COYOTE
Nº 121. S.A.S. LA RÉSOLUTION 687
Nº 122. S.A.S. OPÉRATION LUCIFER
Nº 123. S.A.S. VENGEANCE TCHÉTCHÈNE

Nº 124. S.A.S. TU TUERAS TON PROCHAIN
Nº 125. S.A.S. VENGEZ LE VOL 800
Nº 126. S.A.S. UNE LETTRE POUR LA MAISON BLANCHE
Nº 127. S.A.S. HONG KONG EXPRESS
Nº 128. S.A.S. ZAIRE ADIEU

AUX EDITIONS GERARD DE VILLIERS

Nº 129. S.A.S. LA MANIPULATION YGGDRASIL
Nº 130. S.A.S. MORTELLE JAMAIQUE
Nº 131. S.A.S. LA PESTE NOIRE DE BAGDAD
Nº 132. S.A.S. L'ESPION DU VATICAN
Nº 133. S.A.S. ALBANIE MISSION IMPOSSIBLE
Nº 134. S.A.S. LA SOURCE YAHALOM
Nº 135. S.A.S. CONTRE P.K.K.
Nº 136. S.A.S. BOMBES SUR BELGRADE
Nº 137. S.A.S. LA PISTE DU KREMLIN
Nº 138. S.A.S. L'AMOUR FOU DU COLONEL CHANG
Nº 139. S.A.S. DJIHAD
Nº 140. S.A.S. ENQUÊTES SUR UN GÉNOCIDE
Nº 141. S.A.S. L'OTAGE DE JOLO
Nº 142. S.A.S. TUEZ LE PAPE
Nº 143. S.A.S. ARMAGEDDON
Nº 144. S.A.S. LI SHA-TIN DOIT MOURIR
Nº 145. S.A.S. LE ROI FOU DU NEPAL
Nº 146. S.A.S. LE SABRE DE BIN LADEN
Nº 147. S.A.S. LA MANIP DU « KARIN A »
Nº 148. S.A.S. BIN LADEN : LA TRAQUE
Nº 149. S.A.S. LE PARRAIN DU « 17-NOVEMBRE »
Nº 150. S.A.S. BAGDAD EXPRESS
Nº 151. S.A.S. L'OR D'AL-QAÏDA
Nº 152. S.A.S. PACTE AVEC LE DIABLE
Nº 153. S.A.S. RAMENEZ-LES VIVANTS
Nº 154. S.A.S. LE RESEAU ISTANBUL
Nº 155. S.A.S. LE JOUR DE LA TCHEKA
Nº 156. S.A.S. LA CONNEXION SAOUDIENNE
Nº 157. S.A.S. OTAGE EN IRAK
Nº 158. S.A.S. TUEZ IOUCHTCHENKO
Nº 159. S.A.S. MISSION : CUBA
Nº 160. S.A.S. AURORE NOIRE
Nº 161. S.A.S. LE PROGRAMME 111
Nº 162. S.A.S. QUE LA BÊTE MEURE
Nº 163. S.A.S. LE TRÉSOR DE SADDAM Tome I
Nº 164. S.A.S. LE TRÉSOR DE SADDAM Tome II
Nº 165. S.A.S. LE DOSSIER K.
Nº 166. S.A.S. ROUGE LIBAN
Nº 167. S.A.S. POLONIUM 210
Nº 168. S.A.S. LE DÉFECTEUR DE PYONGYANG Tome I
Nº 169. S.A.S. LE DÉFECTEUR DE PYONGYANG Tome II
Nº 170. S.A.S. OTAGE DES TALIBAN
Nº 171. S.A.S. L'AGENDA KOSOVO
Nº 172. S.A.S. RETOUR A SHANGRI-LA
Nº 173. S.A.S. AL-QAÏDA ATTAQUE Tome I
Nº 174. S.A.S. AL-QAÏDA ATTAQUE Tome II
Nº 175. S.A.S. TUEZ LE DALAI-LAMA
Nº 176. S.A.S. LE PRINTEMPS DE TBILISSI
Nº 177. S.A.S. PIRATES
Nº 178. S.A.S. LA BATAILLE DES S 300 Tome I
Nº 179. S.A.S. LA BATAILLE DES S 300 Tome II
Nº 180. S.A.S. LE PIÈGE DE BANGKOK
Nº 181. S.A.S. LA LISTE HARIRI
Nº 182. S.A.S. LA FILIÈRE SUISSE
Nº 183. S.A.S. RENEGADE Tome I
Nº 184. S.A.S. RENEGADE Tome II
Nº 185. S.A.S. FÉROCE GUINEE
Nº 186. S.A.S. LE MAÎTRE DES HIRONDELLES
Nº 187. BIENVENUE A NOUAKCHOTT
Nº 188. ROUGE DRAGON Tome I
Nº 189. ROUGE DRAGON Tome II
Nº 190. CIUDAD JUAREZ
Nº 191. LES FOUS DE BENGHAZI
Nº 192. IGLAS
Nº 193. LE CHEMIN DE DAMAS vol. I
Nº 194. LE CHEMIN DE DAMAS vol. II
Nº 195. PANIQUE À BAMAKO
Nº 196. LE BEAU DANUBE ROUGE
Nº 197. LES FANTÔMES DE LOCKERBIE
Nº 198. SAUVE QUI PEUT À KABOUL Tome I
Nº 199. SAUVE QUI PEUT À KABOUL Tome II
Nº 200. LA VENGEANCE DU KREMLIN

GÉRARD DE VILLIERS

SAS

LE PRINTEMPS DE TBILISSI

Éditions Gérard de Villiers

Retrouvez les Éditions Gérard de Villiers sur :
www.editionssas.com

Cover Design : O2Cmark.com
Photos : © tous droits réservés

ISBN 978-2-360-53798-3

PROLOGUE

Une des sentinelles en faction devant la grille du Palais présidentiel d'Avlabari, longue bâtisse blanche plutôt laide, érigée, au cœur du quartier arménien dont les vieilles demeures, pour la plupart inhabitées, tombaient en ruines, sur un promontoire dominant la ville de Tbilissi et la Koura, souleva légèrement son casque pour s'essuyer le front.

Ce 7 août 2008, il faisait une chaleur de bête en Géorgie. Presque 40 °C, même à six heures du soir.

Le soldat se dit avec amertume que le milliard de dollars du budget de la Défense géorgien – le quart du budget total – n'avait pas permis d'acheter pour l'armée géorgienne un équipement plus adapté à la chaleur. Par contre, tous les officiers roulaient dans des gros 4×4 japonais ou coréens et arboraient des uniformes flambant neufs.

Ex-satellite de l'Union soviétique, devenu indépendant le 9 avril 1991, la Géorgie avait connu une jeunesse difficile, devant faire face aux velléités d'indépendance de deux provinces, l'Abkhazie à l'ouest, et l'Ossetie du Sud, au nord. Cette dernière avait réclamé son indépendance le 28 novembre 1991, suivie de l'Abkhazie en juillet 1992.

À la suite de ces remous, le président Gamsakhourdia avait été proprement suicidé, et, en 1995, un vieil apparatchik géorgien, Édouard Chevardnadze, ex-ministre des Affaires étrangères de l'URSS, avait été élu président, puis réélu en 2000.

Cette période s'était caractérisée par une corruption effrénée et une régression économique épouvantable. À Tbilissi, il n'y avait même plus d'éclairage public !

Puis le « chevalier blanc » Mikhaïl Saakachvili était arrivé ! Après avoir chassé Chevardnadze, le nouvel homme fort de la Géorgie s'était emparé du pouvoir le 4 janvier 2004, élu président à 36 ans !

De ce jour, la Géorgie avait pris un virage à 180 degrés, se tournant résolument vers l'Ouest et les États-Unis. Mikhaïl Saakachvili et son équipe, tous de sa génération, avaient été formés outre-Atlantique et vénéraient l'Amérique.

À tel point que les mauvaises langues prétendaient qu'il suffisait d'avoir passé un week-end à New York pour être nommé ministre… Le nouveau président avait acheté des drones aux Israéliens, des chars T72 et T55 à la Biélorussie, et porté le budget de la Défense à 25 % des dépenses de l'État. Il embrassait ouvertement George Bush sur la bouche, baptisait l'autoroute reliant le nouvel aéroport international à Tbilissi Boulevard George W. Bush et accueillait ce dernier en juillet 2005, pour une visite officielle en Géorgie, ex-confetti de l'Union soviétique désormais promue à la pointe du combat pour les libertés…

Encouragé par ce soutien puissant, mais un peu trop voyant, Mikhaïl Saakachvili avait fait le vœu de récupérer l'Abkhazie et l'Ossétie du Sud, retournées dans le giron russe.

D'où le flot de conseillers militaires américains et

israéliens et le « réarmement » de la minuscule république de 4 650 000 habitants, grande comme cinq départements français : 70 000 kilomètres carrés. Évidemment, à cette échelle, même l'Ossetie du Sud avec ses 3 900 kilomètres carrés, représentait une perte importante.

Pour mieux s'attacher la sympathie des États-Unis, Mikhaïl Saakachvili avait même envoyé un contingent de 3 500 soldats géorgiens en Irak… Et demandé également à rejoindre l'OTAN. Pendant ce temps, les Russes distribuaient des passeports comme des petits pains aux Ossétis du Sud.

Étant venu à bout de la corruption – il avait chassé 15 000 policiers véreux – et des pannes récurrentes d'électricité, il lui restait à récupérer les deux territoires perdus. Les Américains qui avaient déjà deux guerres sur les bras, tout en manifestant leur soutien, avaient mis le jeune président en garde contre une opération irréfléchie visant les territoires sécessionnistes : sous la houlette de Vladimir Poutine, l'ours russe avait retrouvé toutes ses griffes.

Depuis le début de 2008, les incidents frontaliers entre miliciens ossètes dirigés par le « président » de la Géorgie, l'ancien responsable local du KGB, et les troupes géorgiennes se multipliaient. Bien que les troupes russes, stationnées en Ossétie du Sud comme « forces de la paix », n'aient pas bougé, la tension montait. La veille encore, le 6 août, l'ambassadeur américain à Tbilissi, George Tefft, alerté par de multiples incidents sur la frontière entre la Géorgie et l'Ossétie du Sud, avait appelé Mikhaïl Saakachvili pour l'avertir qu'une action militaire contre l'Ossétie du Sud serait considérée par les Américains comme un coup de folie et traitée comme tel…

Dans l'après-midi du 7 août, Mikhaïl Saakachvili avait prononcé une allocution télévisée affirmant son désir de ne pas recourir à la force.

Les sentinelles en faction devant la grille du palais présidentiel se raidirent. Deux 4×4 noirs aux vitres fumées venaient de débouler de la montée de Metheki et s'étaient immobilisés devant eux. Du premier, émergea un homme sec et gris, au profil aigu, une petite serviette noire à la main : Shalva Dzeghenti, responsable du contre-espionnage. Suivi par ses gardes de corps, il franchit le portail magnétique dans un concert d'alarmes, salués mollement par les sentinelles. La discipline n'était pas le trait dominant de l'armée géorgienne.

Le groupe emprunta, à longues enjambées, le long couloir desservant les bureaux du rez-de-chaussée. Arrivés à l'ascenseur, les hommes s'y engouffrèrent pour gagner l'étage du président.

Le bâtiment de la présidence n'était pas terminé, la plus grande partie était encore en travaux, et ne servait que de bureaux à Mikhaïl Saakachvili qui n'y habitait pas, ayant loué une grande villa à l'ouest de la ville, à proximité de la nouvelle ambassade américaine, dans le quartier de Bilovani.

Au deuxième étage, plusieurs hommes en tenue noire veillaient devant une porte de bois à deux battants, celle de la salle où se tenait depuis une heure une séance du Conseil national de sécurité géorgien, présidée par Mikhaïl Saakachvili.

Un des membres de sa garde rapprochée, arborant une superbe chemise noire Dolce & Gabbana dont les pans dissimulaient mal le gros Makarov glissé dans sa ceinture, s'avança vers le nouveau venu.

– Ils sont en conférence, annonça-t-il, j'ai interdiction de laisser entrer qui que ce soit.

Shalva Dzeghenti le toisa froidement et lança d'une voix sèche :

– On m'attend. Allez prévenir le Président que je suis arrivé.

Le garde entrouvrit la lourde porte et se faufila à l'intérieur. Shalva Dzeghenti était un des hommes les plus puissants du régime. Le garde ressortit quelques secondes plus tard et laissa la porte entrebaillée.

– Le Président vous attend, annonça-t-il.

Laissant ses gardes du corps dehors, le responsable du contre-espionnage pénétra dans la salle de conférence occupée par une longue table au bout de laquelle se tenait le président Saakachvili, vêtu d'un costume sombre, avec une cravate assez voyante. Toujours très élégant. Un grand bol de pistaches était posé à côté de lui, à côté d'une bouteille d'eau minérale Bordjoni. C'était un mangeur compulsif : il se jetait sur la nourriture, comme s'il n'arrivait jamais à rassasier son grand corps. D'ailleurs, il venait juste de rentrer d'Italie, officiellement pour un traitement dentaire, en réalité pour suivre une cure d'amaigrissement dans une discrète clinique de Milan.

Shalva Dzeghenti parcourut des yeux les hommes assis autour de la table.

D'abord son chef, le ministre de l'Intérieur Ivan Merabishvili, Ivane Targanadze, président de la Commission de défense, Zurab Adeshvikli, Alexander Kakha Lomais, secrétaire général du CNS et, à droite du président Saakachvili, le ministre de la Réintégration des territoires secessionnistes, Timur Jacobbashvili.

Mikhaïl Saakachvili accueillit Shalva Dzeghenti avec

un sourire chaleureux et lui fit signe de s'asseoir face à lui, à l'autre bout de la table.

Le chef du contre-espionnage obéit et ouvrit sa serviette, dans un silence de mort.

– Que se passe-t-il ? demanda Mikhaïl Saakachvili.

– Nous venons d'intercepter une conversation téléphonique entre deux gardes-frontières ossètes, annonça Shalva Dzeghenti ; l'un se trouvant à Tskhinvali, l'autre à la sortie du tunnel de Roki.

Mikhaïl Saakachvili se pencha en avant. Il s'agissait de la zone la plus sensible du moment. Depuis le mois de juillet, les incidents s'y multipliaient, notamment le survol de l'Ossétie du Sud, théoriquement encore territoire géorgien, par des Sukhoi 22 de reconnaissance russes.

Une semaine plus tôt, six policiers géorgiens avaient, dans la région frontalière, sauté sur une mine, posée vraisemblablement par des « miliciens » ossètes, armés par les Russes.

En représailles, l'armée géorgienne avait bombardé la capitale de l'Ossétie du Sud, située presque à la frontière, causant plusieurs morts.

Sans réaction des Russes de la « force de paix ».

La semaine précédente, ces derniers n'avaient pas non plus réagi lorsque l'artillerie géorgienne avait bombardé les hauteurs de Sarabuki, à proximité de la capitale, Tskhinvali. Comme s'ils se désintéressaient de l'Ossétie du Sud…

Par contre, la zone du tunnel de Roki était vitale : ce tunnel, construit par les Russes, était la seule voie de passage permettant de franchir la chaîne montagneuse, dont les sommets culminaient à près de 5 000 mètres, séparant l'Ossétie du Sud de l'Ossétie du Nord.

Or, la 58e armée russe, stationnée à Vladikavkaz, capitale de l'Ossétie du Nord, avait été renforcée durant l'été par 8 000 hommes de la division aéroportée de Pskov, venus pour l'exercice « Kavaz 2008 ».

– Quel est le contenu de cette conversation ? demanda le président Saakachvili.

– Lisez vous-même, Monsieur le Président, proposa Shalva Dzeghenti.

Il tendit le document à son voisin, qui le fit passer au président. Celui-ci commença à lire, dans un silence, troublé seulement par le « clac » sec d'un container de Redbull ouvert par le ministre de l'Intérieur. Avec la Bordjoni, c'était la boisson favorite de la classe dirigeante.

En dehors du vin et de la vodka, bien entendu.

Le président Saakachvili reposa les deux feuillets, le visage grave, et demanda :

– Vous êtes certain de la fiabilité de ce document ?

– Totalement, Monsieur le Président, assura le responsable du contre-espionnage. Il a été recueilli en temps réel, par l'équipe d'Elva Tamsalu.

Les Géorgiens s'étaient renforcés de spécialistes estoniens, farouchement antirusses et très performants. Le président Saakachvili annonça à la cantonnade, pour les autres participants à la réunion :

– D'après cette écoute, un garde-frontière ossète en poste à la sortie du tunnel de Roki annonce à un de ses homologues qui se trouve à Tskhinvali qu'il voit passer des éléments blindés – des chars T72 et des BRB – venant d'Ossétie du Nord et se dirigeant par la route n° 10 vers Tskhinvali.

– Cette conversation a été interceptée de 16 h 28 à 16 h 32, aujourd'hui, Monsieur le Président, confirma le responsable du contre-espionnage.

– Ce qui signifierait, enchaîna le président géorgien,

que les Russes ont commencé à envoyer en Ossétie du Sud des éléments de la 58e armée stationnée en Ossétie du Nord.

– En violation des accords de paix, souligna aussitôt Alexander Lomais. Il s'agit d'une manœuvre offensive. Qui peut se prolonger par une invasion de notre pays.

Le ministre de la Réintégration des territoires sécessionnistes leva la main :

– Il faut demander immédiatement une réunion d'urgence du Conseil de sécurité des Nations unies, suggéra-t-il.

Le président Saakachvili eut une mimique désabusée.

– Timur, cela ne servira à rien ! Les Russes mettront leur veto à toute résolution.

Tourné vers Ivane Targanadze, président de la Commission de défense, il lança :

– Ivane, combien faut-il de temps à une force blindée russe pour atteindre Tshkinvali, à partir du tunnel de Roki ?

– Cela dépend de leur importance, répondit Ivane Targanadze. Entre douze et dix-huit heures. La route n° 10 n'est pas en bon état.

Il y eut un lourd silence. Cela signifiait que les Russes occuperaient en force la capitale de l'Ossétie du Sud dès le lendemain. À quelques kilomètres de la frontière géorgienne.

Pratiquant la politique du fait accompli à leur habitude.

– Je vous remercie, dit le président Saakachvili, s'adressant au chef du contre-espionnage. Si vous recueillez d'autres interceptions, n'hésitez pas à m'appelez sur mon portable. Nous allons étudier les mesures à prendre.

Shalva Dzeghenti se leva et quitta la salle de réunion, dans un silence de mort…

À peine avait-il refermé la porte que la discussion s'engagea : comment fallait-il réagir au coup de force des Russes ?

***

Presque toutes les fenêtres carrées du bâtiment gris de trois étages, tout en longueur, écrasant de sa masse l'avenue Vazha-Pshavela, étaient éteintes. Dans les services de la Sécurité d'État, on travaillait rarement après six heures du soir. Seuls, quelques carrés jaunes trouaient l'obscurité, au troisième étage. Pendant des années, les gens avaient pressé le pas devant cet immeuble qui abritait le KGB géorgien.

Après l'indépendance, il n'avait guère changé de destination. Désormais, il regroupait les principaux services de la Sécurité d'État : Service de protection de la Constitution, chargé de surveiller les évolutions de politique intérieure, le contre-espionnage, travaillant principalement contre les Russes et le *Special Operation Department*, les *spetnatz*[1] géorgiens. Environ sept cents hommes, traitant aussi bien les affaires de grand banditisme que certaines opérations très spéciales, comme la pénétration de réseaux dangereux pour la sécurité de l'État. Équipés d'armes légères, les *spetnatz* du SOD étaient aussi capables de mener des opérations militaires…

Le colonel Levan Arevadzé était en train de consulter son chronomètre Breitling en or gris, cadeau du président pour une opération de pénétration d'un réseau de

1. Troupes spéciales russes.

trafiquants d'armes liés aux Russes, lorsque sa ligne directe sonna.

– Colonel Arevadzé ?

Le colonel reconnut immédiatement la voix chaude et posée du président Saakachvili.

– À vos ordres, Monsieur le Président, répondit-il aussitôt.

Son pouls venait de grimper très vite. Cet appel ne pouvait avoir qu'une seule explication.

– Nous venons de terminer une réunion importante concernant la réponse aux provocations russes et ossètes, continua le président. J'aimerais m'en entretenir avec vous immédiatement.

– J'arrive, Monsieur le Président, fit le colonel Arevadzé. Je serai là dans un quart d'heure au plus tard.

Il raccrocha et se leva. Quand il était debout, la pièce semblait trop petite pour lui ! Le colonel Arevadzé était un géant d'un mètre quatre-vingt-dix, une « bête » physiquement entrainée, avec juste un léger embonpoint sur sa masse de muscles puissants, rappelant qu'il était aussi grand amateur de vin, comme la plupart des Géorgiens.

Son crâne rasé lui donnait un air inquiétant, mais les femmes lui trouvaient un charme fou et il en profitait largement… À leurs yeux, c'était un « katsouri katsi », un homme viril, capable de boire comme un trou, de faire l'amour à une femme toute une nuit, loyal avec ses amis et féroce avec ses ennemis. Un homme qui prenait des risques, et qui se serait senti déshonoré d'attacher sa ceinture en conduisant à 150 à l'heure, avec 5 grammes d'alcool dans le sang…

Il ferma son bureau à clef et parcourut quelques mètres dans le couloir desservant tout le troisième étage, puis frappa à la porte d'un bureau situé après l'escalator n° 4.

Une voix cria d'entrer.

Le visage de fouine surmonté de cheveux plats d'Elva Tamsalu, le spécialiste estonien des écoutes, s'éclaira en le voyant. Il ouvrait la bouche pour dire quelque chose lorsque Levan Arevadzé mit un doigt sur ses lèvres et lança d'une voix forte :

– Je suis convoqué à la présidence… Je ne pense pas en avoir pour longtemps. On va boire une bière quand je reviens ?

– Avec plaisir, répliqua l'Estonien. J'ai encore un peu de travail.

***

Il était presque huit heures quand Elva Tamsalu entendit des pas dans le couloir. La porte s'ouvrit sur Levan Arevadzé, rayonnant.

– On va la prendre, cette bière ?

Dès son arrivée dans le service, l'Estonien avait sympathisé avec le colonel Arevadzé. D'abord, ils avaient parlé technique, les Estoniens comptant parmi les meilleurs spécialistes des écoutes et du « hacking » Internet. En plus, l'Estonie, comme les autres pays baltes, était farouchement antirusse, et sur ce plan-là aussi, Elva Tamsalu s'était trouvé en communion de pensée avec le colonel géorgien. Leurs deux bureaux n'étant séparés que par quelques mètres, ils avaient pris l'habitude de se voir fréquemment, y compris hors du bureau.

L'Estonien éteignit la pièce, brouilla la combinaison de la porte et suivit son ami.

– Je t'invite au *Maidan* ! lança celui-ci, mais on ne pourra pas s'attarder. On se retrouve là-bas.

Ils prirent chacun sa voiture. Une modeste Polo pour

l'Estonien et une Toyota Accord noire aux vitres fumées pour le colonel Arevadzé. Ils arrivèrent presque en même temps sur la petite place dominant le *Maidan*. Le restaurant se trouvait sur la rive sud de la Koura, en sous-sol, selon la tradition géorgienne. Un établissement de luxe, avec des spectacles folkloriques. On les installa dans la plus petite des salles et Levan Arevadzé commanda.

D'abord une bouteille de Mukuzani rouge. Puis des *khinkali*, des *kababi*, du *lobiani*, des *khatchapouri*[1]...

C'est seulement lorsque la nourriture fut étalée sur la table que Levan leva son verre et cria par-dessus la table, pour dominer le vacarme des chants polyphoniques.

– Ça a marché, Elva, ça a marché !

L'Estonien en resta le verre en l'air.

– C'est vrai ?

– C'est vrai ! La première attaque est fixée à onze heures ce soir. C'est un bataillon de lance-roquettes Grad, stationné à Tirdznissi, qui effectura les premières frappes. Ensuite, les T72 regroupés à côté de Karimali entreront en action et fonceront sur Tskhinvali. Avant l'aube, nous occuperons Tskhinvali et nous y resterons.

Il leva son verre.

– À la victoire.

Depuis le début de l'été, le colonel Arevadzé et Elva Tamsalu discutaient presque tous les jours de la situation militaire en Ossétie du Sud, où les escarmouches entre troupes géorgiennes et miliciens ossètes se multipliaient. Quinze jours plus tôt, les deux hommes avaient partagé la même fureur lorsqu'une bombe, posée par des ossètes au bord d'une route, avait grièvement blessé cinq policiers géorgiens.

1. Raviolis, kebabs, soupe piquante, galettes au fromage.

Pour toute réponse, Mikhaïl Saakachvili s'était contenté d'un petit bombardement sur un village ossète.

– Les Américains le freinent, avait expliqué le colonel Arevadzé à son ami estonien. Ils ne veulent pas de problème avec la Russie. Alors que nos troupes pourraient reconquérir l'Ossétie du Sud en quelques heures ! Nous avons des unités super entraînées, du bon matériel et un moral d'acier. Si nous occupons Tskhinvali, personne ne pourra nous en déloger.

– Les Russes sont des salauds et des lâches, avait renchéri le jeune Estonien. Hélas, on ne peut rien faire…

Cette conversation avait eu lieu le 5 août. C'est ce jour là que le colonel avait répliqué à Elva Tamsalu :

– Si. Toi, tu pourrais faire quelque chose.

L'Estonien l'avait fixé, dubitatif. Dans l'appareil militaire géorgien, il n'était qu'un tout petit rouage…

– Moi ?

– Oui. Le président Saakachvili a très envie de marquer un point sur les Russes. Il faut le mettre dans une situation où il réalisera que s'il ne fait rien, il perdra définitivement l'Ossétie du Sud…

C'était le point sensible du président georgien. Quelques jours après son élection triomphale, en janvier 2004, il avait tenu à se rendre en Ossétie du Sud, tenue par les Russes et les Ossètes favorables à la Russie, pour assurer qu'il ferait tout pour que la province sécessionniste revienne dans le giron de la Géorgie. Hélas, son voyage n'avait été suivi d'aucune évolution.

Le colonel Arevadzé avait alors expliqué son idée à Elva Tamsalu.

Il s'agissait pour l'Estonien de fabriquer une fausse interception technique, montrant que les Russes se préparaient à occuper l'Ossétie du Sud pour forcer moralement le président Saakachvili à agir. Sans en parler aux Américains.

Ce n'était pas gagné d'avance, mais il était assez impulsif pour le faire.

Elva Tamsalu n'avait pas mis longtemps à accepter l'idée, convaincu par le sentiment antirusse du colonel Arevadzé. Il était, lui aussi, persuadé que les Géorgiens ne feraient qu'une bouchée des milliers de Russes stationnés en Ossétie du Sud. Ensuite, la communauté internationale ne pourrait qu'approuver le choix du président géorgien.

– Il ne faut surtout pas que Shalva Dzeghenti soit au courant, avait recommandé Levan Arevadzé. De bonne foi, il convaincra plus facilement le président. Maintenant, je ne sais pas si c'est possible techniquement…

Piqué au vif, Elva Tamsalu avait réagi au quart de tour.

– Bien sûr que si ! Il n'y connaît rien, c'est moi qui contrôle tout. Et les « intercepteurs » sont des Estoniens, comme moi.

– Alors, tu peux le faire ?

– Cela va me prendre deux ou trois jours, avait prévenu l'Estonien. Dès que c'est prêt, je le balance à mon chef.

Ce qu'il avait fait dans la journée du 7 août… Les deux hommes demeurèrent silencieux, bercés par les chants. Puis le colonel Arevadzé leva de nouveau son verre.

– Elva, tu viens de rendre un énorme service à la Géorgie. Dépêchons-nous de dîner, ensuite, je retourne à la présidence.

***

– Monsieur l'ambassadeur, nous n'avons fait que nous défendre, protesta Mikhaïl Saakachvili. Hier, en fin de journée, j'ai appris, grâce à une interception, que le tunnel de Roki était en train d'être franchi par des blindés russes.

Le jour se levait, ce 8 août, et les combats se déroulaient dans Tshkinvali, depuis plusieurs heures.

– C'est vous qui avez franchi la frontière de l'Ossétie du Sud, répliqua John Tefft, l'ambassadeur des États-Unis à Tbilissi ; vers onze heures du soir, hier. Vous avez bombardé avec des fusées Grad le cantonnement des troupes russes, leur causant des pertes considérables. Mon homologue russe parle de 18 morts et 75 blessés dans la force de paix.

Depuis l'aube, l'ambassadeur US, réveillé à l'aube par son homologue russe qui lui avait annoncé l'invasion de l'Ossétie du Sud par les troupes géorgiennes, jonglait avec ses différents téléphones. Washington le harcelait toutes les dix minutes pour obtenir des informations précises en temps réel sur cette situation de guerre.

Le président Saakachvili ne s'avoua pas vaincu.

– Monsieur l'ambassadeur, l'Ossétie du Sud fait partie du territoire de la Géorgie. Nous ne pouvons pas tolérer qu'elle soit occupée par l'armée russe. Grâce à cette contre-attaque, nous tenons en ce moment Tskhinvali et nous pensons que les Russes n'oseront pas nous en déloger. Si nous avions attendu, ce sont eux qui s'y trouveraient…

L'ambassadeur américain eut un soupir excédé.

– Monsieur le Président, vous savez bien que l'appartenance de l'Ossétie du Sud à la Géorgie est une fiction depuis 1992. Vous pensez vraiment que les Russes ne vont pas réagir ?

– Nous les empêcherons d'entrer dans Tskhinvali, affirma le président géorgien. Nous allons alerter l'opinion internationale.

« *Bullshit* », eut envie de répondre l'ambassadeur US. L'opinion internationale était une entité molle qui n'intervenait pas dans les vrais conflits.

– Cette attaque peut avoir de très graves conséquences, souligna le diplomate américain. Le State Department ne peut pas vous soutenir, même si votre gouvernement a toute notre sympatie. Vous n'auriez jamais dû engager cette action. Hier encore, vous m'aviez rassuré.

– C'est exact, reconnut le président géorgien. C'était avant cette interception. Après l'avoir reçue, nous ne pouvions pas faire autrement. C'est un cas de légitime défense. Je vous fais porter ce document immédiatement.

– Je souhaite que tout cela ne se termine pas par une catastrophe, conclut l'ambassadeur américain.

– L'armée géorgienne est parfaitement équipée, assura le président Saakachvili. Et motivée. Nous allons tenir tête aux Russes.

– Que Dieu vous entende ! soupira le diplomate, avant de raccrocher.

Il avait sous ses yeux un télégramme résumant une observation satellite de l'Ossétie du Sud. Depuis le matin, les chars T72 de la 58e armée russe franchissaient sur six colonnes les 3,6 kilomètres du tunnel de Roki, dévalant vers la capitale de l'Ossétie du Sud. D'après d'autres informations, les Sukhoi 30 et les Mig 29 pilonnaient les positions géorgiennes dans Tskhinvali.

Les Géorgiens avaient peut-être du courage, mais ils ne possédaient pas d'aviation. L'issue du conflit ne faisait aucun doute. Il fallait agir diplomatiquement auprès des Russes avant qu'ils ne s'emparent de Tbilissi. Depuis que le président Saakachvili était au pouvoir, ils rêvaient de s'en débarrasser.

CHAPITRE PREMIER

Kent Lockwood ralentit avant de s'engager sur le pont franchissant une petite rivière, juste avant le poste-frontière de Krasnis Most séparant la Géorgie de l'Azerbaïdjan. Deux policiers georgiens en vert de la *Politi*, sortis de leur voiture arrêtée sur le pont, le regardèrent passer avec indifférence. Le pont franchi, Kent Lockwood tourna à droite afin de faire demi-tour dans le parking en contrebas, juste en face du poste-frontière. Lorsqu'il repartit dans la direction opposée, il faillit se faire arracher une aile par un énorme semi-remorque azéri qui s'ébranlait en direction de Tbilissi.

Bakou, la capitale de l'Azerbaïdjan, n'était qu'à 400 kilomètres de la frontière et de nombreux camions circulaient entre l'Azerbaïdjan et le port géorgien de Poti, sur la Mer Noire. La minuscule mais richissime république d'Asie centrale, qui regorgeait de pétrole, importait tout par cette voie. Des centaines de containers arrivaient à Poti des quatre coins du monde, pour filer ensuite vers l'Asie centrale. Ivres de dollars, les Azéris investissaient comme des fous dans toute la région. Ils finançaient entre autres sur l'avenue Rustavili, les Champs-Élysées de Tbilissi, un énorme hôtel Kempiski qui serait le plus grand établissement du pays.

L'Américain repartit en direction de Tbilissi, distant de 47 kilomètres. La route était rectiligne de bout en bout, à l'exception d'un col aux innombrables lacets à la hauteur de Roustavi. Mais les trous dans la chaussée rendaient la conduite délicate, bien que les plus gros soient signalés par de vieux pneus plantés verticalement dans les failles du revêtement.

L'Américain aperçut devant lui une station-service Lukoil au toit rouge en surplomb de la route et s'engagea dans la rampe d'accès, s'arrêtant cinquante mètres avant les pompes. Descendu de sa Golf, il souleva le capot, comme s'il était en panne. Il faisait beaucoup plus chaud qu'à Tbilissi, peut-être parce qu'il n'y avait pas de vent.

C'était déjà le climat de l'Asie centrale.

Laissant son capot levé, il monta dans la Golf et composa un numéro sur son portable.

– Ici, Samara 1, annonça-t-il. Je suis en place. Où êtes-vous?

Une voix tout aussi américaine que la sienne répondit aussitôt :

– Ça roule mal! Beaucoup de camions. Je ne serai pas là avant deux heures environ.

– Et le « client » ?

– Il est devant moi, une vieille Mercedes bleue. Plaque azérie 61Q2297.

– Il est seul?

– Oui.

– O.K., rappelez-moi dès que vous approcherez de la frontière.

Kent Lockwood coupa son portable et mit un CD. Il était content de sortir de Tbilissi, n'en pouvant plus de gérer les politiciens géorgiens et les membres du State Department qui n'arrêtaient pas de venir en Géorgie et voulaient tout savoir, tout de suite. En plus, la nouvelle ambassade américaine se trouvait au diable, à l'ouest de la ville, à près de dix kilomètres ! Il passait donc sa vie en voiture et donnait ses rendez-vous au *Tbilissi Marriott*, toutes les demi-heures, comme un dentiste ! Lui-même habitant à l'est de la ville, vers l'aéro-port, il avait l'impression d'être devenu un pilote de rallye…

Il avait demandé sa mutation en Ukraine, mais n'était pas le seul.

Bercé par la musique, il se mit à surveiller discrètement les véhicules qui émergeaient au compte-gouttes du poste-frontière. Surtout des camions.

Où pouvait bien allier la Mercedes bleue et son mystérieux conducteur ? Il se trouvait là à cause d'une information de la station de la CIA de Bakou, très axée sur le blanchiment d'argent. En Azerbaïdjan, le système bancaire en était encore à l'âge de pierre. Totalement opaque. Aucune banque étrangère indépendante. Toutes les banques du pays étaient tenues par la famille du président Ilham Aliev qui défendait jalousement son pré carré. Son père, Gueïdar Aliev, premier président de l'Azerbaïdjan, ancien patron du KGB local, avait tout verrouillé pour un bon moment. La CIA locale en était réduite à corrompre des employés de banque pour en savoir plus sur certaines transactions suspectes. La plu part de celles-ci, même légales, se faisaient en cash, cela ne facilitait pas les choses…

Quelques jours plus tôt, la Station de Bakou avait obtenu un tuyau précieux. Un « messager » allait retirer de l'International Bank of Azerbaïdjan une somme de dix millions de dollars, en liquide, pour l'apporter à « quelqu'un » en Géorgie. Langley avait immédiatement exigé de savoir à qui cette somme était destinée. Ce qui n'était pas évident…

L'attaque de la Géorgie contre les positions russes en Ossétie du Sud datait à peine d'un mois et la région était encore en ébullition.

À qui cet argent serait-il remis ? L'hypothèse la plus probable était celle d'un achat d'armes par le gouvernement Saakachvili auprès d'un trader « gris ». La seule façon de découvrir sa destination était de suivre le porteur des fonds. Dès que les agents de la CIA de Bakou avaient eu la confirmation qu'il se dirigeait vers la Géorgie, ils avaient alerté la Station de Tbilissi, afin qu'un *case officer* prenne le relais à partir du poste-frontière de Krasnis Most.

Kent Lockwood s'étira et sortit de la Golf pour se dégourdir les jambes. Il faisait encore chaud, bien que la nuit soit en train de tomber. Il regarda sa montre : sept heures dix. Il ne serait pas de retour à Tbilissi pour dîner.

Il décida d'appeler sa femme pour qu'elle ne s'inquiète pas.

***

Levan Arevadzé émergea des lacets du col surplombant Roustavi, doubla un camion et appuya sur l'accélérateur. La grosse Toyota Accord bondit sur la route, à nouveau rectiligne et déserte. La jeune femme brune assise à côté du colonel géorgien poussa une exclamation effrayée.

– Pas si vite !

Sans ralentir, Levan Arevadzé se tourna vers elle avec un sourire qui retroussait ses grosses lèvres sensuelles, plongeant en même temps sa main droite entre les cuisses de sa voisine.

– Tu as peur mais, même si j'ai bu un peu de vodka, je suis en pleine forme…

Le compteur marquait 150 et la voiture semblait voler au-dessus du bitume. Tamouna Fakri oublia sa peur quelques secondes. Le contact de la grande main sur la peau soyeuse de ses cuisses la troublait agréablement. Deux doigts éffleuraient déjà le satin de sa culotte et elle savait qu'avant la fin de la soirée, elle ferait l'amour avec son amant.

Cependant, cette vitesse excessive la paniquait. Pour forcer Levan Arevadzé à ralentir, elle allongea le bras et posa la main sur son bas-ventre.

– Je t'en prie, mon chéri, va un peu moins vite ! J'ai peur. On a le temps.

Devant eux, la route s'allongeait à perte de vue, avec, au fond, des montagnes pelées et, de chaque côté, les tuyaux rouillés des conduites de gaz courant au dessus du sol, sans la moindre protection. On se demandait comment il n'y avait jamais d'accidents. Soudain, la jeune femme sursauta. Sans même ralentir, son amant avait glissé une main sous l'élastique et tentait de lui arracher sa culotte !

– Arrête ! protesta-t-elle, on peut nous voir.

Remarque idiote, mais en Géorgie, les femmes étaient pleines de pudeur. Même Tamouna, qui avait pourtant fait une courte carrière dans le cinéma X. Mariée désormais à un homme extrêmement riche, fou amoureux d'elle, elle s'était acheté une conduite. D'ailleurs, son mari veillait sur elle, pas question qu'elle passe une soirée sans lui. Sans un hasard imprévisible, elle n'aurait jamais croisé le chemin du colonel Arevadzé. Son mari avait donné une soirée pour différents membres du gouvernement et de la haute fonction publique. Levan Arevadzé y était invité avec sa femme. Il était venu seul, celle-ci étant souffrante. Pendant le barbecue, Tamouna s'était vite rendu compte que le géant au crâne rasé ne la quittait pas des yeux. Ils ne s'étaient pas adressé la parole, mais Tamouna Fakri avait brutalement ressenti une sensation qu'elle avait presque oubliée : son ventre était en feu. Elle avait follement envie de cet homme. Un désir animal qui lui mettait les ovaires en ébullition.

Comme souvent en Géorgie, le dîner s'était prolongé par des danses. Mourad Fakri avait fait venir un orchestre accompagné de chanteurs polyphoniques. Pendant que les invités commençaient à danser, il s'était isolé dans le jardin avec le responsable des importations, à qui il voulait demander un passe-droit.

Tamouna n'était pas restée longtemps seule. L'athlétique colonel était venu prendre sa main pour l'entraîner sur la piste. Au début, cela avait été très sage : ils s'agitaient à un mètre l'un de l'autre, dans une danse endiablée. Puis la musique s'était adoucie et les couples s'étaient rapprochés. Tamouna et son cavalier n'avaient pas échangé un mot, mais elle avait senti contre la soie de sa robe une colonne imposante qui se dressait presque jusqu'à son estomac… Elle en avait les jambes qui se dérobaient sous elle. C'est alors que, sans s'éloigner, Levan Arevadzé lui avait murmuré à l'oreille :

– Ce soir, j'ai bu une bouteille de vodka pour oublier à quel point vous êtes belle.

Elle l'avait cru : lorsqu'elle l'observait, elle l'avait sans cesse vu un verre à la main.

Admirative, Tamouna s'était demandé comment il pouvait encore bander après avoir ingurgité cette quantité d'alcool ! Le rythme de la musique s'était accéléré, mais ils dansaient toujours, enlacés, au fond de la grande pièce de réception, dissimulés par les autres couples. Tout le monde avait beaucoup bu et personne ne leur prêtait attention. La grande main du colonel Arevadzé continuait à la serrer contre lui. Comme pour bien lui souligner son désir.

Confuse, Tamouna Fakri avait soudain réalisé qu'elle aussi se collait à lui. Dans un sursaut de défense, elle avait enfin échappé à Levan Arevadzé à la faveur d'une pause, prétextant une vérification à faire à la cuisine.

Les jambes encore en coton, elle avait poussé la porte du couloir menant à la cuisine. Se croyant sauvée. Et puis, elle avait entendu la porte s'ouvrir et se refermer derrière elle et avait senti une présence dans le couloir plongé dans l'obscurité.

Tamouna avait de nouveau reçu le choc d'un corps. Le colonel Arevadzé l'avait suivie. D'après la précision de ses gestes, elle s'était dit qu'il voyait dans l'obscurité, comme les chats ! Il l'avait collée contre le mur du couloir, glissant aussitôt une main dans son décolleté, lui pétrissant un sein comme un fou. Il se frottait en même temps contre elle, pour bien lui faire sentir son érection. Tamouna avait cherché à le repousser.

– Arrêtez ! Vous êtes fou.

Mais il était tellement plus fort qu'elle ! À travers la porte de la cuisine, elle entendait bavarder les deux bonnes abkhazes. Au prix d'un effort désespéré, elle avait réussi à se déplacer le long du mur. Et celui-ci avait cédé sous son poids ! C'était une porte donnant dans une chambre ! Elle s'était retrouvée dans cette pièce, encore plus à la merci de son cavalier. Une large main caressait ses fesses, puis, glissant plus bas, passait sous sa robe courte et remontait, crochant dans l'élastique de sa culotte.

Le souffle coupé, Tamouna sentit le triangle de satin tiré irrésistiblement vers le bas. Avec une obstination redoutable, son cavalier parvint à la faire glisser le long de ses jambes. Involontairement, elle fit un faux pas, et soudain sa culotte ne fut plus accrochée qu'à sa cheville gauche. Tétanisée, Tamouna n'osait pas crier. Si son mari la trouvait dans cette situation, il la tuait !

Le ventre nu, elle se sentait complètement impuissante. Son prédateur ne perdit pas de temps. Il la prit par les hanches et la fit pivoter pour la placer face au mur. Elle entendit le crissement d'une fermeture Éclair et sentit ses jambes se dérober sous elle. Il n'allait pas la prendre là, dans cette pièce sombre, comme une bonne !

La sensation suivante avait été si exquise qu'elle avait cessé de penser. Quelque chose de dur, de long et de brûlant venait de se glisser entre ses cuisses. Un sexe d'homme de taille inhabituelle. Elle crut d'abord qu'il allait se contenter de se frotter aux parois internes de ses cuisses, mais Levan Arevadzé avait une autre idée en tête. Il plia légèrement les genoux et, cette fois, son membre dressé se retrouva presque à la verticale. Tamouna sentit une masse dure et chaude collée à son sexe et se rendit compte qu'elle était follement excitée.

Elle eut l'impression que son cri, lorsque Levan Arevadzé entra d'un coup en elle, avait retenti jusque dans les jardins. Elle resta la bouche ouverte, le souffle coupé, ses muqueuses distendues par l'énorme bâton de chair fiché en elle. Puis, son violeur se mit à bouger, très vite, la tenant par les hanches, avec de grands coups de reins qui la jetaient contre le mur. Sans pouvoir se retenir, elle se sentit partir, balayée par un orgasme primitif, animal. Elle avait dû se mordre les lèvres pour ne pas hurler.

C'était déjà fini. Levan Arevadzé se déversait en elle avec un grognement sauvage.

Il s'était retiré aussitôt, avait remis son sexe encore raide dans son pantalon et s'était esquivé, laissant Tamouna pantelante, ahurie. Comme un automate, elle avait remis sa culotte et filé dans la salle de bains. Lorsqu'elle était revenue dans la salle de réception, les gens dansaient toujours, y compris son nouvel amant, avec le même enthousiasme. Elle s'était mise à la recherche de son mari, qu'elle avait trouvé dans le jardin.

Deux jours plus tard, elle avait reçu sur son portable un appel de Levan Arevadzé, alors qu'elle ne lui avait pas donné son numéro. Mais, travaillant pour la Sécurité de l'État, il n'avait pas dû avoir de mal à se le procurer.

– C'est moi, dit-il. Je t'attends à cinq heures, devant le *Betsy's.*

Un petit hôtel de luxe sur les hauteurs du quartier de Vera, à côté de l'ambassade de France. Elle avait raccroché, jurant de ne pas y aller, mais à cinq heures, elle garait sa Honda en face. Lui, attendait dans sa Toyota aux vitres fumées. Tamouna l'avait rejoint et il avait démarré aussitôt, l'emmenant dans un petit immeuble décrépi du quartier arménien, non loin de la présidence. Une cour. Un minuscule appartement. À peine à l'intérieur, Leva Arevadzé avait arraché sa chemise, puis son pantalon et son slip. Il bandait déjà. Il avait simplement lancé à Tamouna :

– Aujourd'hui, je vais vraiment te baiser.

Ce qu'il avait fait. Jusqu'à huit heures du soir. Tamouna l'avait supplié de la ramener à sa voiture. Elle devait rentrer chez elle. Ce qu'elle avait fait, le ventre en feu, sachant qu'elle avait touché à une drogue dangereuse.

Depuis, elle ne pouvait plus s'en passer.

Elle avait été obligée de mettre dans la confidence sa meilleure amie, Nina Goradze, une artiste peintre qui possèdait un grand appartement sur l'avenue Rustavili. Sans lui dire de qui il s'agissait.

C'est là que Tamouna retrouvait discrètement Levan Arevadzé, arrivant avant lui et repartant bien après. Bien entendu, ils ne se voyaient jamais le soir, la jeune femme devant rester avec son mari.

Cette soirée était une exception : Mourad Fakri avait été retenu à Poti, à cinq heures de route de Tbilissi, pour régler une sombre histoire de douane. Il ne reviendrait que le lendemain matin.

Elle en profitait pleinement et la sensation des doigts de son amant se promenant sur son sexe lui faisait oublier sa peur de la vitesse. Quant à Levan Arevadzé, il chantonnait, euphorique. D'abord, il avait Tamouna pour plusieurs heures, et ensuite, ce soir il joindrait l'utile à l'agréable. Cette promenade nocturne avait un but précis : récupérer une somme colossale, ses trente deniers de Judas.

De nouveau, effrayée par les phares d'une voiture qui les croisait, Tamouna écarta sa main.

– Attends un peu ! supplia-t-elle. Nous avons tout le temps.

Magnanime, Levan Arevadzé retira sa main et accéléra encore un peu, passant en trombe dans un village endormi. La route étroite était presque déserte. Dix minutes plus tard, il aperçut le panneau annonçant le poste-frontière de Krasnis Most, puis un autre signalant un petit hôtel, niché dans un bois en contrebas de la route. Il s'engagea dans le sentier y menant, cahotant sur le sol inégal, puis s'arrêta devant un petit bâtiment sans lumière. Il coupa le contact, s'étira, prit une bouteille de vodka dans le vide-poches et en but une bonne rasade. Il n'y avait plus qu'à attendre l'homme qui lui apportait son trésor.

– Viens, on va bouger un peu, lança-t-il à Tamouna en sortant de la voiture.

***

Kent Lockwood avait du mal à ne pas s'endormir. Il n'avait pas rappelé son homologue de la station de Bakou. Les Russes écoutaient toutes les conversations et ce n'était pas la peine de prendre des risques. La circulation s'était encore ralentie. Un camion le frôla dans un grognement de diesel, faisant trembler sa voiture. Cinq minutes après, son portable sonna.

– *We are nearing*, annonça son homologue, dont il ne connaissait que le pseudo, Sam. *You take over*[1]…

– *Roger*[2], fit Kent Lockwood, heureux de voir les choses bouger.

Il sortit de la Golf et rabattit son capot. Puis, revenu au volant, il glua son regard au rétroviseur. Dieu merci, il y avait très peu de véhicules franchissant la frontière. Il n'eut pas longtemps à attendre. Après un nouveau camion et une voiture immatriculée en Géorgie, il vit grandir des phares. Lorsque le véhicule passa devant lui, une Mercedes de couleur sombre, il aperçut la plaque : 61Q2297.

C'était la voiture qu'il attendait, avec les dix millions de dollars destinés à quelqu'un en Géorgie. Une sacrée somme qui devait récompenser un sacré service, ou financer un gros trafic. Devant lui, la voiture bleue ralentit, se rabattit et s'engagea dans la rampe menant à la station-service au toit rouge.

1. On approche. Vous prenez le relais.
2. Bien reçu.

CHAPITRE II

Levan Arevadzé ne resta pas longtemps dehors, bien que l'air fût tiède et le calme absolu. Avant de rentrer dans la grosse Toyota, il attira Tamouna Fakir contre lui et l'embrassa fougueusement. La jeune femme sentit, plaqué contre son ventre, le membre raide qui la faisait défaillir de bonheur.

– Qu'est-ce que tu es belle ! souffla-t-il. J'aurais jamais cru pouvoir te baiser un jour, quand je voyais tes films !

Dans son autre vie, Tamouna avait été la « star » du porno géorgien, dans des productions finalement assez sages. Ses cassettes circulaient encore sous le manteau. Depuis son mariage, Mourad Fakri les rachetaient par brassées, mais n'avait pu réussir à mettre la main sur toutes. Arrachée à la carrière artistique, Tamouna continuait à prendre soin de son corps resté mince, en dépit de l'abominable nourriture géorgienne à base de champignons, de fromage et de viande trop cuite. C'était encore une des plus jolies femmes de Tbilissi, avec ses grands yeux étirés et son nez retroussé.

– Viens ! fit Levan Arevadzé.

Il ouvrit la portière droite et s'assit à la place de Tamouna. Celle-ci sourit intérieurement. C'était un des fantasmes favoris de son amant. Elle se glissa à son tour dans la voiture et s'agenouilla sur le plancher, devant le siège reculé au maximum, entre les jambes de son amant. Elle descendit elle-même le zip de son pantalon, écartant ensuite le caleçon rayé. Lorsque le membre lui jaillit au visage, elle n'eut qu'à baisser la tête pour l'engloutir. La tête rejetée en arrière, Levan Arevadzé se cambra pour mieux enfoncer le gros membre dans la bouche accueillante de sa maîtresse. Connaissant la suite, sans interrompre sa fellation, Tamouna s'arrangea pour retirer discrètement sa culotte, l'abandonnant sur le plancher de la voiture.

Pendant un long moment, on n'entendit que des bruits de salive et des souffles courts. Tamouna faisait religieusement aller et venir le membre raide dans sa bouche. Puis son amant lui lança.

– Viens !

Elle se redressa, pivota et se plaça au-dessus du sexe dressé. Elle sentit le membre effleurer son ventre et frémit de plaisir. Levan chuchota à son oreille.

– Tu la veux, dis ?

– *Ho*[1] *!* gémit Tamouna d'une voix mourante.

Elle se sentait inondée. Pourtant, courbée en avant, la tête contre le pare-brise, sa position n'était pas vraiment confortable. Elle poussa un cri étranglé.

Levan, pesant sur ses hanches, venait de l'empaler d'un seul coup. Elle sentit sa muqueuse se distendre sous le volume de l'énorme sexe et entendit son amant ordonner :

– Bouge ! Salope !

Elle obéit, car lui ne pouvait guère bouger. Elle se souleva et retomba, pour le plus grand plaisir de Levan

1. Oui !

Arevadzé. Soudain, c'est lui qui se mit à la soulever, si fort que la tête de Tamouna heurta le pavillon. Levan était déchaîné et explosa d'un ultime coup de reins, abuté au fond de sa matrice.

Une sonnerie joyeuse les ramena à la réalité. Cela venait du sac de Tamouna.

– Réponds ! ordonna Levan Arevadzé, encore fiché en elle.

Elle parvint à attraper son portable et le tendit à son amant. Celui-ci écouta sans parler.

– C'est moi, annonça une voix d'homme. Tout va bien ?

– Oui, assura le Géorgien. Où es-tu ?

– Je viens de passer la frontière et de prendre de l'essence. Il y a un problème.

Le sexe de Levan se dégonfla si vite qu'il s'échappa du ventre de sa maîtresse.

– Quel problème ? gronda-t-il. Tu n'as pas l'argent ?

– Si, si. Mais je suis suivi.

– Suivi ? Depuis Bakou ?

– Non, un type dans une voiture, juste après la frontière. Il était arrêté avant la station Lukoil. Il est derrière moi. Je roule en direction de Roustavi. Qu'est-ce que je fais ?

Levan Arevadzé avait le cerveau en ébullition, brutalement à des années-lumière de sa récréation érotique. C'était la tuile. Ce rendez-vous devait être entouré du plus grand secret. Tamouna ne comptait pas. Il avait totalement confiance en elle. En plus, en communiquant le numéro de son portable à celui qui lui apportait l'argent, il ajoutait encore à la discrétion. Silencieusement, la jeune femme s'était soulevée, avait ouvert la portière et se rajustait. Levan Arevadzé sortit à son tour, rentra son sexe et regarda le bois sombre qui les entourait.

– *Karacho*[1], conclut-il. Je suis derrière toi. Continue à rouler. Pas trop vite. Rappelle-moi dans dix minutes, je vais réfléchir. Il faut se débarrasser de ce type. Absolument.

Il utilisait le russe, comme d'habitude, entre Azéris et Géorgiens.

La communication coupée, il garda le portable et se remit au volant. Avant de démarrer, il ouvrit la boîte à gants, y prit son Makarov de service et fit monter une balle dans le canon, sous le regard effrayé de Tamouna. Certes, elle n'ignorait pas ses fonctions à la Sécurité d'État, mais, jusque-là, ils ne s'étaient vus que pour faire l'amour. Pratiquement sans parler.

– Qu'est-ce qu'il y a ? demanda-t-elle d'une voix blanche.

– Un petit souci, répondit sobrement Levan Arevadzé.

Tamouna n'osa pas poser de questions. Quelques instants plus tard, ils roulaient en direction de Tbilissi. Toute l'atmosphère érotique de l'aller s'était évanouie. La jeune femme découvrait à côté d'elle un inconnu, dur, dangereux, lointain. Elle n'avait plus envie de parler. À peine sur la route, il accéléra, roulant plein phares.

Le gros automatique Makarov était glissé dans le vide-poches, côté conducteur, et Tamouna avait l'estomac noué. Le sperme de son amant était encore dans son ventre mais elle aurait voulu être très loin de cette route déserte qui lui paraissait tout à coup sinistre.

***

1. Bien.

Kent Lockwood ralentit. Les feux stop de la Mercedes bleue signalaient que son conducteur freinait. Le véhicule ralentit et s'arrêta presque. L'Américain comprit vite pourquoi. Un énorme troupeau de vaches, surveillé par deux bergers à cheval, obstruait la chaussée.

Les deux véhicules patientèrent plusieurs minutes, avant de se faufiler parmi les ruminants. Puis la Mercedes reprit de l'avance, et Kent Lockwood se détendit.

Son portable sonna, peu après.

– *Everything OK*[1] ?

C'était le « contrôleur » demeuré à la station de la CIA de Tbilissi, chargé de veiller au bon déroulement de l'opération de filature.

– *So far, so good*[2], répondit Kent Lockwood. Je me trouve entre la frontière et Roustavi. Le « client » est devant.

– *Roger.* Un autre véhicule prendra le relais à l'entrée de la ville. Il attend à la station-service Wissol, au rond-point Ortatchalo. Appelez-moi lorsque vous en approcherez.

Il restait encore une dizaine de kilomètres avant le début du col dominant Roustavi. Kent Lockwood aperçut une grande croix se détachant dans le clair de lune, au sommet d'une des collines pelées, sur sa gauche.

En Géorgie, la religion orthodoxe était partout. Tbilissi fourmillait d'églises dont certaines remontaient au XIe siècle. L'Américain s'appliqua à maintenir une distance raisonnable avec la Mercedes. Il avait hâte de rentrer chez lui et de retrouver sa jeune épouse qui s'ennuyait comme un rat mort en Géorgie.

1. Tout va bien ?
2. Jusque-là, ça va.

***

Le portable de Tamouna Fakri sonna et Levan répondit aussitôt. Ils venaient à leur tour de traverser le troupeau de vaches. La jeune femme entendit son amant se remettre à parler russe, langue qu'elle comprenait à peu près. Ce qu'elle entendit la terrifia mais elle n'osa pas l'interrompre. Lorsqu'il coupa la communication, elle ouvrit la bouche pour protester, mais le regard de Levan Arevadzé la glaça et elle demeura silencieuse. Il posa la main sur la cuisse de la jeune femme et dit d'une voix un peu crispée :

– N'aie pas peur, tout se passera bien.

Cette fois, le contact de la main de son amant, au lieu de l'exciter, lu donna la chair de poule.

***

La Mercedes bleue avait attaqué les premiers lacets du col dominant Roustavi. Aucun véhicule en vue. Un paysage austère sans la moindre végétation, évoquant les steppes de l'Asie centrale, d'ailleurs pas très éloignés. Kent Lockwood s'appliquait à garder une certaine distance entre la Mercedes et lui. Dans une demi-heure, ils seraient à Tbilissi et il passerait le relais à son collègue Hugh Sander.

Soudain, la distance le séparant de la Mercedes diminua : elle avait ralenti. Comme cela grimpait sec, il se dit que son moteur était peut-être à bout de souffle et ralentit à son tour. Dans son rétroviseur, il aperçut les feux d'une autre voiture et se rangea sur la droite pour qu'elle puisse le dépasser. La Mercedes était presque arrivée au sommet du col. On apercevait sur la droite les lumières de Roustavi, dans le lointain, en contrebas. La Mercedes ralentit encore et soudain fit une manœuvre complètement inattendue, se mettant en travers de la route ! Comme si son conducteur en avait perdu le contrôle !

Kent Lockwood dut écraser le frein pour ne pas lui rentrer dedans. Son capot s'arrêta à quelques mètres de la voiture, immobilisée au milieu de la chaussée.

Nouveau coup d'œil dans le rétroviseur : les phares du véhicule derrière lui s'étaient rapprochés.

Pourvu qu'il freine à temps.

Il hésitait à sortir de sa voiture, ne comprenant pas bien ce qui se passait. Soudain, la portière de la Mercedes bleue s'ouvrit, un homme en descendit qui marcha dans sa direction. Probablement, venait-il demander de l'aide à la suite d'un incident mécanique...

Ce n'est que lorsque l'inconnu arriva dans la lueur de ses phares que Kent Lockwood aperçut dans sa main quelque chose qui ressemblait à un pistolet...

Son pouls grimpa vertigineusement et il comprit en une fraction de seconde que ce n'était pas un accident. Fébrilement, il empoigna son portable et appuya sur la touche « call », rappelant le numéro qui venait de l'appeler.

Le « contrôleur » de permanence à la station, à l'ambassade américaine.

***

Levan Arevadzé avait considérablement ralenti. Jamais Tamouna ne l'avait vu conduire aussi prudemment. Elle aperçut les feux de deux véhicules arrêtés sur la chaussée et se sentit envahie par un froid glacial. Ses mains tremblaient tellement qu'elle les posa sur ses genoux.

La Toyota stoppa juste derrière une voiture sombre, plus petite, arrêtée derrière la Mercedes bleue.

Sans un mot, Levan Arevadzé ouvrit sa portière d'un coup d'épaule et sauta dehors. Si vite que Tamouna ne put même pas voir qu'il avait pris son pistolet.

Terrifiée, elle le vit marcher vers la petite voiture arrêtée. Silencieusement, elle se mit à trembler.

***

Cela sonnait…

Kent Lockwood, le pouls bloqué, comptait les secondes, priant pour que l'officier de permanence réponde. Il était si concentré qu'il ne prêta pas attention à une silhouette qui venait de surgir à hauteur de sa portière.

Une voix calme répondit enfin :

– Ici, le 99 675430.

L'Américain n'eut pas le temps de répondre. La portière s'ouvrit à toute volée. Il tourna la tête, distingua une silhouette massive et surtout, un énorme pistolet automatique braqué sur lui.

Ce fut sa dernière vision du monde.

Il ressentit un coup violent à la tête et cessa de penser, laissant échapper le portable, hors de la voiture.

***

Levan Arevadzé appuya trois fois sur la détente du Makarov. Lorsqu'il s'arrêta, le corps du conducteur de la Golf gisait en travers du siège, la tête éclatée. Du sang maculait le pare-brise. Le moteur de la voiture tournait toujours.

Le Géorgien glissa son arme encore chaude dans sa ceinture et lança à l'homme qui approchait.

– Vite, gare-toi correctement !

L'Azéri ne se fit pas prier, courant jusqu'à la Mercedes. En quelques manœuvres, il fut garé sur le bas-côté, devant la Golf. Désormais, les trois véhicules étaient arrêtés à la queue leu leu, laissant la route dégagée. Même si quelqu'un passait, il ne verrait rien d'anormal. Des gens qui voyageaient de concert et s'arrêtaient pour une pause… Levan Arevadzé s'affairait déjà autour de la Golf. Il ouvrit la trappe du réservoir d'essence, prit son mouchoir dans sa poche et le roula de façon à en faire un cylindre le plus long possible qu'il enfonça dans le réservoir.

Cela ne marcha pas. Il n'atteignit pas le liquide. Il n'était pas assez long !

L'Azéri surgit à côté de lui.

– Prends ce que tu as apporté pour moi et mets-le dans ma voiture, ordonna le Géorgien, et ensuite, viens m'aider.

Il ouvrit la portière avant droite de la Golf, attrapa le cadavre par l'épaule et le tira sur le siège de droite, dégageant celui du conducteur.

Ensuite, il ouvrit le capot, trouva le tuyau d'arrivée d'essence et l'arracha d'un coup de poignet puissant. L'essence se mit à couler régulièrement.

Levan Arevadzé tendit son mouchoir à l'Azéri qui revenait.

– Mets de l'essence dessus et presse-le à l'intérieur. Contre le type et les sièges.

Pendant que son complice s'affairait à cette tâche ingrate, il regagna sa voiture à grands pas. Sans même adresser la parole à Tamouna, il remit le pistolet en place et se pencha sur la banquette arrière où étaient posés deux sacs de toile plastifiée à carreaux, courants dans la région. Il tira la fermeture du premier et rabattit le couvercle.

Les liasses de billets de cent dollars, attachées par des bandes de l'International Bank of Azerbaïdjan, lui sautèrent au visage.

Il referma, procéda de même avec le second sac, qui recelait le même contenu, et se sentit revigoré. Il n'avait pas travaillé pour rien. Rasséréné, il lança à Tamouna :

– Ce type me voulait du mal !

Elle ne répondit pas et il referma la portière. Dès qu'il approcha de la Golf, il sut que l'Azéri avait bien travaillé : cela empestait l'essence ; il y en avait partout, à l'intérieur de la voiture. Il se tourna vers lui.

– *Karacho !* Prends le volant, monte le col et arrête-toi au sommet, là d'où on voit Roustavi.

Un promontoire dominant la plaine, se terminant par une falaise abrupte.

L'homme n'osa pas lui rétorquer que ce n'était pas son boulot : ce n'était pas un enfant de chœur, mais Levan Arevadzé lui faisait peur.

Ce dernier n'avait pas envie de revenir à Tbilissi en sentant l'essence… Il regarda son complice se glisser au volant et la Golf redémarrer en direction du col. Laissant la Mercedes bleue sur le bord de la route, Levan Arevadzé remonta dans la Toyota et suivit la Golf.

Coup de chance : pas un seul véhicule n'était passé pendant leurs manipulations. Levan Arevadzé rejoignit la Golf dont l'Azéri descendait.

– On a presque fini ! lança-t-il. Tu as des allumettes ?

Il en avait.

Levan Arevadzé se pencha à l'intérieur de la Golf, mit

en marche et, avant de refermer la portière, s'assura que le frein à main n'était pas serré et que le levier de vitesse était sur « N ». Ensuite seulement, il jeta une poignée d'allumettes sur le mouchoir roulé en boule posé sur le siège avant.

Le feu prit avec un *plouf* sourd, courant aussitôt comme un serpent affolé.

Levan claqua violemment la portière, puis courut jusqu'à l'arrière du véhicule.

– Aide-moi ! lança-t-il à l'Azéri.

Celui-ci vint pousser avec lui et la Golf à l'intérieur en feu parcourut sans difficulté les quelques mètres qui la séparait du précipice.

Le brasier devait se voir de Roustavi !

– *Davai !*

D'un dernier effort, ils firent basculer le train avant dans le précipice et se redressèrent, regardant la boule de feu dévaler la pente raide. Elle s'arrêta deux cents mètres plus bas, sur le toit, et continua à brûler de plus belle.

– Viens, dit Levan Arevadzé, je te ramène à ta voiture.

L'Azéri accepta sans mot dire. Il avait hâte de retourner dans son pays. Le Géorgien effectua un demi-tour et s'arrêta Quelques minutes plus tard, derrière la Mercedes bleue.

– Rentre bien ! lança-t-il, comme s'ils venaient de faire un pique-nique.

L'Azéri remonta dans sa voiture sans faire de commentaires. Il allait se plaindre à ses chefs. Faire le courrier était une chose, participer à un meurtre une autre. Il n'était pas payé pour cela, mais ne tenait pas à ce que le géant lui tire une balle dans la tête. Il suivit des yeux les feux arrière de la Toyota qui grimpait le col. Très vite, elle disparut derrière un virage. L'incendie de la Golf éclairait la nuit. Deux phares apparurent, venant de la frontière. Il se hâta de faire demi-tour et de filer vers l'Azerbaïdjan.

***

Le *case officer* qui attendait à la station-service Wissol, au rond-point Ortatchalo, guettait toutes les voitures, de plus en plus inquiet. Depuis longtemps, Kent Lockwood aurait dû être là. Et la Mercedes bleue aussi.

Son portable sonna. C'était la permanence.

– Il y a un cas non conforme, annonça le contrôleur. Je crains qu'il ne soit arrivé quelque chose à Kent. Allez à sa rencontre. Je vous envoie du monde. Vous êtes armé ?

– Non, *sir*.

– Dans ce cas, revenez ici.

***

La Toyota Accord roulait sur les pavés disjoints du quartier arménien. Elle s'arrêta au bord d'une ruelle bordée de maisons abandonnées et détruites, et stoppa derrière la voiture de Tamouna, garée au bord du trottoir.

La rénovation du quartier était commencée, mais cette rue-là n'avait pas encore été attaquée. C'était sinistre : des façades éventrées, sombres, des murs écroulés. Brutalement, Tamouna eut peur. Il suffisait à Levan Arevadzé de l'entraîner dans une de ces demeures inhabitées et de lui tirer une balle dans la tête… Comme s'il avait deviné ses pensées, il se pencha sur elle et l'embrassa.

– Ce type voulait me tuer, dit-il. Je n'ai pas pu faire autrement.

Comme elle ne répondait pas, il insista :

– C'est mon métier. Je ne peux pas tout te dire. Mais tu ne dois parler de cela à personne.

Elle hocha la tête. Il lui tendit alors son portable.

– Tiens, ce serait bien que tu t'en débarrasses dès demain matin. Dis à ton mari que tu l'as perdu et préviens Geotel.

– D'accord, approuva Tamouna, je le ferai.

– Je t'appelle dans quelques jours.

Sa main tremblait encore quand elle mit la clef dans la serrure de sa Honda.

***

Levan Arevadzé repassa le pont sur la Koura pour gagner la vieille ville. Il s'arrêta sur une petite place sombre dominant la rue Chardin, la voie piétonnière alignant les restaurants et les terrasses de cafés, centre de la vie nocture de Tbilissi. Totalement déserte à cette heure tardive.

Il prit alors dans la voiture les deux sacs contenant les dollars et traversa la place Boudrachvili, gagnant un petit immeuble ancien, juste en face. Il pénétra dans un couloir sombre et sonna à la première porte à gauche.

Le battant s'ouvrit presque aussitôt sur une femme brune portant des lunettes, drapée dans un kimono japonais, d'où émergeaient des bas noirs. Même juchée sur ses hauts talons, elle lui arrivait tout juste à l'épaule…

– J'ai cru que tu ne viendrais jamais ! fit-elle d'un ton de reproche.

– J'ai eu des problèmes ! lâcha Levan. Est-ce que tu peux me garder ces deux sacs ?

– Bien sûr. Si tu m'aides à les mettre sur l'armoire, je suis trop petite…

Le studio tout en longueur était dans un désordre incroyable, avec des piles de livres partout, des cartons, des vêtements épars. Nestin Zougdade, fonctionnaire du ministère de l'Éducation, s'en moquait. Elle ne vivait que pour deux choses : son travail et, depuis deux ans, Levan Arevadzé. Elle l'avait rencontré un jour, par hasard, lors d'un colloque qui se tenait dans un salon au sous-sol de l'hôtel *Tbilissi Marriott.* Lui s'y trouvait par obligation, invité par l'organisateur. Nestin Zougdade faisait partie de l'assistance. Dans le brouhaha du cocktail qui avait suivi, Levan Arevadzé avait été attiré par le regard brûlant, direct, carrément sensuel, de cette jeune femme à lunettes assez quelconque. Lui qui ne s'intéressait qu'aux très jolies femmes… S'approchant de lui, l'inconnue lui avait tendu une carte.

– J'aimerais bavarder avec vous, avait-elle proposé d'une voix douce.

S'esquivant ausitôt.

Intrigué, Levan Arevadzé avait appelé deux jours plus tard, en fin de journée.

– Je peux passer vous voir ? avait-il demandé.

– Quand vous voulez, avait répondu une voix douce pleine de soumission.

Elle l'avait accueilli dans un kimono japonais assez ridicule qui dissimulait mal une guêpière noire et des bas assortis. Cet attirail avait instantanément réveillé la libido de Levan Arevadzé. Il n'avait même pas eu à faire un geste.

Nestin s'était agenouillée devant lui d'un geste naturel, se débarrassant de son kimono, avait descendu le zip de son pantalon, et prit dans sa bouche le gros sexe en train de prendre de la consistance. En très peu de temps, il était triomphant, grâce à l'art de Nestin Zougdade. Ce soir-là, Levan s'était répandu dans tous ses orifices. Elle l'avait reçu, extasiée, même quand il avait violé ses reins. Un détail l'avait prodigieusement excité, elle avait pensé à s'enduire de vaseline… Son abandon était plus que prémédité.

Elle lui avait dit ensuite qu'il pouvait revenir quand il le voulait : elle vivait seule, n'avait pas d'homme dans sa vie et désormais une seule passion : lui. Cela avait été le coup de foudre absolu. Elle ne lui posait aucune question, ne demandait rien, sauf, à sa troisième visite, une photo, qu'il avait retrouvé, la fois suivante, dans un cadre d'argent sur son bureau.

Comme Nestin Zougdade ne recevait personne dans son studio, ce n'était pas compromettant.

Depuis, il lui rendait visite régulièrement. Une sorte de récréation de sexe pur. Pas d'efforts, pas de parlottes inutiles, pas de faux semblant. Elle aimait qu'il la baise, un point c'est tout. Et, en dépit de son physique quelconque et de ses seins mous, il avait pris goût à cette vestale…

Ce soir-là, elle était dans les mêmes dispositions que d'habitude. À peine eurent-ils mis les deux sacs pleins de dollars sur le sommet de l'armoire, qu'elle se colla à son amant, le kimono entrouvert.

– Tu veux boire quelque chose ?

Elle qui ne buvait pas avait toujours une bouteille de *Russian Standarte,* la vodka préférée de Levan.

Pour une fois, le colonel n'avait pas la tête à profiter de sa vestale.

– Je suis crevé, affirma-t-il, et je me lève tôt. Je reviendrai te voir demain.

Nestin Zougdade n'extériorisa pas la moindre contrariété.

– Comme tu veux, dit-elle.

Cinq minutes plus tard, après quelques caresses de politesse, il était dehors… De là, il gagna à pied un petit bar où il allait régulièrement, seul ou avec des copains… Levan Arevadzé s'installa au bar et commanda une vodka. Il avait besoin de décompresser.

Seul.

Il avait déjà un motif de satisfaction : ses commanditaires tenaient parole. Certes, il avait déjà fait la preuve de son efficacité, en manipulant le président Saakachvili, grâce au rapport d'écoutes inventé de toutes pièces, mais les dix millions de dollars couvraient plus que cet acte isolé. Ils scellaient une collaboration pleine et entière avec ceux à qui il s'était vendu : les Russes.

Bien évidemment, l'innocent estonien qui l'avait aidé, était à mille lieues de se douter que les sentiments violemment antirusses du colonel Arevadzé n'étaient qu'une façade.

Comme tout le monde d'ailleurs.

Il se sentait gonflé d'orgueil. Grâce à sa manip, la Russie avait atteint un de ses buts : la récupération définitive de l'Abkhazie et de l'Ossétie du Sud, tout en laissant le rôle de l'agressseur à la Géorgie…

Levan Arevadzé savait bien que ce n'était qu'un premier pas. Vladimir Poutine avait la rancune tenace : il voulait la peau – au moins politique – de Mikhaïl Saakchavili.

Les stratèges du Kremlin escomptaient un soulèvement populaire suite à la guerre ratée du mois d'août et à la perte des deux provinces, mais aucun signe ne semblait l'indiquer. Bon politique, « Micha » avait su garder la faveur populaire… Il faudrait donc passer au second stade, auquel le « traitant » du FSB de Levan Arevadzé avait fait allusion. Un changement de régime forcé, pour mettre à la place un président acceptable pour les Russes. Ou carrément une de leurs créatures. Mais, on n'en était pas encore là.

À la quatrième vodka, Levan Arevadzé commença à faire le point sur ses problèmes immédiats.

Le coup du faux rapport d'écoute était passé comme une lettre à la poste. Il restait à gérer l'incident de la soirée. Et là, c'était plus grave.

D'abord, il fallait absolument découvrir comment il s'était retrouvé pris en chasse. Il ignorait encore qui était le gêneur, mais grâce à la plaque de sa voiture, il n'allait pas tarder à le savoir. Il soupçonnait évidemment les Américains. La fuite venait-elle de Géorgie ou de Bakou ?

Dans le premier cas, c'était gravissime : cela signifierait que les Américains avaient des doutes sur ses liens avec les Russes. Il n'y croyait pas. Ils en auraient parlé au conseiller américain de Saakachvili, Dan Kunin, et Levan Aredavze en aurait eu des échos.

Donc, cela venait du côté azéri. Là, il y avait une urgence absolue. L'homme qui lui avait apporté les dix millions de dollars, un obscur courrier dont il ignorait même le nom, avait assisté au meurtre et savait à qui il avait remis l'argent. Même s'il ne connaissait pas le nom de Levan, il pourrait le décrire et avait sûrement relevé le numéro de sa voiture…

Donc, il devait s'en occuper.

Côté Tamouna, c'était plus simple : elle n'avait aucun intérêt à parler et, surtout, elle avait peur de lui. Jamais elle n'oserait ouvrir la bouche. Si son mari apprenait cette liaison, il la tuerait. Et si elle dénonçait Levan Arevadzé, c'est lui qui la tuerait…

Elle était donc condamnée au silence…

Connaissant les possibilités techniques des Américains, il lui avait recommandé de changer de portable, prétextant la perte de l'appareil. Elle obéirait.

Restait donc le problème du courrier azéri.

À traiter d'urgence.

Il ne voyait qu'une solution : un contact immédiat avec son « traitant ». Après tout, il n'était pas trop tard. Ne voulant pas utiliser son portable, il demanda l'appareil posé sur le bar et composa un numéro qu'il connaissait par cœur.

Une voix joyeuse répondit aussitôt.

– *K'y*[1] ?

– Gocha ? C'est Levan.

– Levan ! Tu es en train de faire la fête. J'entends de la musique.

– Oh, je suis dans un bar. Qu'est-ce que tu fais ?

– Je ne suis pas à Tbilissi. J'ai été voir les réfugiés à Gori. Je rentre demain.

– Il faudrait qu'on se voit.

– *Vso normalno*[2]. Demain, j'ai un truc emmerdant, officiel, au *Marriott*, mais après-demain, je compte faire une petite *soupra*[3] chez moi, à Takhneti. Tu connais le chemin…

Gocha Sukhumi, comme beaucoup de riches Géorgiens, s'était fait construire une villa à Takhneti, village perché sur les collines surmontant Tbilissi. À une dizaine de kilomètres de la ville. Il y faisait plus frais l'été et c'était le snobisme absolu de posséder une datcha perdue dans les bois.

– *Karacho.* Je serai là après-demain, conclut Levan Arevadzé avant de raccrocher.

1. Oui.
2. Pas de problème.
3. Soirée.

Il aurait préféré traiter le problème de l'Azéri immédiatement, mais Gocha Sukhumi, sous ses dehors tonitruants, observait des règles de sécurité très strictes. Recevoir son ami Levan le soir même du transfert de fonds aurait pu conduire à de fâcheux rapprochements, en cas d'indiscrétion.

Même si, aujourd'hui, il était dans la peau d'un oligarque, il n'oubliait jamais qu'il avait commencé sa carrière comme *silovik*[1].

Levan Arevadzé se rassura en pensant que, dans deux jours, il aurait résolu le problème de cet Azéri qui en savait trop.

1. Agent de renseignement.

CHAPITRE III

Il faisait nuit noire. Normal, à trois heures du matin. Malko, qui n'avait guère dormi, était parti de Vienne vers neuf heures du soir et avait perdu en plus deux heures à cause du décalage horaire. Il s'ébroua au milieu des passagers d'Austrian Airlines. Les liaisons avec la Géorgie étaient rares et compliquées. Tous les vols pour Tbilissi arrivaient entre trois heures et quatre heures du matin pour repartir aussitôt. Le président Saakachvili avait exigé ces horaires pour que les Géorgiens arrivant en Europe puissent attraper des correspondances. Résultat, l'aéroport de Tbilissi était probablement le seul au monde à ne fonctionner que la nuit, n'accueillant que de rares vols pendant la journée. Flambant neuf, il évoquait plus le Japon que l'Asie centrale, et les formalités d'immigration étaient réduites à leur plus simple expression.

Un quart d'heure après avoir quitté le Boeing 737 des Austrian Airlines, Malko était dans le hall d'arrivée. Son regard accrocha tout de suite un moustachu aux cheveux gris, en blouson de toile, visiblement un Géorgien, qui brandissait une pancarte à son nom. Dès qu'il s'approcha de lui, l'inconnu demanda en anglais.

– *Mister* Malko ?

– Oui.

– Je m'appelle Kakha et je travaille comme chauffeur à l'ambassade. Monsieur Siegwalt m'a demandé de venir vous accueillir et de vous conduire à votre hôtel. Voulez-vous changer de l'argent avant ?

Malko gagna le guichet de la Georgian Bank. La monnaie locale était le lari, dont l'unité valait un peu plus de cinquante cents américains. De tout petits billets qui évoquaient le Monopoly et n'avaient cours que dans la minuscule Géorgie. Trois minutes plus tard, ils roulaient vers Tbilissi dans une discrète Mercedes 320 noire, même pas blindée. Une autoroute déserte pendant une dizaine de kilomètres, avec des stations-service ouvertes tous les cinq cents mètres, même en pleine nuit…

Après un virage en épingle à cheveux, Kakha le chauffeur se retourna et annonça fièrement :

– Nous venons d'entrer dans George W. Bush Boulevard.

La Géorgie était sûrement le seul pays au monde à avoir donné le nom du président américain honni dans une grande partie du monde à une de ses artères… Il est vrai que Mikhaïl Saakachvili avait été élevé aux États-Unis, parlait aussi facilement anglais que géorgien, s'était résolument aligné sur la politique américaine et ne rêvait que d'entrer dans l'OTAN.

Ils cahotaient désormais sur des pavés inégaux et débouchèrent sur une grande place brillamment éclairée. Kakha expliqua :

– C'était la place Lénine, maintenant c'est la place de la Liberté. Avant le président Saakachvili, la ville était plongée dans l'obscurité pendant toute la nuit.

On le sentait d'une fierté à toute épreuve vis-à-vis du

régime. Ils s'arrêtèrent un peu plus loin, en face d'un immeuble imposant, le *Tbilissi Marriott.* Le *lobby* était vide, un employé somnolait à la réception et regarda Malko comme un Martien. Dix-huit ans après la fin de l'Union soviétique, les bons vieux réflexes n'avaient pas entièrement disparu. La Géorgie avait été durant soixante-dix ans un des satellites les plus fidèles de l'Union soviétique. Il y avait une explication rationnelle à cela : Joseph Staline était né Iossif Djougachvili [1] dans la seconde ville de Géorgie, Gori. Sa gigantesque statue continuait à y dominer la place principale du haut de ses vingt mètres et, en Géorgie, on pouvait critiquer tout le monde, y compris le président Saakachvili, mais pas le Petit Père des Peuples, l'enfant du pays.

Malko, rompu de fatigue, rêvait à un lit comme un chien rêve à un os. Il entendit à peine la voix du chauffeur lancer dans son dos :

– Je viens vous chercher demain à dix heures.

Malko gagna l'ascenseur, se disant qu'il restait bien peu de traces de la guerre éclair du mois d'août, qui n'avait duré que quatre jours… Débordée par l'aviation russe et ses blindés, la fragile et toute neuve armée géorgienne s'était dissoute, fuyant en désordre, comme l'armée française en 1940. Les Russes, après avoir occupé l'intégralité de l'Ossétie du Sud, sous les vivats de la population pro-russe, et ce qui restait de l'Abkhazie encore aux mains des Géorgiens, s'étaient arrêtés à 36 kilomètres de Tbilissi, la capitale.

Ils avaient alors systématiquement détruit la modeste marine de guerre géorgienne dans le port de

1. Beaucoup de noms géorgiens se terminent en *vili* ou *-aze*, les deux mots signifiant « enfant ».

Poti et tout ce qui pouvait ressembler à un objectif militaire, y compris la base de Baziani, à une dizaine de kilomètres de l'aéroport de Tbilissi. Ensuite, sous la pression internationale, ils s'étaient retirés presque entièrement du territoire géorgien, avaient reconnu l'indépendance de l'Ossétie du Sud et de l'Abkhazie et déclaré qu'à leurs yeux, le président Mikhaïl Saakachvili était un « mort politique ». Rappelant leur ambassadeur à Tbilissi et fermant leur ambassade. Comme les liaisons aériennes avec la Russie étaient déjà interrompues depuis deux ans, il ne restait plus grand-chose des liens russo-géorgiens. Après une judicieuse et modeste épuration ethnique menée par les milices ossètes, il n'y avait plus dans le territoire récupéré par l'ours russe que des partisans de Vladimir Poutine.

L'Europe, hésitant entre s'aplatir et se coucher, avait entériné, bon gré mal gré, ce coup de force. Après quelques couinements diplomatiques et d'héroïques efforts pour limiter les dégâts. Laissant l'Europe et la Géorgie sous le choc. Pendant quarante-cinq ans, on avait attendu en vain le déferlement des blindés de l'Armée rouge sur l'Europe, et voilà que cela se produisait, dix-huit ans après la fin de l'URSS…

En s'allongeant, Malko se demanda pourquoi il était là. La Station de la CIA de Vienne l'avait contacté pour lui demander d'aller en renfort à Tbilissi.

Les États-Unis étaient chez eux en Géorgie. Le président Saakachvili, entouré de conseillers pro-américains, recevait les visites des *missi dominici* du State Department tous les quinze jours, et la CIA n'était sûrement pas en péril à Tbilissi.

Il devait y avoir une raison bien tordue pour qu'on fasse appel à lui.

***

Cela ressemblait quand même encore à l'Union soviétique. De grandes barres de HLM, aux balcons peints de couleurs vives, des immeubles majestueux mais noircis par la pollution qui semblaient sortis directement des années vingt... Tbilissi s'étendait tout en longueur, d'est en ouest, le long de la Koura, enserré par des collines, couverte d'églises orthodoxes de toutes les époques.

Kakha s'était présenté à dix heures pile. Ils avaient traversé la ville au milieu des bus jaunes, des *marchroutka*[1] bondés, des japonaises flambant neuves mêlées à quelques vieilles Lada ou Volga de l'ère soviétique. Ils étaient sortis de la ville depuis un bon moment, quand Malko aperçut un énorme bâtiment blanc isolé au milieu d'un *no man's land*, à droite de la route de Bilovani. La nouvelle ambassade américaine. Un blockhaus perdu au milieu de nulle part, dans le quartier de Digomi.

En dépit de l'environnement favorable, la tension était palpable. Avant de parvenir au bureau de Marlin Siegwalt, il avait été fouillé trois fois. Le chef de station, blond, la raie de côté, vêtu d'un costume Prince-de-Galles, un peu précieux, l'accueillit avec un sourire chaleureux.

– Je suis Marlin Siegwalt, annonça-t-il. Désolé de n'être pas venu vous chercher à l'aéroport. Je me lève tôt en ce moment. Il y a pas mal de soucis.

Il ne ressemblait pas à un chef de station. Plutôt à un analyste. Ils gagnèrent, au troisième étage, un bureau spacieux, donnant sur les montagnes.

1. Minibus Volkswagen.

– Café, thé, café turc, Coca ? proposa le chef de station en tirant soigneusement sur le pli de son pantalon. C'est votre première visite à Tbilissi ?

– Absolument.

– Moi, je suis arrivé il y a deux mois, de Kiev. Vous parlez russe, je crois.

– Oui. Vous aussi ?

– Bien sûr, admit modestement l'Américain. Ici, sauf les très jeunes, tout le monde le parle.

En dépit de son apparence timide, il semblait vif et réactif. Ils burent un café immonde en échangeant quelques propos convenus, puis Malko pointa son index sur la carte de Géorgie, constellée de points de couleur, qui occupait tout un panneau.

– C'est la carte du front ?

– Ce sont les points d'appuis russes sur le territoire géorgien, qu'ils ont juré d'évacuer. Nous avons eu des sueurs froides le 10 août dernier. Les blindés russes étaient arrivés à Kaspi, 36 kilomètres de Tbilissi, et à une dizaine seulement des pipelines qui traversent la Géorgie, reliant l'Azerbaïdjan à la Turquie. Le Bakou-Tbilissi-Ceyhan, ou BTC : tous ont le même parcours. S'ils étaient arrivés là, ils pouvaient couper le gaz et le pétrole. Ici, on commençait à brûler les archives. Heureusement, ils se sont arrêtés à Kaspi. Les Géorgiens sont encore sous le choc, mais ils risquent de réaliser la vérité.

– C'est-à-dire ?

– Mikhaïl Saakachvili a fait une énorme connerie. Et moi, je suis là pour la gérer.

– Vous n'êtes pas seul, remarqua Malko. Je crois que les États-Unis sont très engagés auprès de la Géorgie.

– C'est exact, reconnut le chef de station, mais nous

ne voulons pas non plus faire de peine à nos « amis » russes.

Malko acheva son café.

– J'ai été surpris par la demande de Langley, remarqua-t-il. Si j'ai bien compris, les Géorgiens s'occupent des agents russes dans le pays.

– Exact, confirma l'Américain, même si nous leur donnons un coup de main, grâce aux écoutes. Cependant, Langley pense que les Russes ont un plan à long terme pour se débarrasser du président Saakachvili. Un plan dont l'attaque du mois d'août ne serait que le premier épisode. Or, cette opération ne peut être traitée par les services géorgiens, car nous pensons qu'il y a des « taupes » parmi eux et nous ne les avons pas identifiées. À l'appui de cette thèse, il y a un incident récent.

– Lequel ?

– L'assassinat d'un *case officer* de la station. Qui pourrait avoir un lien avec le *Blitzkrieg* du mois d'août. Justement…

On revenait dans les compétences de Malko.

– Que s'est-il passé ? demanda-t-il.

– Il y a une dizaine de jours, expliqua Marlin Siegwalt, nous avons reçu un message de notre station de Bakou, en Azerbaïdjan. Là-bas, ils surveillent beaucoup le blanchiment d'argent, les sources de financement du trafic d'armes par le terrorisme, par exemple. Nous avons pas mal de sources rémunérées dans le système bancaire local. Or, l'une d'elle a appris à l'un de nos agents qu'un courrier allait venir chercher dix millions de dollars à l'International Bank of Azerbaïdjan, contrôlée par la famille du président. La station de Bakou a mis en place une surveillance et a pu identifier le porteur de l'argent. En le prenant en filature, à la sortie de la banque, nos *case-officers* ont découvert qu'il allait par la route en Géorgie. Ils l'ont donc suivi pour découvrir à qui étaient destinés ces dix millions de dollars.

– C'est beaucoup d'argent, soupira Malko, en pensant à son château jamais terminé.

– Exact, approuva l'Américain. Un agent de notre station, Kent Lockwood, s'est rendu au poste frontière avec l'Azerbaïdjan pour prendre le relais de celui qui suivait le courrier depuis Bakou. J'avais prévu une troisième équipe à l'entrée de Tbilissi, mais elle n'a jamais eu à intervenir.

– Pourquoi ?

– Kent Lockwood nous a signalé qu'il prenait cette Mercedes bleue en filature à la frontière. Une demi-heure plus tard, il a appelé de son portable, mais n'a pas eu le temps de parler.

– Que s'est-il passé ?

– Quelqu'un a tiré trois balles sur lui, vraisemblablement. Le portable, encore ouvert, a enregistré les détonations… On l'a retrouvé intact sur le bas-côté de la route, un coup de chance…

– Et la Mercedes bleue ?

– Grâce aux gardes-frontière géorgiens, nous avons pu vérifier qu'elle avait repassé la frontière quarante minutes plus tard.

– Donc, conclut Malko, le courrier a rencontré celui à qui l'argent était destiné.

– Il y a de fortes chances, en effet, reconnut l'Américain.

– Et votre agent ?

– On a retrouvé sa voiture incendiée, dans un ravin au pied du col surplombant la ville de Roustavi. Le cadavre était méconnaissable, brûlé jusqu'à l'os. La police géorgienne a conclu à un banal accident de la route. S'il n'y avait pas eu le bruit des trois coups de feu enregistré par le portable, nous aurions pu croire aussi à l'accident.

– Qui soupçonnez-vous ? demanda Malko.

Marlin Siegwalt eut un geste prudent.

– À ce stade, nous n'avons aucune certitude. Seulement une hypothèse que nous aimerions vérifier. Revenons à la guerre du mois d'août. Vous vous souvenez que le président Saakachvili a envahi l'Ossétie du Sud, se prétendant en état de légitime défense.

– Vous y croyez ?

L'Américain sourit.

– C'est une question cruciale. Figurez-vous qu'il a remis, le lendemain de l'attaque, un compte-rendu d'écoutes recueilli par son service de contre-espionnage. Une conversation entre deux gardes-frontière ossètes dont l'un annonçait à l'autre que des chars russes étaient en train de franchir le tunnel de Roki séparant l'Ossétie du Nord de l'Ossétie du Sud… C'est à la suite de cette interception que le président Saakachvili a pris la décision d'attaquer. Pour occuper Tskhinvali avant les Russes. Il pensait que ces derniers s'inclineraient devant le fait accompli.

– C'était un pari audacieux, remarqua Malko. Mais il ne connaît pas la mentalité des *siloviki*.

– C'est aussi mon avis, reconnut le chef de station, mais il y a autre chose. Nos propres appareils d'écoute n'ont, à cette heure précise, intercepté aucun message de ce genre.

Malko le regarda, surpris.

– Que voulez-vous dire ?

– Qu'il est possible que le président ait été « enfumé ». Qu'on lui ait communiqué un faux message. Et qu'il soit tombé dans le piège.

Un ange passa, les ailes constellées d'étoiles rouges. On revenait aux deux mamelles de l'Union soviétique : mensonges et désinformation.

– Il y aurait donc une taupe dans le contre-espionnage géorgien ? conclut Malko.

– Ce n'est pas extraordinaire, expliqua Marlin Siegwalt. Ce pays a été sous la coupe des Russes pendant plus d'un demi-siècle. À l'Agence, nous sommes persuadés que les Russes, depuis la « révolution des roses », en 2003, veulent se débarrasser de Saakachvili, d'une façon ou d'une autre. Comme ils n'osent pas utiliser les méthodes brutales, ils cherchent des moyens plus sophistiqués.

– Vous avez fait part de ces observations au président Saakachvili ?

– Surtout pas ! Il s'en serait immédiatement ouvert aux responsables de ses Services. Donc, la taupe aurait été alertée. Et, de surcroît, il ne nous aurait pas crus : tous ses collaborateurs ont été choisis en raison de leurs convictions antirusses. Il ne peut imaginer un traître parmi eux. Par moments, il est très naïf.

– Il y aurait un lien avec votre agent assassiné ?

– Dix millions de dollars, cela récompense un service important, fit pensivement l'Américain.

– Vous voulez dire qu'ils auraient été destinés à celui qui a monté cette manip pour les Russes ?

– Cela serait cohérent, reconnut Marlin Siegwalt.

– Pourquoi faire venir l'argent d'Azerbaïdjan ?

– C'est un « trou noir », concernant les finances. Le FSB peut très bien y posséder des comptes sous des entités insoupçonnables. Or, les Azéris interdisent qu'on mette le nez dans leur système bancaire.

– Tout cela tient debout, reconnut Malko, mais la

liste des gens susceptibles d'avoir monté cette manip doit être courte. Si c'est une manip...

– Oui, bien sûr. Une demi-douzaine, au plus.

– Vous avez une idée de qui cela pourrait être ?

– Peut-être. Depuis le meurtre de notre *case officer*, nous avons « criblé » toutes les conversations des portables échangées dans le laps de temps où se sont déroulés les événements. Une tranche horaire de deux heures. Nous sommes tombés sur une pépite. Deux communications ont été données à partir d'un portable azéri qui se trouvait entre la frontière et Tbilissi à destination d'un portable géorgien, dans l'heure qui a précédé l'appel au secours de Kent Lockwood.

– Vous avez identifié le propriétaire de ce portable, l'homme qui a apporté les dix millions de dollars en Géorgie ?

– Non, il utilisait une carte jetable. Notre station de Bakou essaie de le retrouver, grâce au numéro de la voiture qu'il conduisait. C'est sûrement un simple exécutant, mais il sait à qui il a remis l'argent. La station a déjà retrouvé le propriétaire de la Mercedes bleue, mais il a un alibi : il était à l'hopital de Bakou. Il faut lui faire dire à qui il a prêté sa voiture.

– C'est un *long shot*, conclut Malko. Et le portable géorgien ?

– Grâce à la coopération de Geotel, nous avons pu identifier son ou plutôt sa propriétaire. Il s'agit d'une certaine Tamouna Fakri, une femme du monde, ex-star du X, mariée à un riche Libanais. Nous avons pu vérifier que ce soir-là, son mari se trouvait à Poti, à des centaines de kilomètres de Tbilissi.

Malko sourit.

– Elle était peut-être avec son amant...

– C'est une des explications possibles, admit Marlin Siegwalt.

– Ce n'était pas vraiment une promenade d'amoureux, objecta Malko. À moins que ce soit à elle qu'étaient destinés les dix millions de dollars…

– Peu probable, mais on ne sait jamais, reconnut l'Américain. Dans ce cas, elle ferait partie du réseau russe. Elle n'a pas le profil.

– Si l'argent ne lui était pas destiné, releva Malko, il faut que le bénéficiaire des dix millions de dollars ait une confiance totale en elle.

– Évidemment.

L'Américain semblait tout aussi perplexe que Malko. Il enchaîna :

– De toute façon, Tamouna Fakri est notre seule piste pour éclaircir ce meurtre, et peut-être remonter à la taupe russe. C'est un peu la raison de votre présence à Tbilissi.

– Je croyais que vous aviez reçu des renforts…

Marlin Siegwalt eut un sourire ironique.

– Personne qui puisse s'attaquer à une femme du monde, très séduisante, sur ses gardes, veillée de près par son mari. Et peut-être aussi par son amant, pour d'autres raisons. Il faut un profil exceptionnel.

– Vous me flattez, fit Malko. Elle ne doit pas être d'un abord facile.

– Pour vous, si. Son mari adore les mondanités. Il donne une soirée dans deux jours où il invite différents diplomates. Dont le numéro 2 de notre ambassade. Je lui ai demandé de vous emmener. En tant qu'expert de la Communauté européenne. Ensuite, c'est à vous d'être à la hauteur de votre réputation. Tenez, j'ai réuni quelques photos de Tamouna Fakri. Ce n'est pas la mission la plus désagréable qu'on vous ait confiée.

Sur les clichés pris au téléobjectif, Malko découvrit une splendide créature à la silhouette pulpeuse, aux courts cheveux noirs, des traits harmonieux enrichis d'une grande bouche sensuelle.

S'il n'y avait pas eu dans l'ombre un assassin bien organisé, sûrement prêt à tuer pour se protéger, c'eut été, en effet, une mission de rêve.

CHAPITRE IV

– *Sagham Mchvid Obisa*[1] !

À la porte de la villa étagée sur trois niveaux, Gocha Sukhumi ouvrait les bras à son copain Levan Arevadzé. Il avait quinze centimètres de moins que lui, trapu. Les épaules larges, il ressemblait à un ancien lutteur. Ses yeux malins, sans cesse en mouvement, brillaient d'une sincère joie de vivre. Seul souci, ses cheveux devenant de plus en plus rares, il avait pris la décision courageuse de se raser le crâne. Cela faisait plus propre.

Les deux hommes s'étreignirent.

– Viens, lança Gocha Sukhumi, on sort dans le jardin.

Même ici, au-dessus de Tbilissi, il faisait encore près de 30 °C. Septembre était magnifique.

Levan Arevadzé suivit son copain dans le jardin, dominant le chemin de plusieurs mètres. Une quinzaine d'invités des deux sexes se pressaient autour d'une piscine aux formes tourmentées. Certains habillés, d'autres en maillot…

Gocha Sukhumi attrapa une bouteille de champagne français, du Taittinger, sur un guéridon et remplit une coupe pour Levan.

1. Bonsoir !

– Tiens, ça va te changer de la vodka… Viens, je veux te présenter à une copine qui meurt d'envie de te connaître.

Ils se faufilèrent le long de la piscine. Tout le monde avait beaucoup bu et personne ne prêta attention au nouveau venu. À l'extrémité de la piscine, Arevadzé aperçut une fille aux longs cheveux noirs, debout dans l'eau, le visage à la hauteur de la margelle, une flûte de champagne devant elle. Gocha Sukhumi la héla :

– Natia ?

Elle leva la tête, un visage triangulaire ravissant, des yeux étirés. Son regard croisa celui de Levan Arevadzé et il se dit qu'il était en présence d'une authentique salope…

– Je te présente « Crazy » Natia annonça son hôte.

– Pourquoi *crazy* ?

– Tu verras tout à l'heure, quand elle dansera, répondit Gocha Sukhumi.

La jeune femme se hissa hors de la piscine. Son deux-pièces minuscule révélait qu'elle avait un corps mince, avec une petite poitrine, mais une chute de reins extrêmement cambrée qui mit l'eau à la bouche de Levan Arevadzé.

Gocha leva sa coupe de champagne Taittinger.

– *Na sdarovié*[1] ! C'est pas un beau cadeau !

Entre eux, les deux hommes parlaient souvent russe. Ils avaient été élevés au lait de l'Union soviétique, même si le Géorgien était leur langue natale.

Happé par un groupe, Gocha Sukhumi disparut. Levan Arevadzé le suivit d'un regard songeur. Voilà un homme qui s'était bien débrouillé. Analyste au KGB pendant une dizaine d'années, il avait eu la bonne

1. À la tienne.

idée de donner sa démission de cette institution qui battait de l'aile dès 1992, à la prise de pouvoir de Boris Nicolaïevitch Eltsine, qui avait entrepris de la démanteler.

Comme Gocha Sukhumi avait encore des relations, il avait réussi à se faire attribuer des licences d'exportation de pétrole, à une époque où seul le gouvernement avait le droit d'exporter. Cela n'avait pas, hélas, duré longtemps. Mais, pendant quelques mois, Gocha Sukhumi avait pu expédier des trains entiers de wagons-citernes en direction de la Pologne, payant le pétrole en roubles dévalués et le revendant en dollars. À cinquante millions de dollars la semaine, il s'était vite enrichi. Ce filon épuisé, il avait ensuite investi dans les stations-service de la ville de Moscou, grâce à ses copains de Lukoil, établissant définitivement sa fortune.

Quelques centaines de millions de dollars.

Un tout petit oligarque.

Puis, il avait eu le mal du pays. Après s'être offert un magnifique appartement au quatrième étage de *Dom Nabierejno*[1], face à la Moskova et au Kremlin, il était retourné à Tbilissi où il avait fait construire cette énorme villa d'un goût douteux. Comme Levan Arevadzé, il était né dans le village de Berbuki, au nord de Gori, et ils se connaissaient depuis l'école. Devenu riche, Gocha avait couvert d'or son village natal, construisant une église neuve et une école, faisant des dons aux vieux pour arrondir leur pension de 200 roubles par mois. Chaque fois qu'il y retournait, il était accueilli comme le roi du pays.

Au passage, il ne manquait jamais de se recueillir

1. Le moulin sur la rivière.

devant l'énorme statue de Staline qui dominait la grande place de Gori.

Dans les années folles de la guerre entre l'Abkhazie et la Géorgie, en 1992, il avait répondu à l'appel de son compatriote Édouard Chevardnadze, ancien ministre des Affaires étrangères de l'URSS, devenu président de la Géorgie, lui procurant discrètement des armes grâce à des contacts noués avec la CIA. À l'époque, Vladimir Poutine n'était pas encore au pouvoir et le Kremlin ne se souciait pas de la lointaine Abkhazie. On était en plein démantèlement de l'URSS.

En dépit de cette aide, la Géorgie avait perdu la guerre, mais Gocha Sukhumi y avait gagné une image d'ennemi de l'URSS. En Géorgie, il n'avait aucune activité commerciale, se contentant de gérer son immense fortune désormais répartie entre différents paradis fiscaux. Une vie sans histoire, jusqu'à un jour de juin 2004 où il avait reçu une invitation à déjeuner à Moscou, dans un discret restaurant japonais. De la part d'un homme qu'il connaissait vaguement comme un proche du Kremlin. Un oligarque comme lui.

Cet ami était venu accompagné d'un troisième homme, plutôt jeune, affable, qui s'était présenté comme un ami proche de Nicolaï Patrouchev, le nouveau chef du FSB[1].

L'ami de Gocha Sukhumi s'était éclipsé avant le café. Le Géorgien s'était retrouvé en tête à tête avec le *silovik*. Ce dernier lui avait alors révélé la raison de ce rendez-vous : le nouveau président, Vladimir Poutine, était en train de mettre de l'ordre dans la « Maison Russie ». Il avait dans sa ligne de mire les oligarques

1. Federalnaya Slushbo Bezopasnati : service de renseignement fédéral, héritier du KGB.

qui s'étaient honteusement enrichis durant la période folle 1992-1996.

Comme Gocha Sukhumi.

Ce dernier s'était recroquevillé intérieurement. On ne plaisantait pas avec le nouveau « tsar ». Son interlocuteur l'avait vite rassuré. Il n'était pas question de le dépouiller d'une fortune mal acquise. Simplement de lui faire réintégrer les rangs de son ancienne « maison », le KGB devenu FSB.

Gocha Sukhumi avait accepté avec enthousiasme : il se sentait aussi russe que géorgien et avait autant de liens avec Moscou qu'avec Tbilissi. En plus, s'il pouvait vivre comme un milliardaire, c'était aussi grâce à l'Union soviétique.

Tout s'était terminé par un toast ému à la *rodina*, la patrie... Sous les sourires, il avait quand même compris que désormais, il était tenu en laisse. S'il n'obéissait pas strictement aux ordres, le procureur général de la Russie trouverait bien quelques chefs d'accusation dans ses vieux dossiers, capables de lui pourrir la vie durablement. Ou même de l'envoyer en prison. Il ne voulait pas être « tricard » en Russie.

La première demande du FSB avait été simple : trouver quelqu'un de sûr au sein du pouvoir géorgien, qui puisse renseigner le Kremlin sur les orientations du pays. Gocha Sukhumi avait tout naturellement pensé à son vieux copain Levan Arevadzé. Son recrutement n'avait pas été difficile. Levan Arevadzé avait de l'ambition. Simple colonel, il n'était encore que le numéro 2 du SOD. Gocha lui avait promis de l'argent, lui faisant miroiter qu'un jour, peut-être, dans une autre configuration politique, il pourrait accéder à des fonctions politiques.

Régulièrement, Levan Arevadzé avait reçu des

sommes d'argent importantes. Toujours en liquide. Une sorte de *retainer*[1]. Puis, lorsque Mikhaïl Saakachvili avait renversé Édouard Chevardnadze, son rôle était devenu plus important. Le nouveau président étant considéré comme un ennemi de la Russie, Levan Arevadzé était devenu la cheville ouvrière du FSB en Russie. Grâce à ses fonctions lui permettant d'avoir accès à beaucoup de secrets d'État, il était précieux.

L'opération de la fausse interception était la dernière manip d'une longue série d'actions souterraines. Désormais, la Russie était ouvertement en guerre avec la Géorgie, et le rôle de Levan Arevadzé devenait crucial.

Celui-ci sentait peu à peu son angoisse se dissoudre. Il leva sa flûte de Champagne Brut Taittinger, sans perdre de vue le but de sa visite. Hélas, pour le moment, Gocha était accaparé par ses invités. Les haut-parleurs commencèrent à cracher une musique folklorique à tue-tête et tout le monde se mit à danser. Une danse endiablée où les hommes se trémoussaient autant que les femmes. Gocha Sukhumi était le plus déchaîné, repliant ses petites jambes à angle droit, comme s'il voulait frapper ses fesses de son talon. Ceux qui ne dansaient pas buvaient.

Levan Arevadzé se reversa discrètement du Taittinger Comtes de Champagne rosé 2003 et se rapprocha d'un cercle admiratif entourant « Crazy » Natia. Vêtue d'une longue robe noire très fluide, elle faisait une sorte de danse orientale, rythmée de coups de reins à faire exploser les aortes…

Un appel au viol. Levan se glissa au premier rang et, aussitôt, la jeune femme vint danser en face de lui, comme pour le provoquer, puis l'entraîna au milieu du cercle. Très vite, Levan se prit au jeu. Comme tous

1. Honoraires.

les Géorgiens, il avait la danse dans le sang. Et cette fille-liane qui balançait sa croupe en virevoltant réveillait sa libido qui ne dormait jamais que d'un œil. Les bulles du Taittinger le rendaient encore plus léger. La musique s'interrompit. Aussitôt, tandis que les danseurs se dispersaient, « Crazy » Natia prit Levan par la main et le remorqua à l'intérieur de la maison. Jusqu'à un salon désert, où les invités avaient déposé leurs vêtements.

Ce fut brutal.

Après avoir refermé la porte d'un coup de pied, elle plaqua sa main sur le ventre de Levan, la tête levée, les yeux brillants.

– Je t'ai fait bander en dansant ?

Ses doigts parachevèrent en quelques secondes ce que sa danse avait commencé. Ses lèvres épaisses se retroussèrent en un sourire gourmand, tandis qu'elle le massait doucement.

– Il paraît que tu as une très grosse queue, reprit-elle, d'une voix douce. Montre-la-moi.

Déjà, elle descendait le zip, découvrant une colonne de chair impressionnante. La bouche de la jeune femme se referma goulument dessus et elle se l'enfonça au fond du gosier.

Les jambes écartées, le souffle court, Levan Arevadzé subissait cette tornade sexuelle avec ravissement. Gocha Sukhumi avait toujours des amies admirables. Cependant il arracha « Crazy » Natia à son sexe. Il la voulait… Docilement, la jeune femme gagna le canapé voisin et s'y agenouilla, lui tournant le dos, appuyée au dossier.

Levan Arevadzé était déjà derrière elle. Il releva la longue robe noire, découvrant la croupe nue incroyablement cambrée. Il était en train de chercher le sexe de

Natia quand celle-ci se retourna et lança d'une voix espiègle :

– J'espère que tu es assez dur pour m'enculer.

Levan Arevadzé était déjà au fond de son ventre. Le souhait de la jeune femme le rendit fou. Il se retira, remonta un peu et, de toutes ses forces, força les reins de « Crazy » Natia. Jamais une femme ne lui avait fait une demande aussi directe, étant donné ses mensurations. Natia poussa un cri rauque et il la sentit se raidir.

– Attends un peu ! demanda-t-elle.

Il était déjà planté en elle de quelques centimètres. Elle respira profondément et souffla :

– *Seitchass*[1] !

D'une seule poussée, Levan la viola de toute sa longueur. Natia hurla, puis se mit à haleter. Il se retira un peu et murmura :

– Tu me serres bien… Petite salope !

Comme s'il pouvait en être autrement ! Les deux mains crispées sur ses hanches, Levan Arevadzé se déchaîna, ébranlant le canapé. Natia ne criait plus, mais ses fesses venaient au-devant du membre qui la déchirait. Lorsque Levan explosa avec un grognement de fauve, elle cria aussi, puis se retourna et dit simplement :

– Maintenant, allons danser. J'adore danser…

***

Les derniers invités partaient. Il était presque quatre heures du matin. Levan Arevadzé réalisa qu'il avait vidé tout seul une bouteille entière de Taittinger Comtes de Champagne rosé.

1. Maintenant.

Heureusement, Gocha, qui savait vivre, en avait plein la cave.

Celui-ci vint le retrouver, égrillard.

– Tu es content de Natia ?

La jeune femme avait disparu quelque part dans la maison.

– Extra ! reconnut Levan, mais j'étais venu te voir pour autre chose.

Gocha Sukhumi sourit.

– Pour me remercier.

– Pas tout à fait, reconnut le colonel du SOD.

Rapidement, il raconta l'épisode de l'interception et ce qui avait suivi.

Le sourire de Gocha Sukhumi s'était effacé.

– Tu crois que cela vient de Bakou ?

– Je pense. Sinon j'aurais déjà eu des problèmes ici.

Gocha Sukhumi avait pris son visage de pierre.

– Je vais faire le nécessaire.

– *Zakasnoyé*[1] ?

– Oui. Très vite. Je m'en occupe tout à l'heure.

Levan Arevadzé n'avait jamais cherché à savoir comment Gocha communiquait avec Moscou, mais cela marchait.

Gocha Sukhumi se leva avec un sourire rassurant.

– Rentre chez toi tranquille. D'autant qu'on risque d'avoir besoin de toi. Très vite.

– Pourquoi ?

Gocha Sukhumi lâcha d'une voix contenue :

– Il faut débarrasser notre pays de ce fou de Saakachvili. Nos amis n'en veulent plus. Tu vas nous aider…

1. Liquidation brutale.

CHAPITRE V

Tamouna Fakri déjeunait avec sa copine Nina Goradze au snack du *Tbilissi Marriott*, là où il fallait être vu, où tous les politiciens venaient comploter. En quelques jours, elle était parvenue à effacer de sa mémoire l'atroce soirée avec son amant et la peur viscérale qu'elle avait éprouvée. Le quotidien *Resonanski* et la chaine de télé Roustavi 2 n'avaient même pas mentionné l'accident, mais cela ne voulait rien dire : en Géorgie, la presse était tout aussi muselée que dans la Russie de Poutine. Elle en était soulagée mais c'était quand même un lourd secret à porter… Sa copine lui jeta un regard par-dessous.

– Tu ne vois plus Levan ? demanda-t-elle d'un air gourmand.

– Pas depuis quelques jours, il a du travail, mentit Tamouna.

Le lendemain de cette funeste soirée, elle avait jeté son portable dans un égout, déclaré sa perte et en avait acheté un autre. Son mari n'avait fait aucune remarque quand elle lui avait donné son nouveau numéro. Du coup, elle n'était pas retournée dans le grand appartement délabré de Nina Goradze, au cinquième étage sans ascenseur, qui servait aussi à sa copine d'atelier d'artiste…

– À propos, enchaîna Nina Goradze, tout à l'heure, on m'a dit que ton numéro était déconnecté. C'est une erreur ?

– On. On m'a volé mon portable. Ou je l'ai perdu. Voilà mon nouveau numéro : 899 59 0104.

Nina Goradze l'enregistra sur son portable et Tamouna demanda l'addition. C'était toujours elle qui invitait, car elle avait beaucoup plus d'argent.

– Si je croise un beau garçon, je te l'envoie, soupira sa copine. J'ai l'impression que ça ne va pas fort avec Levan. Où vas-tu maintenant ?

– À la galerie.

Mourad, le mari de Tamouna, lui avait acheté une galerie d'art, la galerie Irakli, dans la vieille ville, juste au-dessus de la rue Chardin.

***

Bahir Safar se leva, satisfait. Il venait de recevoir un coup de fil de son commanditaire, celui pour qui il avait effectué le transport des dix millions de dollars. Il allait donc toucher les dix mille dollars promis et se réservait de demander un supplément pour l'incident où il avait joué un rôle non prévu. Il avait rendez-vous à midi sur une petite place sans nom du vieux quartier de Bakou et décida, pour tuer le temps, d'aller parier quelques *manats*[1] sur un combat de coqs, distraction favorite des Azéris. Comme il était assez loin, il prit un taxi, passant devant l'imposant bâtiment doré de l'International Bank of Azerbaïdjan, gérée d'une main de fer par un cousin du

1. Monnaie azerbaïdjanaise.

nouveau président Ilham Aliev, qui avait succédé à son père, Gueïdar Aliev en 2003, après un décès qui aurait pu soulever des questions dans un pays plus démocratique que l'Azerbaïdjan.

Après soixante-dix ans de domination soviétique, on avait à Bakou le culte du secret. Gueïdar Aliev était passé directement du poste de responsable du KGB pour l'Azerbaïdjan à celui de président, pratiquement élu à vie.

Dans tout le pays, on parlait encore russe autant qu'azéri ou arménien.

Les innombrables derricks qui pompaient jour et nuit le pétrole de ce petit pays, guère plus grand que le Portugal, assuraient un train de vie plutôt correct à la population de neuf millions d'habitants. Et on trouvait même encore du caviar au marché noir, l'officiel ayant disparu.

Bahir Safar se fit déposer dans la vieille ville, en face d'une des innombrables statues de Gueïdar Aliev, et continua à pied, dans Niyazi Street.

Le combat de coqs se déroulait sur une petite place ombragée, en face d'une mosquée peu fréquentée… Bahir Safar gagna quinze manats sur le premier combat, puis en reperdit vingt. Il allait parier une troisième fois lorsqu'il sentit une présence derrière lui. Il se retourna, face à la moustache tombante de son copain Taza. Ce dernier souriait et lui dit à mi-voix :

– Vas-y, mets ton pari, il n'y a pas le feu…

Bahir Safar, se disant qu'il allait toucher plus de dix mille dollars, misa cinquante manats sur un gros coq à l'allure agressive et à la crête dentelée, preuve de plusieurs combats gagnés, puis se dégagea de la foule.

– Viens, on va là-bas, proposa Taza.

Il désignait la petite mosquée. Ce n'était pas l'heure de la prière et elle était déserte. Bahir Safar le suivit. Son copain semblait avoir repéré les lieux. Ils se retrouvèrent dans un coin sombre et désert, entre l'entrée et le mur d'enceinte extérieur qui les séparait de la place.

– Tu as du feu ? demanda Taza.

Bahir Safar fouilla dans la poche de son jean. Il vit Taza plonger la main dans sa poche, sûrement pour y prendre l'argent. Il était en train de sortir son briquet lorsque la main réapparut, serrant la crosse d'un pistolet assez gros et laid. Bahir Safar eut à peine le temps d'avoir peur. Son copain venait de lui tirer une balle en plein visage, qui entra par l'œil gauche, traversa le cerveau et ressortit, entraînant quelques morceaux de boîte cranienne, pour se planter dans le mur de la mosquée.

Foudroyé, Bahir Safar s'effondra sur place. Taza lui tira aussitôt une balle dans l'oreille, rempocha son arme et ressortit tranquillement de la mosquée...

***

De la terrasse de l'hôtel *Kopala* niché rue Tchékov, au cœur du vieux quartier historique de Makkhi, on avait une vue imprenable sur Tbilissi, de la tour de télévision déguisée en tour Eiffel jusqu'à la majestueuse forteresse de Narikala. C'était le lieu favori de la classe dirigeante et, en particulier, de Mikhaïl Saakachvili, qui y logeait ses amis et aimait venir boire un whisky sur la terrasse du restaurant, bercé par le son mélancolique d'un pianiste d'un certain âge, installé à l'intérieur.

Levan Arevadzé était là depuis une dizaine de minutes, en face d'un verre de vin rouge comme du sang, lorsque Gocha Sukhumi émergea de l'ascenseur. Les deux hommes se voyaient fréquemment dans des endroits publics et leur amitié n'était un secret pour personne. On disaient d'eux que c'étaient des *chimi dzamakatsi*[1]. Retiré des affaires et de la politique, Gocha Sukhumi était plutôt considéré comme un mécène.

Le milliardaire commanda lui aussi un verre de vin et ils se mirent à discuter des dernières nouvelles politiques. Une visite de Condoleezza Rice pour remonter le moral de Mikhail Saakachvili.

– Bientôt, on sera débarrassés de cette guenon noire, laissa tomber Gocha Sukhumi.

Levan Arevadzé soupira.

– Pourvu qu'on n'ait pas un nègre à plein temps à la Maison Blanche !

Les deux hommes méditèrent quelques instants sur cette perspective décourageante, puis Gocha Sukhumi annonça d'une voix égale, penché vers son interlocuteur.

– Le nécessaire a été fait à Bakou. Proprement.

Le colonel géorgien ne put dissimuler son soulagement.

– Ça n'a pas fait de vagues…

Gocha Sukhumi arbora une expression choquée.

– Ce sont des choses faciles à faire. Surtout là-bas. On mettra ça sur le compte des Arméniens…

Les deux hommes rirent à cette bonne plaisanterie. À cause du territoire du Haut-Karabakh, « confisqué » à l'Azerbaïdjan par l'Arménie, les deux pays étaient en état de guerre larvée, avec tout ce que cela supposait.

Levan Arevadzé se préparait à commander une vodka pour célébrer cet heureux événement, lorsqu'une phrase de Gocha Sukhumi le glaça :

– Il y a encore un problème.

Levan Arevadzé se figea.

– Lequel ?

– L'autre soir, il y avait une autre personne avec toi.

1. Littérallement : hommes-frères.

Le numéro 2 du SOD ne mit pas longtemps à comprendre.

– Tamouna, oui bien sûr, mais je suis totalement sûr d'elle.

Gocha Sukhumi ne répondit pas, fixant la forteresse illuminée, au-delà de la rivière. Levan Arevadzé sentit la moutarde lui monter au nez.

– Écoute, fit-il en se penchant, tu n'y penses quand même pas…

– Si, laissa tomber son vis-à-vis, j'y pense beaucoup.

– C'est ma maîtresse, elle n'en a rien à foutre, fit brutalement Levan Arevadzé. En plus, elle est follement amoureuse de moi. Et puis, c'est une femme sûre, pas une conne. Pas une fille des rues.

Les mots se bousculaient dans sa bouche. Il en bafouillait. Gocha Sukhumi le laissa parler et conclut d'un ton posé.

– « On » est venu me rendre visite. Pour faire le point. « On » considère qu'il s'agit d'un risque élevé de sécurité. Pour le moment, Tamouna est amoureuse, mais elle peut changer. Un jour, tu vas la planter. C'est une bombe à retardement. Ce ne serait pas la première femme à vouloir se venger. Et là, « on » sera dans la merde. Et nous aussi. Or, nous avons encore besoin de toi. Pour des choses importantes. Encore plus que ce qui s'est passé.

– Quelles choses ? demanda Levan Arevadzé, ébranlé.

– Saakachvili doit partir, fit à mi-voix Gocha Sukhumi, je te l'ai dit l'autre soir. Nos amis de Moscou n'en veulent plus. Vladimir Vladimirovitch sera intraitable sur ce point. C'est à nous qu'il a confié le travail. Un travail très délicat.

Leva Arevadzé ricana.

– Tu ne veux quand même pas que je remplace le président ?

Gocha Sukhumi ne se dérida pas.

– Ce serait évidemment l'idéal, reconnut-il, mais ce n'est pas jouable. Par contre, cela te dirait d'être ministre de l'Intérieur ?

Levan Arevadzé demeura silencieux, marquant le coup. Lui, le gamin issu d'une famille pauvre, où on ne mangeait de la viande qu'une fois par mois, ministre ! Contrairement à Saakachvili, il ne venait pas d'une famille aisée.

Gocha Sukhumi, sentant qu'il l'avait ébranlé, enchaîna aussitôt :

– Nous avons sélectionné le candidat idéal, mais cela sera difficile de le mettre sur orbite sans éliminer « Micha ».

– Qui est-ce ? ne put s'empêcher de demander Levan Arevadzé.

Gocha Sukhumi sourit.

– Je te le dirai quand ton problème sera réglé. Pour l'instant, tu représentes, aux yeux de nos amis, un risque de sécurité.

– Ce n'est pas mon problème, protesta le colonel géorgien.

Gocha Sukhumi le fixa avec une expression inhabituellement dure.

– Si. Tu devais aller seul à ce rendez-vous.

– J'avais besoin d'utiliser son portable.

Le milliardaire secoua la tête.

– Ne me prends pas pour un con. Tu avais envie de la baiser, tout simplement. Je te comprends, c'est une très belle femme.

Levan Arevadzé ne répondit pas. Son ami avait raison. Il avait beaucoup de mal à voir Tamouna, surveillée par son mari. Le voyage de celui-ci était une occasion providentielle. Il n'avait pas pu y résister. Il s'ébroua.

– Qu'est-ce que tu veux que je fasse ? lança-t-il.

– Que tu résolves ce problème, fit paisiblement Gocha Sukhumi. Nous ne voulons pas nous impliquer là-dedans.

Le piège s'était refermé. Levan Arevadzé avait déjà tué, mais l'idée de se débarrasser de Tamouna le hérissait.

– Il faut que je réfléchisse, dit-il. Ce n'est pas facile.

– Ne réfléchis pas trop longtemps, conseilla gentiment Gocha Sukhumi. Là-bas, ils n'ont aucune patience et il s'agit en somme de quelque chose de facile. Je te laisse le choix… Allez, je dois y aller.

Il laissa des billets sur la table et se leva. Les deux hommes s'étreignirent et Gocha Sukhumi ajouta :

– « Crazy » Natia a beaucoup aimé la façon dont tu l'as baisée. Je te donnerai son adresse. Elle habite seule, pas loin d'ici.

Avec le poison, il offrait le contre-poison.

Levan Arevadzé descendit retrouver son chauffeur, perturbé. Il s'était juré de ne pas revoir Tamouna avant un certain temps, par sécurité. Il allait devoir changer son fusil d'épaule. Sans même s'en rendre compte, il réalisa qu'il était déjà en train de réfléchir à la façon de satisfaire ses associés.

Après avoir quand même sauté la ravissante Mme Fakri une dernière fois.

***

Marlin Siegwalt avait perdu son air poupin et ressemblait à un bébé joufflu à qui on vient de donner la fessée. À peine Malko fut-il entré dans son bureau qu'il lâcha.

– Ils ont été plus vite que nous.

– Qui ?

– Les Azéris. Nous avions fini par identifier l'homme de la Mercedes bleue, celui qui a amené les dix millions de dollars en Géorgie. Le témoin très probable du meurtre de notre *case officer*. Un certain Bahir Safar, un petit voyou mêlé à toutes sortes de trafics. On l'a retrouvé avec deux balles dans la tête dans une mosquée de la vieille ville de Bakou. Comme personne n'a rien entendu, on a sûrement utilisé une arme munie d'un silencieux.

– C'est signé FSB, conclut Malko.

Il n'avait jamais trop cru à cette piste. Les Russes savaient travailler et n'avaient aucun scrupule.

– Cela ferme une porte, conclut-il. Que nous reste-t-il ?

Depuis deux jours, il explorait Tbilissi sans enthousiasme. Les femmes étaient moins belles qu'à Moscou, la nourriture infâme et il n'y avait strictement rien à acheter. Sans parler d'une langue incompréhensible. Dieu merci, presque tout le monde parlait russe.

– Tamouna Fakri, annonça le chef de station. Ça y est, j'ai l'invitation pour demain soir. Vous y allez avec le numéro 2 de notre ambassade. C'est tout ce qui nous reste comme piste. Cela pourrait être plus désagréable… Ce serait bien que vous puissiez obtenir son portable, afin de vérifier notre hypothèse.

– C'est justement cela qui risque d'être délicat, releva Malko. Une femme honnête ne donne pas son portable à n'importe qui.

Marlin Siegwalt se permit un ricanement discret.

– Je ne suis pas absolument certain que cette Tamouna Fakri soit une femme honnête. De toute façon, j'ai lu votre pedigree. Vous obtiendriez le portable de la femme de Belzébuth.

CHAPITRE VI

Elle était vraiment très belle.

Tamouna Fakri, une brune à la grande bouche rouge, que son mari ne quittait pas d'une semelle, était vêtue d'une robe en soie imprimée aux couleurs vives, très sage mais assez moulante pour ne rien dissimuler de son corps. Une poitrine épanouie, de longues jambes, la peau mate. Lorsque Malko s'était incliné sur sa main, leurs regards s'étaient croisés brièvement et il y avait lu de l'intérêt. C'était une femme qui aimait les hommes et cela se sentait.

Ensuite, Malko s'était noyé dans la foule des invités, répartis entre un grand jardin et le rez-de-chaussée de la villa, située non loin de l'ambassade américaine.

William Curzon, le diplomate américain qui l'avait emmené à la soirée, ressemblait plus par son allure frêle et ses lunettes ovales à monture d'acier, à un intellectuel de gauche qu'à un membre du State Department. Il y avait de tout à cette soirée : des diplomates, des hommes d'affaires, des Géorgiens proches du gouvernement. Quelques jolies femmes. On se servait à un buffet disposé dans le jardin et le bar était assailli en permanence.

L'inévitable vin géorgien, la vodka et, comme on était

dans une soirée riche, le champagne français. Un des barmen passait son temps à déboucher des magnum de Taittinger Comtes de Champagne. Le maître et la maîtresse de maison passaient de groupe en groupe avec un mot agréable pour chacun. Quand vint le tour de Malko, de nouveau, il eut l'impression d'accrocher l'intérêt de la belle Tamouna. Celle-ci s'en tint aux propos d'usage, lui demandant depuis combien de temps il se trouvait à Tbilissi, et ce qu'il y faisait.

– Quelques jours, répondit Malko. Je suis envoyé par la Communauté européenne.

La jeune femme sourit.

– Ah, j'espère que vous allez nous protéger de ces horribles Russes ! Il paraît qu'ils voulaient prendre Tbilissi. Nous aurions tous été massacrés.

Malko préféra ne pas répondre. Si Vladimir Poutine avait été moins modéré, rien ne l'empêchait de pousser jusqu'à la Bretagne… Les rares troupes européennes capables de se battre étaient occupées en Afghanistan ou en Irak…

– Ils vous auraient certainement violée, dit-il avec un zeste de provocation.

Tamouna lui jeta un regard étonné.

– Moi ? Pourquoi ?

Les yeux dorés de Malko pétillaient.

– Parce que vous êtes très belle. La plus belle femme de cette soirée.

Elle mit un doigt sur ses lèvres.

– Chut ! Si mon mari vous entendait…

Elle s'était déjà esquivée. Déçu, Malko regagna le buffet pour se resservir en vodka. Heurtant involontairement au passage un homme qui se retourna, le dévisagea quelques secondes, puis poussa une exclamation.

– Malko !

Celui-ci sentit son sang se figer dans ses veines. L'inconnu le regardait en souriant. Trapu, costaud, un visage plat un peu mongol, le crâne rasé, une grande bouche mince et un regard malin et rieur. C'est l'absence de cheveux qui l'avait égaré quelques secondes, en dépit de sa prodigieuse mémoire.

– Gocha !

L'homme au crâne rasé l'étreignit aussitôt.

– Cela fait un sacré bout de temps ! C'était en 1996, non ?

– Non, 98, corrigea Malko, au moment de la mort de Raissa Gorbatchev [1]. Je vous croyais toujours à Moscou.

– Je vais et je viens, expliqua Gocha Sukhumi. Je me suis fait construire une maison ici, à l'écart de la ville : c'est mon pays d'origine. Et il y a presque autant de jolies filles qu'à Moscou. Seulement, elles sont moins chères.

Le Géorgien n'avait pas changé. Il finissait de rire lorsqu'une brune longue et mince, au regard incandescent, vint le rejoindre et lui prit le bras.

– Malko, je vous présente « Crazy » Natia, une des plus jolies filles de Tbilissi. Elle danse comme une reine, chante merveilleusement, joue de la guitare, et…

Il laissa sa phrase en suspens avec un rire gras et la brune expédia à Malko un regard à faire exploser la calotte glaciaire du pôle Nord.

– Ne le croyez pas, minauda-t-elle. Je suis quelqu'un de très sage. J'aime surtout jouer de la guitare.

Son regard, accroché à celui de Malko, disait nettement le contraire. C'était de toute évidence une éblouissante salope, ce qui suintait par tous les pores de sa peau. Lorsqu'elle s'éloigna dans la foule, Malko eut un petit

1. Voir SAS n° 137 : *La Piste du Kremlin.*

coup au cœur en découvrant une croupe callipyge, à faire saliver le moins sodomite des hommes…

Gocha Sukhumi se pencha à son oreille.

– C'est une folle du cul. Elle ne met jamais de culotte. Mais ce n'est rien à côté de ma vraie copine, Lena. Elle est plus femme du monde. Elle est à Moscou mais elle va venir bientôt. Alors, toujours dans le même business ?

Malko faillit mentir, mais l'acuité du regard de son interlocuteur l'en dissuada. Ce dernier savait que, dix ans plus tôt, il travaillait pour la CIA. À cette époque, Gocha Sukhumi était en contact avec l'Agence américaine et lui rendait quelques services. C'était le moment où la bataille faisait rage pour la succession de Boris Eltsine et la CIA cherchait à influencer le jeu. Jouant l'ancien patron du KGB, Evgueni Primakov, considéré comme plus manipulable que le jeune Vladimir Poutine.

C'était aussi l'époque des explosions mystérieuses à Moscou qui détruisaient des immeubles entiers, faisant des centaines de victimes. Attribuées aux Tchétchènes, elles étaient en réalité le fait d'officines travaillant pour le pouvoir en place. Hélas, il n'y avait jamais eu la moindre preuve. Juste un rapport réuni par Malko au risque de sa vie sur l'implication probable de Vladimir Poutine dans ces attentats.

Ce dernier avait été élu et les Américains avaient remisé leur rapport. Avec Gocha Sukhumi, il avait connu un certain nombre d'émotions. Le Géorgien aimait autant la fête et les femmes que l'argent. Ayant fait fortune, il était plus fiable que la plupart des sources recrutées par la CIA.

– Tu te souviens de la fête chez moi, quand on avait tiré au sort ? demanda Gocha Sukhumi, avec un sourire égrillard, adoptant le tutoiement russe.

Une fête qui tenait plus de l'orgie, avec des femmes inouïes de beauté et de perversité. Pas un mauvais souvenir…

– Bien sûr, fit Malko.

Gocha lui expédia une grande claque dans le dos.

– On va faire la même ! Tu restes un peu à Tbilissi ?

– Oui, je pense.

Au fond du salon, cinq chanteurs venaient de prendre place et s'étaient mis à hurler à tue-tête. Des chants polyphoniques, comme en Corse, mais plus harmonieux. On ne s'entendait plus. Le Géorgien attira Malko dans le jardin.

– Dis-moi, demanda-t-il à voix basse, tu es ici pour le boulot, je suppose.

– C'est exact, mais…

Gocha Sukhumi lui envoya une bourrade joyeuse.

– Évidemment que je ne vais pas le crier sur les toits ! Mais si je peux te rendre service. Je connais beaucoup de monde ici.

Il tira une carte de visite de sa veste et y griffonna un numéro de portable.

– Tiens, j'habite un peu plus loin, mais je viens en ville presque tous les jours. Où tu es ?

– *Tbilissi Marriott.*

– Parfait. Quelle chambre ?

– 408.

– Je t'appelle.

Il retourna vers le bar, laissant Malko plutôt satisfait. Gocha Sukhumi s'était révélé un allié efficace, dix ans plus tôt, à Moscou. Il pourrait peut-être l'aider… Il se faufila à nouveau dans le salon. L'ambiance avait totalement changé.

Tout le monde ou presque s'était lancé dans des danses endiablées, rythmées par l'orchestre. Une sorte de quadrille caucasien pétillant de joie. Les hommes n'étaient pas les moins déchaînés. Malko repéra le maître de maison levant la jambe comme une danseuse de french cancan ! Tamouna, elle, se tenait sagement en bordure de la piste improvisée. Pendant que Malko l'observait, un invité vint la prendre par la main et l'entraîna. Visiblement, c'était la coutume.

Une voix souffla soudain à l'oreille de Malko.

– Elle est belle, n'est-ce pas…

Il se retourna. « Crazy » Natia le fixait avec un regard brûlant de perversité. Dans l'ombre, elle rapprocha son corps du sien et il sentit un pubis se coller à sa hanche, dans un geste sans équivoque. Un serpent parfumé.

Cela ne dura que quelques secondes.

– J'espère qu'on se reverra chez Gocha, souffla la jeune femme, avant de s'éloigner.

Elle semblait glisser sur le sol et il ne pouvait détacher les yeux de son extraordinaire chute de reins. Elle irradiait le sexe. Il s'ébroua et revint à sa tâche principale : « tamponner » la belle Tamouna. Celle-ci avait cessé de danser. Il y eut une pause, puis l'orchestre repartit de plus belle. Malko n'hésita pas. S'approchant de la maîtresse de maison, il lui prit la main, comme il l'avait vu faire. Elle se tourna vers lui avec un éclair de surprise dans le regard, mais se laissa attirer sur la piste. Comme ils commençaient à danser, elle lui jeta un sourire amusé.

– Je ne savais pas que vous aimiez les danses de notre pays. C'est très spécial.

Effectivement, le voisin de Malko se bottait les fesses à grands coups de talon, repliant totalement sa jambe, tout en se secouant comme un prunier. Malko n'en était pas là, mais il précisa avec son sourire le plus enjoleur :

– Avec vous, je danserais n'importe quoi.

Pour le moment, ils évoluaient assez loin l'un de l'autre, comme les autres danseurs. Il chercha le mari de Tamouna du regard mais ne le vit pas. Il avait peu de temps pour agir. Soudain, la musique changea de tempo. Un des chanteurs empoigna le micro pour une mélopée lente et sirupeuse. Tamouna Fakri resta assez loin de Malko, mais, au moins, il était possible d'avoir une conversation.

– Vous avez une occupation ? demanda Malko.

– Oui, bien sûr, je m'occupe d'une galerie d'art, la galerie Irakli.

– J'aimerais bien voir ce que vous vendez, dit aussitôt Malko.

– Il y a de très jolies choses, assura la jeune femme. Vous pouvez y passer quand vous voulez. Il y a toujours une vendeuse.

– J'aimerais mieux vous voir…

– Je n'y suis pas toujours.

À ce jeu du chat et de la souris, la danse allait se terminer…

– Comment puis-je savoir que vous êtes là ?

Tamouna n'avait pas répondu quand l'orchestre s'arrêta.

Malko joua le tout pour le tout.

– Donnez-moi votre portable, j'appellerai la galerie avant de venir.

Une hésitation qui dura des siècles, puis Tamouna Fakri lâcha à toute vitesse, à voix basse.

– 899 59 0104.

***

– Vous connaissez Gocha Sukhumi !

Marlin Siegwalt n'en revenait pas. Malko était arrivé

dès neuf heures à son bureau, dans une BMW de location mise à sa disposition par la CIA. À Tbilissi, la circulation était totalement anarchique et la moitié des conducteurs n'avaient pas de permis de conduire.

– Nous nous sommes croisés il y a dix ans, à Moscou, confirma Malko. À l'époque, il était en contact avec l'Agence. Il était utile et je n'ai pas eu à m'en plaidre. Vous n'avez pas travaillé avec lui ?

– Moi, je ne suis là que depuis deux mois. Je vais regarder dans les dossiers, mais le nom ne me dit rien. Je vais le « cribler » immédiatement. Si ce Gocha Sukhumi est clair, il peut nous être extrêmement utile.

– Je le pense, dit Malko.

– Et pour le reste ?

Malko lui tendit une carte avec le numéro de portable de Tamouna Fakri.

– Voilà.

L'Américain lui adressa un regard admiratif.

– Vous êtes à la hauteur de votre réputation. Ça a été facile ?

– Ce n'est jamais facile avec les femmes, ne put s'empêcher de corriger Malko. Mais je sais où elle travaille et je peux la joindre.

– On va vérifier tout de suite si c'est le bon numéro ! lança Marlin Siegwalt.

Il se rua à son bureau et ouvrit un dossier rose, l'examina quelques instants, puis poussa une exclamation de dépit.

– Ce n'est pas ce numéro que le courrier azéri a appelé la nuit du meurtre.

– Elle en a peut-être changé depuis, suggéra Malko.

– Je vais essayer de vérifier avec Geotel, maintenant que j'ai celui-ci, conclut l'Américain. Tentez d'en savoir plus. Je vous ai préparé votre « équipement ».

Il lui tendit deux portables et précisa.

– Le gris est un Geotel normal. Le noir est crypté, vous vous en servirez uniquement pour communiquer avec moi.

Malko empocha les portables et regagna la BMW. Du parking de l'ambassade, il appela Tamouna. Elle était sur répondeur et il laissa un message avec son nom, en demandant de le rappeler. Et décida d'aller voir à quoi ressemblait la galerie d'art de Mme Fakri.

***

– Je me suis fait draguer hier soir ! annonça avec un sourire amusé Tamouna Fakri à sa copine Nina.

Toutes les deux prenaient un verre dans une librairie-salon de thé, *Prospero*, à côté de l'appartement de Nina Goradze.

– Ah bon ! fit celle-ci, alléchée. Il est comment ?

– Sympa, autrichien je crois ; il travaille pour la Communauté européenne.

Nina Goradze lui lança un regard aigu.

– Ne me raconte pas d'histoires. Il te plaît ou non ?

Tamouna baissa la tête.

– Je n'ai pas envie de m'embarquer dans une nou velle histoire.

Sa copine haussa les épaules.

– Ça te lavera le cerveau, et le reste. Et puis, avec un étranger, c'est discret…

– Bon, conclut Tamouna, il faut que j'aille à la galerie. Un type doit m'apporter des sculptures.

Elle avait oublié de dire à sa copine qu'elle avait donné son portable à cet inconnu plein de séduction. L'amitié a des limites.

***

Gocha Sukhumi arrêta sa voiture devant un des bâtiments les plus étranges de Tbilissi. Une énorme bâtisse dominant la Koura, à l'est de la ville. Quelque chose qui tenait de la cathédrale, du mausolée et d'une tour soviétique. Avec une énorme esplanade devant, dominant la rivière. Deux gardes de sécurité veillaient devant l'entrée.

Le Géorgien s'avança avec un sourire et annonça :

– Je viens voir Boris Loubiachev. Il m'attend.

– Votre nom.

– Gocha Sukhumi.

Le garde envoya un message dans le talkie-walkie et ouvrit la grille, désignant la longue allée qui menait à la maison.

– On vous attend.

La bâtisse appartenaait à une des plus grandes fortunes de Géorgie. Un certain Badri Gouramichvili. Il avait fait sa fortune très jeune, en Union soviétique, dans la période folle de la fin de l'URSS, en rachetant des usines de tracteurs pour les revendre et en exportant du blé d'Ukraine. Quelques centaines de millions de dollars plus tard, il avait construit cette somptueuse et hideuse demeure destinée à abriter ses collections d'art moderne et une partie de sa famille. Lui ne vivait pas toujours à Tbilissi, possédant un hôtel particulier à Londres presque aussi grand que le château de Windsor et, bien entendu, un appartement à Moscou où il avait résidé une partie de sa vie. Considéré comme un bienfaiteur par les Géorgiens, on lui baisait les mains lorsqu'il se hasardait dans les rues de Tbilissi. Un employé mena Gocha Sukhumi jusqu'à un salon aux dimensions de cathédrale, avec des meubles de toute beauté. Un homme se tenait dans un coin de canapé, en train de lire un journal. Il se leva et vint étreindre Gocha Sukhumi.

– Je ne pensais pas te voir. J'ai retardé mon départ. Je suppose que c'est pour une bonne raison.

– C'est une bonne raison, confirma le Géorgien.

Un domestique apporta un plateau avec du thé et des biscuits. Les deux hommes, s'ils pouvaient se gaver de vodka, savaient être sobres quand il le fallait.

– Il y a une très bonne raison, Boris, précisa Gocha Sukhumi. Les Américains ont remonté jusqu'à Tamouna Fakri.

Son interlocuteur siffla entre ses dents.

– *Bolchemoi*[1] !

1. Bon Dieu !

CHAPITRE VII

Boris Loubiachev se versa un peu de thé, après son exclamation de dépit. Il lui arrivait rarement de perdre son sang-froid, mais la nouvelle était catastrophique, de nature à mettre bas tout le plan complexe élaboré par le Kremlin pour prendre indirectement le contrôle de la Géorgie. Or, c'est lui, Boris Loubiachev, qui portait la responsabilité de l'opération aux yeux de Vladimir Poutine.

Certes, il ne risquait plus, comme aux beaux jours de la terreur stalinienne, de se retrouver dans une cave de la Loubianka avec une balle dans la nuque, mais le Kremlin pouvait le réduire en poussière, comme il l'avait fait pour le financier Alexandre Khodorkovski, coupable d'avoir tenu tête au tsar…

Devant sa réaction, Gocha Sukhumi s'efforça d'atténuer la portée de ses propos.

– Boris Nicolaïevitch, il n'y a encore rien de grave. Simplement, la CIA s'intéresse à elle. Cela peut être pour une autre raison. Et, sans un coup de chance inouï, nous n'en aurions rien su.

Il expliqua la rencontre fortuite avec Malko Linge, agent de la CIA connu des années plus tôt à Moscou, à la réception du mari de Tamouna Fakri. Concluant avec une grande logique :

– C'est vrai, c'est inquiétant. Ce Malko Linge n'avait rien à faire là-bas. Il arrive tout juste en Géorgie, il me l'a dit lui-même Cela signifie que d'une façon ou d'une autre, les Américains ont établi un lien entre la mort de leur agent et Tamouna Fakri.

– Pourquoi cet imbécile de Levan l'avait-il emmenée ? grommela Boris Loubiachev.

Goucha Sukhumi eut un geste d'impuissance.

– *Nitchevo !* Probablement parce qu'il avait envie de la sauter. Il a prétendu que c'était pour utiliser son portable. Or, je pense que si les Américains sont remontés jusqu'à elle, c'est justement à travers son portable. J'ai déjà dit à Levan qu'il devait résoudre ce problème lui-même. Et vite. Mais, de mon côté, je vais revoir Malko Linge. À travers lui, je pourrai suivre les progrès des Américains.

Les yeux mi-clos, enfoncé dans le divan, Boris Loubiachev réfléchissait. Il avait le cerveau d'un joueur d'échecs et une facilité déconcertante de dissimulation. Ce qui lui était indispensable dans sa nouvelle vie. Officier du FSB russe, il en avait démissionné avec le grade de colonel en 2001. Officiellement, pour se consacrer aux affaires. Il y avait même eu quelques articles assez désagréables à son sujet dans la presse moscovite, évidemment inspirés par le Kremlin, fustigeant le goût du lucre de ceux qui avaient été jadis le bouclier de l'État russe. Car Boris Loubiachev n'était pas le seul *silovik* à avoir fui l'appareil sécuritaire pour monter des sociétés de sécurité, qui n'étaient souvent que du racket déguisé. En tout cas, ces articles l'avaient aidé à se tisser une solide couverture de renégat du FSB. Bien entendu, les Services étrangers représentés à Moscou avaient répercuté auprès de leurs Centrales respectives le nouveau statut du colonel Boris Loubiachev.

Sous sa nouvelle étiquette de businessman, il avait alors commencé à voyager à travers toute l'Europe, ouvertement, pour développer son affaire de sécurité.

Alors qu'en réalité, il avait rejoint une toute petite cellule ultrasecrète qui, sous la houlette d'un des « hommes gris » du Kremlin, travaillait à régler dans l'ombre les problèmes les plus sensibles.

Ceux qui n'étaient jamais évoqués publiquement, les *osobskie papski* [1]. C'est lui qui, deux ans plus tôt, avait été le chef d'orchestre clandestin de l'opération Litvinenko, en réalité une tentative d'assassinat de l'oligarque Boris Berezovski [2]. Ce dernier connaissait Boris Loubiachev, mais ignorait sa double casquette. Comme les Services britanniques d'ailleurs. Après l'affaire Litvinenko, il était resté prudemment en Russie, gérant son importante affaire de sécurité, puis, Rem Tolkachev, le grand ordonnateur des basses besognes du Kremlin, lui avait assigné cette nouvelle mission : se débarrasser de Mikhaïl Saakachvili. Ceci, en raison des liens établis de longue date par Boris Loubiachev avec un milliardaire géorgien établi à Londres, Badri Gouramichvili. Ce dernier, possédant d'énormes intérêts en Russie, avait confié à l'ex-colonel du FSB leur protection.

Une intimité réelle était née entre les deux hommes et Boris Loubiachev avait découvert au fil des mois que le milliardaire géorgien, encore jeune – 54 ans –, n'avait qu'un rêve : devenir président de son pays natal, la Géorgie.

De sa propre initiative, Boris Loubiachev avait relayé cette information à Rem Tolkachev et, ainsi, Badri Gouramichvili était devenu le candidat secret du Kremlin.

1. Dossiers spéciaux.
2. Voir SAS n° 167 : *Polonium 210.*

Grâce à son immense fortune et à sa popularité réelle en Géorgie, il pouvait prétendre à cette fonction. Surtout avec le coup de pouce de Moscou.

Officiellement, il n'avait plus de lien politique avec la Russie. Dès que sa candidature avait été acceptée par Vladimir Poutine, le Kremlin avait fait courir des rumeurs selon lesquelles le procureur général de Russie cherchait à ouvrir une enquête sur son enrichissement frauduleux... Rien de mieux pour le dédouaner auprès des Géorgiens désormais en guerre ouverte avec Moscou. Seules deux personnes connaissaient les liens réels de Badri Gouramachvili avec Moscou : Gocha Sukhumi et Boris Loubiachev. Désormais, il allait falloir mettre au courant une troisième personne, le colonel Levan Arevadzé.

Mais pour cela, il était impératif qu'il ne soit plus « exposé ». D'où l'importance du problème Tamouna Fakri.

– Qu'est-ce que tu souhaites que je fasse ? demanda Gocha Sukhumi, rompant le long silence.

Boris Loubiachev se resservit du thé.

– Tu vas « traiter » cet agent de la CIA, bien entendu. Il a confiance en toi ?

Le Géorgien arbora un sourire confiant.

– Je crois. À l'époque, je lui ai rendu service. Ici, je le mettrai en confiance. Il aime les femmes : je lui en donnerai.

Boris Loubiachev ne releva pas. Ce n'était pas son cas. Lui était froid comme un colin mort. Il préférait le pouvoir et l'argent.

– Tu es certain qu'il ne se doute de rien ? insista-t-il.

– Certain, affirma Gocha Sukhumi. Nous nous sommes rencontrés vraiment par hasard.

– *Karacho.* Je sais que je peux te faire confiance.

Dépêche-toi de revoir ton ami de la CIA et maintiens la pression sur Levan. Qu'il règle d'urgence son problème.

Il avait appuyé sur le « son ».

Peu de temps après son « activation » comme agent clandestin du FSB, Gocha Sukhumi avait été présenté à Boris Loubiachev, qui était devenu son « traitant ». C'est de lui qu'il recevait ses instructions. Boris Loubiachev effectuait de nombreux séjours à Tbilissi pour, officiellement, rencontrer la nièce de Badri Gouramichvili, Nadiko, qui participait à la gestion des affaires de son oncle.

– Et avec ton ami de la CIA, sois prudent, ce n'est pas un imbécile.

– Tu peux compter sur moi, assura Gocha Sukhumi.

– *Karacho*. Je repars tout à l'heure, par l'Azerbaïdjan. Souviens-toi que pour faire avancer notre projet, il faut d'abord que notre ami Levan règle son problème. Cette femme est une bombe à retardement, avec ce qu'elle sait.

***

Malko gara sa BMW sur la petite place en face de la cathédrale arménienne et s'engagea dans le passage menant à la galerie Irakli. Celle-ci s'ouvrait au fond à droite. Il regarda à travers la porte vitrée et aperçut une femme assise à un bureau, au fond de la galerie, une cigarette dans une main, et portable dans l'autre.

Son pouls s'envola.

C'était Tamouna Fakri.

Sans hésiter, il poussa la porte et entra. La jeune femme leva les yeux et interrompit immédiatement sa communication. Se levant, elle vint au devant de Malko.

Visiblement surprise.

– Vous deviez me téléphoner.

– J'ai essayé et je vous ai laisssé un message.

– C'est vrai, je suis souvent en ligne. Eh bien, regardez s'il y a des choses qui vous plaisent.

Les murs étaient tapissés de tableaux figuratifs assez intéressants, et de sculptures, carrément abstraites. Malko joua consciencieusement son rôle d'amateur d'art. Pendant qu'il examinait ses futurs achats, une autre femme entra dans la galerie et alla s'installer au bureau. Des lunettes, les cheveux gris, une employée certainement.

Tamouna le rejoignit devant un tableau de famille russe.

– Cela vous plaît ?

– Oui. Beaucoup.

– Il coûte 5 000 dollars.

Malko se retourna avec un sourire.

– C'est cher pour un artiste non encore reconnu…

Leurs regards se croisèrent. Ce que lut Malko dans celui de la jeune femme l'encouragea.

– Vous avez le temps de prendre un verre ? Vous pouvez laisser la galerie à votre employée.

– Très vite alors, j'ai rendez-vous ensuite avec une amie.

Ils traversèrent la place pour s'installer à une terrasse. Tamouna Fakri semblait nerveuse. Elle dit soudain :

– Mon mari passe parfois me voir Je n'aimerais pas qu'il me voie avec vous. Il est très jaloux.

– Allons ailleurs, suggéra Malko.

De nouveau, il vit le regard de Tamouna accroché à ses yeux d'or. Il lui plaisait. Il le sentait.

– Bien, se décida-t-elle d'un coup. Je prends le thé avec une amie vers cinq heures, vous pouvez nous rejoindre. C'est au 34 avenue Rustaveli. Au cinquième étage. Il n'y a qu'une porte. Maintenant, je vous laisse.

Elle s'enfuit presque…

Malko était en train de payer quand son portable crypté sonna. C'était Marlin Siegwalt.

– J'ai du nouveau, annonça-t-il. Je viens en ville. On peut se retrouver au *Marriott* dans une heure.

***

– Tamouna Fakri a changé de portable le lendemain de l'incident où notre agent a été tué, annonça le chef de station de la CIA. Grâce au numéro que vous m'avez donné, j'ai pu retrouver le précédent.

– Évidemment, c'est troublant, admit Malko.

Les deux hommes se trouvaient dans le *lobby* du *Marriott*, un environnement feutré, avec de profonds fauteuils et pas un chat, à part une femme assez jolie, très maquillée, devant un Coca. Beaucoup de Géorgiennes fréquentaient le *Marriott* dans l'espoir d'y rencontrer l'âme sœur, de préférence cousue d'or.

– Cette femme sait tout, martela l'Américain. Il faut absolument arriver à la faire parler.

– Pour l'instant, nous n'en sommes qu'au bavardage mondain, tempéra Malko. Je ne vois pas pourquoi elle me confierait un secret aussi lourd…

– Essayez ! Moi, je vais faire écouter son portable. Nous avons ce qu'il faut.

– Attention aux Géorgiens, recommanda Malko. Il paraît qu'ils sont performants.

– *Mind your business*[1] ! sourit l'Américain. Et remontez à l'assaut.

1. Occupez-vous de vos affaires !

– À cinq heures, précisa Malko. Mais je doute d'obtenir quoi que ce soit d'intéressant. Cela prendra du temps.

***

Malko avait garé sa BMW dans une rue transversale et traversé l'avenue Rustaveli par un passage souterrain encombré de boutiques qui fleuraient bon l'Union soviétique. Quand il pénétra sous le porche du 34, il eut encore l'impression de revenir au Moscou des années 1990. Les murs étaient d'une saleté repoussante, des fils électriques pendaient partout, l'ascenseur était en panne et le ménage n'avait pas dû être fait depuis l'indépendance de la Géorgie.

À l'extérieur, un escalier métallique montait le long de la façade, ne tenant que par la rouille. Au cinquième, la sonnette ne marchait pas. Il frappa et la porte s'ouvrit sur une petite boulotte brune au regard vif, nantie d'une grosse poitrine.

– Bienvenue, lança-t-elle avec un sourire gourmand. Je suis Nina Goradze, l'amie de Tamouna. On vous attend pour le thé.

Tamouna était installée dans un coin de canapé, vêtue d'un chemisier blanc opaque et d'une jupe plissée.

Plus sage que moi, tu meurs…

Elle tendit à Malko une main aux ongles faits, avec un sourire timide, et demanda :

– Vous avez réfléchi pour le tableau ?

Visiblement, elle voulait donner le change à sa copine.

– Pas encore, fit Malko, en prenant place à côté d'elle.

Tandis que Nina Goradze fourrageait derrière le long

bar, au fond de la pièce, ils échangèrent un regard nettement moins professionnel.

De toute évidence, Tamouna Fakri trouvait Malko à son goût, mais ne semblait pas pressée de franchir le pas…

La copine versa le thé et la conversation roula sur l'art géorgien. Nina Goradze était sculpteur. Elle montra à Malko un album avec des photos de ses œuvres. Puis, tout à coup, elle poussa un petit cri de souris.

– Oh mon Dieu ! Cinq heures et demie. Il faut que j'y aille…

Tamouna, visiblement contrariée, lui jeta un regard furieux.

– Tu ne m'avais pas dit…

Nina Goradze ne répondit même pas. Trente secondes plus tard, la porte claquait. Malko adressa un regard ironique à Tamouna.

– Vous avez peur de rester seule avec moi ? Je ne vais pas vous violer.

Elle se troubla.

– Non, non, mais nous nous connaissons à peine…

Elle se leva, alla prendre un briquet sur le bar, et s'y appuya, face à Malko. Celui-ci était décidé à faire avancer sa cause. Sans un mot, il s'approcha de la jeune femme et dit d'une voix douce.

– Je vous ai dit l'autre soir que je vous trouvais très belle. Je le pense toujours.

– Merci, dit-elle, mais…

Elle ne continua pas sa phrase. Malko venait de poser sa bouche sur la sienne. D'abord, celle de la jeune femme demeura serrée, puis ses lèvres s'écartèrent et ils commencèrent à échanger un vrai baiser. Langue contre langue. Tamouna, le bassin collé à Malko, l'embrassait avec la fougue d'une jeune fille, mais la passion d'une femme. Il sentit son pubis avancer vers lui, mais elle se reprit brusquement et le repoussa.

Son regard était noyé, perdu.

– Laissez-moi, dit-elle à voix basse. Il ne faut pas. Je ne suis pas venue ici pour cela. Vous m'aviez parlé d'un tableau.

Elle respirait un peu trop vite. Malko plongea son regard dans le sien.

– Tamouna, dit-il, c'est un flirt innocent. Vous m'attirez beaucoup, c'est vrai…

Au lieu de répondre, elle fonça jusqu'au divan, saisit son sac et lui lança :

– Je dois partir, moi aussi. Attendez un peu, je ne veux pas qu'on nous voie ensemble.

La porte claqua. Malko sortit son mouchoir et tamponna sa bouche. Tamouna n'avait laissé qu'un peu de rouge à lèvres. Et des effluves de Chanel N° 5. Elle s'était quand même parfumée avant de venir le retrouver. Si les dieux étaient avec lui, la prochaine rencontre devrait être la bonne. Ensuite, le plus dur restait à faire : c'était souvent plus facile d'entrer dans le ventre d'une femme que dans sa tête.

***

Georgi Chori attendait, appuyé à l'entrée du passage souterrain permettant de traverser l'avenue Rustaveli, en face du numéro 34. Depuis le matin, il suivait Tamouna Fakri, sur les instructions de son chef, le colonel Levan Arevadzé. Ce dernier l'utilisait comme ordonnance pour des missions confidentielles liées au service ou à sa vie privée.

Cette fois, il lui avait confié avoir des vues sur la belle Mme Fakri et vouloir se renseigner sur sa vie privée.

Il voulait donc savoir si elle avait un amant, si elle trompait son mari…

Georgi Chori se dit qu'il allait rapporter de mauvaises nouvelles à son chef…

Quelques heures plus tôt, il avait repéré Tamouna Fakri en train de prendre un café près de sa galerie avec un inconnu blond. Et voilà qu'il avait vu arriver, séparément, la jeune femme et cet inconnu au 34 de l'avenue Rustaveli. Ils y étaient restés quarante-cinq minutes, pour repartir chacun de son côté. Le crime était signé… Tamouna Fakri avait un amant. Qui n'avait pas l'air d'un Géorgien.

Il le suivit jusqu'à sa voiture, releva son numéro et reprit le métro, avec une pointe de jalousie, imaginant cette superbe femme en train d'écarter les cuisses pour cet homme.

Certains avaient plus de chance que d'autres.

CHAPITRE VIII

Levan Arevadzé était partagé entre la colère et la stupéfaction. Furieux de s'être laissé avoir par le côté sainte- nitouche de Tamouna Fakri. Elle lui avait juré ne pas tromper son mari et voilà qu'elle avait une liaison avec un étranger qui ne se trouvait en Géorgie que depuis quelques jours ! Grâce aux informations ramenées par son ordonnance, il avait vite identifié un certain Malko Linge, fonctionnaire à la Communauté européenne, en Géorgie depuis cinq jours !

Comment Tamouna avait-elle connu cet homme ?

Il alluma une cigarette, regardant par la fenêtre la circulation sur l'avenue Vazha-Pshavela. Cette découverte le troublait. Certes, il n'était pas amoureux de Tamouna et le fait qu'elle le trompe le vexait plutôt qu'autre chose. Cependant, l'irruption brutale d'un inconnu dans sa vie était étrange.

Une sale petite idée se faufila dans sa tête. Et si ce n'était pas un rendez-vous amoureux ? C'était quand même une coïncidence troublante. Il se rendit compte qu'il connaissait peu de choses de la jeune femme. Lorsqu'ils se rencontraient, c'était pour des récréations sexuelles avec très peu de dialogues…

De toute façon, les ordres de Gocha Sukhumi avaient

été très clairs : il fallait éliminer Tamouna, qui représentait un risque certain.

Ce développement finissait de lui ôter tout scrupule... Il fallait régler le cas Tamouna.

Lorsqu'il descendit dans la cour, son chauffeur se précipita, mais le colonel l'écarta.

– Tu peux rentrer chez toi ! lança-t-il.

Il prit le volant de sa Toyota et fonça en direction de l'avenue Aghmachenebeli, bordée par l'énorme stade Dinamo, se gara sur le trottoir en face du stade et continua à pied vers Bazroba, l'immense bazar couvert de Tbilissi où on trouvait de tout à des prix imbattables.

Il plongea dans les allées encombrées. L'atmosphère était étouffante, entre la foule compacte et les objets pendus au-dessus des allées comme des trophées, à hauteur d'homme. Un dédale sans la moindre indication, où se succédaient des échoppes vendant absolument de tout, des pièces automobiles aux pashminas, en passant par les CD, les tissus, les chaussures, les jouets et d'autres produits, moins innocents : drogue et armes. Heureusement, le colonel Arevadzé savait où il allait.

Un tout petit stand profond de quelques mètres, tenu par un homme joufflu, pas rasé, coiffé d'un bonnet de laine, avec une moustache tombante qui lui donnait l'air triste. Les murs étaient tapissés de CD et de DVD piratés, offerts à des prix défiant toute concurrence.

Les deux hommes s'étreignirent.

– Comment vont les affaires, Salmon ? demanda le colonel du SOD.

– C'est dur ! soupira le gros homme.

Salmon Goumaiev était un Tchétchène de la vallée de Pancrissi, au nord-est de la Géorgie, juste avant la haute chaîne de montagne la séparant de la Tchétchénie et du Daghestan. Quelques Tchétchènes avaient fui leur pays à cause de la répression russe pour s'installer dans cette vallée, la partageant avec une minorité géorgienne, les Kistes.

Ces Tchétchènes vivaient de différents trafics et certains d'entre eux s'étaient installés à Tbilissi, surveillés de près par les Géorgiens, qui se méfiaient de ces musulmans à la détente facile. Certains avaient été récupérés par le FSB russe qui les traitait discrètement, d'autres par les Services géorgiens qui s'en servaient pour monter des manips antirusses. On les faisait passer pour de « vrais » Tchétchènes, des *boiviki*[1] combattant l'armée russe en Tchétchénie. Du temps où les Russes avaient encore des garnisons en Géorgie, Levan Arevadzé avait fait passer Salmon Goumaiev auprès d'un colonel russe pour un *boivik* cherchant à acheter des armes pour ses amis du maquis. Cela avait admirablement marché et la police géorgienne avait pu prendre ce colonel la main dans le sac avec son « acheteur ». Lorsqu'il fallait monter des coups en Ossetie du Sud ou en Abkhazie, Salmon Goumaiev et ses amis étaient aussi extrêmement utiles, les Tchétchènes maîtrisant parfaitement la technique des voitures piégées.

– Salmon, j'ai un travail pour toi, annonça le colonel Arevadzé. Un job « humide[2] ».

– *Karacho*, fit le Tchétchène, sans sourciller.

Il ne pouvait rien refuser à son protecteur. Ce dernier, après lui avoir donné tous les éléments concernant la cible, sortit un petit rouleau de sa poche. Trois mille dollars en billets de cent.

– Tu en auras autant quand ce sera fait, dit-il, avant de quitter le stand de DVD.

1. Militants indépendantistes.
2. Un meurtre.

Les instructions qu'il avait données au Tchétchène étaient simples : guetter Tamouna et la frapper dans sa galerie dès qu'elle serait seule. Un travail facile.

Il regagna l'air libre, rasséréné. Salmon Goumaiev était quelqu'un de sérieux et de motivé.

***

Malko avait mis une demi-heure pour trouver le restaurant *Pur-Pur* dans le quartier derrière le Parlement. En bordure d'une très jolie place carrée, mais sans aucun signe extérieur. De toute façon, il n'y avait aucun plan exact de Tbilissi...

Marlin Siegwalt était déjà arrivé. Le restaurant ressemblait à une demeure privée avec une décoration hétéroclite pleine de charme, un éclairage tamisé et peu de clients.

Le chef de station de la CIA avait insisté pour faire le point sur la dernière rencontre de Malko avec Tamouna Fakri. Il ne dissimula pas sa déception...

– Vous pensez y arriver ? demanda-t-il après avoir commandé une bouteille de *Russian Standarte.*

Malko faillit éclater de rire.

– Marlin, expliqua-t-il, Tamouna Fakri est une femme. J'ignore ce qui se passe vraiment dans sa tête... J'ai l'impression de l'attirer, mais cela ne suffit pas. Demain matin, je remonte à l'assaut.

L'Américain soupira en regardant son assiette : une sorte de pâté gluant, supposé être un poulet enrobé de divers ingrédients.

– Dans ce pays, soupira-t-il, sur une échelle de un à dix, la nourriture est à moins trois...

C'était sévère, mais pas vraiment faux. Ce qu'il y

avait de plus mangeable sur la table, c'étaient des haricots rouges épicés.

Marlin Siegwalt se resservit de vodka et revint à la charge.

– Malko, je suis persuadé que Tamouna Fakri connaît le destinataire de ces dix millions de dollars. Et que cette affaire est liée aux projets russes de se débarrasser de Saakachvili.

– Cela vous ferait de la peine ? ne put s'empêcher de demander Malko.

L'Américain secoua la tête.

– *He is an arrogant prick*[1], mais c'est notre homme. Il veut vraiment arrimer la Géorgie à l'Ouest et, entre autres, à l'OTAN. Il ne faudrait pas que les Russes s'arrangent pour le déboulonner et mettent un de leurs hommes de paille à sa place…

– Qui pourrait le remplacer ?

Marlin Siegwalt fit la moue.

– Pas grand monde. Le vieux Chevardnadze est gâteux. Tous ceux qui ont des liens avec l'ancien régime abominablement corrompu sont hors du coup. L'ancien bras droit de Saakachvili, Irakli Okrachvili, en exil en France, est encore plus fou que lui ! Donc, en dépit de sa monumentale erreur, on est obligé de le garder.

– Les Géorgiens ne lui en ont pas voulu de cette défaite humiliante ? Leur armée est détruite. Il a fallu l'appui de la communauté internationale pour que l'armée russe évacue la Géorgie, l'Abkhazie et l'Ossétie du Sud sont perdues. L'addition est lourde.

– C'est vrai, reconnut l'Américain, nous avions très peur de voir un mouvement populaire se développer contre Saakachvili, qui aurait tout emporté. Mais, Dieu

1. C'est un enfoiré bouffi d'orgueil.

merci, il a bien joué, il a enfumé tout le monde, et fait jouer les sentiments nationalistes géorgiens contre les méchants russes. Bien sûr, quelques voix demandent des comptes, mais il est encore très populaire. Ce qui nous donne le temps de voir venir. Comme il s'est représenté en 2007, cela nous laisse cinq ans. D'ici là, il nous faut, coûte que coûte, démasquer les taupes du Kremlin. Sinon, nous risquons de mauvaises surprises. Dans ce pays, les transitions se passent brutalement. Cela pourrait être la « révolution des roses » à l'envers. Alors, repartez à l'assaut de la belle Mme Fakri.

– Je vais faire tout mon possible, promit Malko.

CIA mise à part, l'idée de mettre Tamouna Fakri dans son lit n'était pas une éventualité déplaisante.

***

Tamouna était en train de se maquiller pour aller à un gala de charité au *Courtyard Marriott*, quand son mari entra dans sa chambre.

– Tu es prête ?

– Oui, oui, j'arrive.

En réalité, elle avait commencé son maquillage, perdue dans ses rêves. L'irruption dans sa vie de ce fonctionnaire de la Communauté européenne la déstabilisait. Lorsqu'il l'avait embrassée, elle avait réfréné de toutes ses forces une furieuse envie de faire l'amour avec lui. Elle était fascinée par ses yeux dorés, par quelque chose de viril qui se dégageait de lui, comme avec Levan Arevadzé, mais en plus doux, en plus civilisé.

Bref, elle avait envie de lui.

Après s'être enfuie, elle avait retrouvé sa copine chez *Prospero*. Nina Goradze était persuadée qu'elle avait fait l'amour avec son soupirant et l'avait grondée de ne pas lui avoir cédé.

– Il est beaucoup mieux que ton Levan !

Comme elle ne répondait pas, Nina avait insisté :

– Tu es encore amoureuse de Levan. Continue avec lui…

Tamouna avait sursauté.

– Non, je ne veux plus le voir.

Elle revoyait son amant bondir de la Toyota, son gros pistolet à la main, elle entendait les trois coups de feu, elle avait encore, gravée dans sa mémoire, la lueur de la voiture en flammes.

– Quand il te rappellera, conseilla Nina Goradze, donne-lui rendez-vous et cette fois ne recule pas. Moi, j'aimerais bien qu'un type comme ça me drague…

Depuis, Tamouna repensait à ce bref intermède. Espérant et craignant à la fois le prochain coup de fil de Malko.

***

Malko attendit onze heures pour appeler Tamouna. Pour ne pas donner l'impression de lui mettre trop de pression. Elle répondit aussitôt.

– J'étais très heureux de vous revoir hier, commença-t-il.

– Merci, fit-elle.

À la façon dont elle prononça ce simple mot, il comprit que quelque chose n'allait pas. La jeune femme enchaîna aussitôt :

– Malko, je ne veux plus vous revoir. C'est vrai, vous me plaisez, mais je n'ai pas l'habitude de tromper mon mari. Ne m'en veuillez pas. Alors, ne m'appelez plus.

Ne venez plus à la galerie. Cela ne servirait à rien. Au revoir.

Elle coupa la communication. Malko ne chercha même pas à la rappeler. Il connaissait assez les femmes pour savoir que Tamoura ne jouait pas les allumeuses. Le plan échafaudé par Marlin Siegwalt s'effondrait. Tamouna ne lui révélerait jamais son secret.

Il était encore sous le coup du dépit quand son portable gris sonna à nouveau. Pendant quelques secondes, il espéra entendre la voix de Tamouna, mais c'était celle, tonitruante, de Gocha Sukhumi.

– J'organise une fête demain, lança l'oligarque. J'ai invité des amis sympas et les plus belles filles de Tbilissi.

Malko se dit qu'il avait d'autres chats à fouetter quand une idée lui traversa l'esprit. Peut-être une façon de tenter sa chance une dernière fois.

– Il y en a une que j'aimerais revoir, fit-il aussitôt. La femme du Libanais.

– Tamouna ?

– Oui.

Il lui sembla que le Géorgien marquait une légère réticence, puis Gocha Sukhumi dit avec un rire un peu forcé :

– Dans ce cas, il faut aussi que j'invite son mari ! Elle ne sort jamais seule. *Karacho.* Je vais voir.

– Fais ce que tu peux, insista Malko. J'aimerais bien la revoir. Elle est superbe.

***

Boris Loubiachev était arrivé juste après Rem Tolkachev, « l'homme gris » du Kremlin. La réunion se tenait à l'étage présidentiel, dans une salle de conférence sans autre ouverture que la porte, munie de dispositifs électroniques empêchant toute écoute. Le troisième arrivant fut Alexander Bortnikov, qui venait de remplacer Nicolai Patrouchev à la tête du FSB. Un apparatchik corpulent et fade qui venait de la division économique.

Rem Tolkachev ne perdit pas de temps.

– Boris Nicolaïevitch rentre de Géorgie et de Londres, commença-t-il. En Géorgie, tout est gelé à cause d'un problème mineur qui devrait être réglé rapidement, mais nous avons un souci avec notre « candidat », Badri Gouramichvili. Boris va vous l'expliquer.

Boris Loubiachev annonça d'une voix égale :

– À mon retour de Tbilissi, j'ai rendu visite à Badri Gouramichvili, afin de le tenir au courant de ce que nous prévoyons. Je l'ai mis au courant du rôle important que doit jouer le colonel Levan Arevadzé. Il m'a alors demandé d'organiser une rencontre avec lui, afin d'éviter tout malentendu.

Rem Tolkachev leva un sourcil.

– Cela me paraît très imprudent. Il faut refuser.

Boris Loubiachev ne se démonta pas.

– Badri Gouramichvili est un homme entêté et nous avons besoin de lui. Certes, il veut devenir président de la Géorgie, mais il tient à mettre toutes les chances de son côté. Donc à s'assurer par lui-même de la position du colonel Arevadzé.

– Il n'a pas confiance en lui ? demanda Alexander Bortnikov.

– Il semble que non.

Le silence se prolongea, rompu par Rem Tolkachev.

– Cette rencontre aurait lieu où ? À Tbilissi ?

– Non, à Londres. Badri ne veut pas venir en Géorgie. Il a peur que Mikhaïl Saakachvili le fasse liquider.

– C'est un énorme risque de sécurité de déplacer à Londres le colonel Arevadzé, souligna Alexander

Bortnikov. Saakachvili le saura forcément et le mettra à l'écart. Au mieux.

Boris Loubiachev eut un geste apaisant.

– Je vais réfléchir à une solution.

Rem Tolkachev regarda sa montre.

– Boris Nicolaïevitch, je compte sur vous. Il faut trouver une solution.

– Je la trouverai, affirma l'ex-colonel du FSB.

Sans le colonel Arevadzé, toute l'opération était à l'eau.

***

– C'est une possibilité, reconnut Marlin Siegwalt, mais c'est aussi prendre un risque énorme. Celui qu'elle aille tout raconter à Levan Arevadzé.

– Peut-être, reconnut Malko, mais c'est ça ou je « démonte ». Encore faut-il qu'elle vienne à cette soirée… Quelquefois, la peur ouvre les yeux des gens.

– O.K., concéda le chef de station de la CIA, tentez le coup…

***

Les bras grands ouverts, Gocha Sukhumi accueillit Malko, qui avait eu un mal fou à trouver sa grande villa nichée au bout d'un chemin non asphalté de Takhneti. Pour ne pas se perdre, il fallait suivre une canalisation de gaz rouillée qui courait le long de la route, suspendue à des piquets.

– Quel plaisir de se retrouver ! rugit le Géorgien. On va s'amuser autant qu'à Moscou. Viens !

Il y avait déjà une vingtaine d'invités répartis entre l'intérieur et la terrasse, en train de boire et de discuter bruyamment. Les bouteilles s'alignaient sur le bar à l'entrée de la terrasse : vin rouge, vodka et champagne. Des magnums de Taittinger Comtes de Champagne importés de France à prix d'or.

Malko aperçut, près de la piscine, Tamouna en compagnie de son mari et son pouls s'envola. Il allait pouvoir jouer sa dernière chance. Goucha Sukhumi lui donna un coup de coude discret.

– Tu vois, je t'ai fait plaisir. Mais fais attention, Mourad est jaloux comme un tigre.

Le Géorgien lui mit un verre dans la main et prit une bouteille.

– C'est de la vodka macérée avec du piment rouge, dit-il. Avant la fin de la soirée, tu vas te jeter sur toutes les femmes…

Malko se dit qu'il avait mieux à faire.

CHAPITRE IX

Il était près de deux heures du matin et Malko n'avait pas encore pu approcher Tamouna Fakri, littéralement collée à son mari. Heureusement, la soirée s'animait, on commençait à danser et des invités batifolaient dans la piscine en forme de haricot. « Crazy » Natia, sûrement intriguée par la solitude de Malko, tournait autour de lui comme un vautour en longue robe noire fluide, du sperme plein les yeux. Gocha Sukhumi avait dû lui dire de le « distraire ». Dès que les gens se mirent à danser, elle se planta en face de Malko et commença à onduler, les bras au dessus de la tête, faisant virevolter ses hanches d'une façon particulièrement suggestive. Ce qui donna une idée à Malko.

Lorsqu'il se rapprocha d'elle, sa mimique sexuelle devint encore plus explicite. Il la prit par la taille et, immédiatement, elle se colla à lui.

Malko approcha alors sa bouche de son oreille et demanda :

– Natia, vous pouvez me rendre un service ?

– Lequel ?

Elle était carrément collée à lui, le pubis en avant.

– Je voudrais que vous invitiez le mari de Tamouna Fakri, le grand type en chemise rayée.

« Crazy » Natia eut un sourire plein de perversité.

– Tu veux baiser sa femme ?

– Peut-être, reconnut Malko en souriant.

– O.K., mais après, tu restes avec moi.

Elle s'éloignait déjà vers le Libanais. Sans hésiter, elle le prit par la main et l'entraîna, faisant ensuite écran entre Tamouna et lui. Collée au Libanais comme une ventouse, elle remplissait sa « mission » avec conscience. Mourad Fakri ne risquait pas de s'échapper.

Malko ne perdit pas une seconde. Lorsque Tamouna Fakri le vit s'approcher d'elle, elle eut un léger mouvement de recul, mais Malko ne lui laissa guère le choix.

– Venez danser, dit-il, en la tirant par la main.

Elle se laissa faire, maintenant une certaine distance entre eux.

– Je vous avais dit de ne pas chercher à me revoir, dit-elle à voix basse, couvrant à peine le bruit de la musique.

– Je sais, reconnut Malko, mais il fallait que je vous parle. Si je ne vous avais pas vue ce soir par hasard, je serais passé vous voir à la galerie.

– Que voulez-vous me dire ?

– Je veux vous mettre en garde.

Elle recula, visiblement surprise.

– Contre qui ?

– Je l'ignore. Mais vous êtes en danger. En danger de mort.

– En danger ? répéta la jeune femme, visiblement stupéfaite.

– Il y a quelque temps, continua Malko, vous étiez un soir avec un homme sur la route entre Tbilissi et la frontière d'Azerbaïdjan. Ce soir-là, un Américain a été tué de trois coups de feu.

Tamouna avait cessé de danser comme si, brutalement elle avait les pieds pris dans du béton.

– Comment savez-vous que je me trouvais là ? croassa-t-elle d'une voix blanche.

– Par votre portable, expliqua Malko.

– Mon portable ?

– Oui, il a été utilisé cette nuit-là, dans cette zone, deux fois. Le lendemain, vous en avez pris un autre, votre numéro actuel. Vous pensiez résoudre le problème de cette façon.

Tamouna Fakri s'ébroua, visiblement partagée entre la terreur et la stupéfaction.

– Mais comment savez-vous cela ? bredouilla-t-elle. C'est faux, je n'étais pas là-bas !

Malko la serra un peu contre lui et lui chuchota à l'oreille :

– Parce que je suis venu en Géorgie pour enquêter sur la mort de cet Américain.

Les prunelles fixes de Tamouna Fakri le fixaient, affolées.

– Bien entendu, ajouta-t-il, je ne vous soupçonne pas de ce meurtre, parce que c'était un meurtre, pas un accident… Vous connaissez forcément celui qui l'a commis. Puisque vous étiez avec lui.

Tamouna Fakri le repoussa violemment, comme on chasse le diable.

– Vous êtes fou ! lança-t-elle dans le brouhaha de la musique. Je ne comprends rien à ce que vous dites. Vous avez bu. Ne m'adressez plus jamais la parole.

Malko la retint par le bras.

– Tamouna, je voulais juste vous avertir. Ce soir-là, sur la route il y avait une autre personne. Un Azéri qui arrivait de Bakou avec une grosse somme d'argent destinée à quelqu'un en Géorgie. Probablement l'homme qui était avec vous. Il a été assassiné, précisa Malko, criant pour couvrir le bruit de la musique. Exécuté à Bakou de deux balles dans la tête par un inconnu. Pour qu'il ne puisse pas parler. Je ne voudrais pas qu'il vous arrive la même chose.

Elle le fixait, la bouche entrouverte, tétanisée. Malko la lâcha enfin et lui baisa le bout des doigts.

– Vous n'avez qu'une seule chance de ne plus être en danger. Me dire ce que vous savez. Après, personne n'aura plus intérêt à vous faire taire. Réfléchissez.

Il s'éloigna et elle demeura figée sur place. « Crazy » Natia devait surveiller Malko car, avec une synchronisation parfaite, elle abandonna le mari de Tamouna et fonça vers lui.

Quand il sentit son corps tiède s'appuyer sur le sien, il se dit qu'il n'allait pas pouvoir échapper à cette goule parfumée. Heureusement, la vodka au piment commençait à faire son effet.

***

Gocha Sukhumi en était à son troisième verre ballon de cognac arménien, une horreur que, dans les pays civilisés, on utilisait pour décaper les meubles. Pour le Géorgien, c'était le velours de l'estomac. Il faut dire que l'Union soviétique avait habitué les Russes à des boissons autrement toxiques. La plupart des vodkas frelatées rendaient aveugle ou fou…

Comme il voulait étaler sa munificence, le buffet regorgeait de bouteilles de Taittinger Comtes de Champagne, que le barman avait tout juste le temps de déboucher. Tous n'avaient pas le mauvais goût de Gocha Sukhumi.

Son cognac arménien n'avait pourtant pas réussi à

dissiper la boule qui lui bloquait l'estomac. Depuis le début de sa soirée, il avait observé le manège de Malko et cela ne le rassurait pas. Surtout le long tête-à-tête entre Tamouna et l'agent de la CIA. Plantée toute seule à l'écart, la jeune femme semblait avoir reçu la foudre sur la tête… Que lui avait-il dit ?

Et surtout, que lui avait-elle révélé ?

Elle avait retrouvé son mari et ils dansaient ensemble. Il se maudit d'avoir accepté la demande de Malko d'inviter les Fakri, persuadé que cela ne représentait aucun danger. Pourvu que Levan Arevadzé ne s'endorme pas sur sa promesse de mettre Tamouna hors circuit.

Le feu était à la maison.

Il se promit de le relancer le lendemain. Du coup, il n'avait plus goût à la fête. En plus, Lena, la Russe dont il était follement amoureux, avait retardé son arrivée à Tbilissi. Il était tordu de jalousie.

Finalement, il prit son portable et appela Levan Arevadzé. Ce dernier répondit sur un bruit de fond musical.

– Je donne une fête, dit Gocha Sukhumi. Tu ne veux pas venir ? C'est plein de filles superbes.

– J'allais rentrer, fit le colonel du SOD.

– Fais un effort, insista Gocha Sukhumi.

Levan sentit la tension de sa voix et comprit.

– *Karacho.* Je viens, mais pas longtemps.

***

« Crazy » Natia se balançait langoureusement, paresseusement, collée à Malko. On n'entendait que le crissement de la soie de sa robe contre l'alpaga. C'est elle qui l'avait entraîné à l'intérieur de la maison, dans une chambre vide du rez-de- chaussée, en contrebas de la piscine.

Malko sentait son sexe grossir comme un dirigeable, excité par cette danse sans musique. Malko effleura les seins de la jeune femme à travers la soie noire et sentit les pointes dressées, dures comme du bois.

Natia eut un petit sursaut.

– Caresse-moi doucement, demanda-t-elle, tu vas me faire jouir.

Il obéit et il vit sa respiration changer de rythme, jusqu'à ce qu'elle émette un long soupir, le pubis vissé à son ventre. Elle avait tenu parole…

Déjà, démontrant un altruisme admirable, elle descendit d'un geste précis son zip.

– Maintenant, tu vas me baiser, dit-elle. Mais avec ma robe.

Tout en parlant, elle le masturbait doucement, ce dont il n'avait vraiment pas besoin…

Malko regarda autour de lui : le lit ne lui disait rien. Il prit la jeune femme par les hanches et la fit pivoter, la collant contre le mur. Docilement, elle plaqua ses mains dessus, se cambrant au maximum. Malko n'eut qu'à soulever la longue robe noire pour découvrir d'abord les jambes, puis la croupe cambrée que rien ne protégeait. Gocha Sukhumi n'avait pas menti : « Crazy » Natia avait visiblement une aversion marquée pour les dessous…

Il plongea en elle, d'un trait, presque verticalement, et elle marqua le coup d'un soupir bref. Malko ne put s'empêcher de penser à Tamouna. Rêvant que c'était elle à qui il faisait l'amour. Il était satisfait de sa manip. Normalement, Tamouna Fakri, affolée, allait prévenir l'homme avec qui elle se trouvait le fameux soir.

Comme la CIA l'avait mise sur écoute, on remonterait jusqu'à lui. Encouragé par cette perspective, il plongea avec encore plus de vigueur dans le ventre de Natia. Celle-ci se retourna tout à coup, l'arrachant d'elle.

– Attends, dit-elle, je veux sentir le goût de ton sperme dans ma bouche.

Elle se laissa tomber à genoux devant lui et l'engoula avec douceur. Soudain, Malko sentit une main se faufiler le long de son scrotum. Un doigt se planta en lui, d'un geste précis, déterminé, juste comme la bouche de sa fellatrice accélérait.

« Crazy » Natia savait parler aux hommes…

Il explosa dans sa bouche avec un hurlement involontaire, tandis qu'elle le buvait jusqu'à la dernière goutte.

– J'aime faire jouir un homme, soupira-t-elle en se relevant avec un sourire ravi. Tu ne regrettes pas cette grosse vache de Tamouna ? Elle doit bien baiser, après les kilomètres de bites qu'elle a avalées quand elle faisait du porno. Moi, je n'ai jamais baisé pour de l'argent. Viens, on va s'amuser dehors.

Ils remontèrent sur la terrasse. L'assistance s'était clairsemée et Malko remarqua que Tamouna et son mari avaient disparu. « Crazy » Natia, après avoir vidé une flûte de Taittinger au vol, s'était, de nouveau, lancée dans une danse endiablée. Il en profita, lâchement, pour s'esquiver : il n'avait pas envie d'endurer la Géorgienne jusqu'à l'aube.

En redescendant le chemin étroit, il croisa une grosse voiture noire qui faillit le projeter dans le fossé. Il se dit que Tamouna allait sûrement avertir l'homme qui avait tué Kent Lockwood dés qu'elle se réveillerait. Conversation qui serait enregistrée par la CIA et ferait faire un pas de géant à son enquête.

***

– Le mec de la CIA a branché Tamouna, ce soir, annonça à voix basse Gocha Sukhumi à Levan Arevadzé. Je ne sais pas ce qu'il lui a dit, mais elle semblait tétanisée.

Le colonel du SOD siffla une insulte et lança :

– Pourquoi tu l'avais invité ?

– J'ai besoin de suivre son enquête. Je ne pensais pas qu'il allait attaquer Tamouna. Il faut que tu agisses. Vite.

Les deux hommes s'étaient réfugiés tout au fond du jardin, à l'écart des invités encore présents.

– C'est lancé, affirma Levan Arevadzé.

Il lui expliqua ce qu'il avait prévu. Ce qui ne calma pas Gocha Sukhumi.

– J'espère que ton type a compris que c'était un cas urgent…

– Il ne m'a jamais déçu, affirma le colonel du SOD.

– Que Dieu t'entende ! soupira Gocha Sukhumi, qui avait la fibre religieuse. Puisque tu es là, tu veux t'amuser un peu ? Natia est disponible.

« Crazy » Natia était en train de vider au goulot une bouteille de Taittinger Comtes de Champagne Rosé, la têtant comme elle aurait aspiré un homme. Levan Arevadzé secoua la tête.

– Non, merci, je vais me coucher. Demain, j'ai un *meeting* à sept heures. Et puis, tu m'as foutu les jetons.

– Tu ne peux pas activer ton gars ?

– Non. Trop risqué.

Il repartit sur ces paroles définitives, laissant Gocha Sukhumi guère plus rassuré qu'avant sa visite.

***

– Rien ! annonça Marlin Siegwalt. Depuis ce matin, elle a juste donné un coup de fil à sa copine Nina

Goradze. Mentionnant qu'elle vous avait rencontré hier soir. L'autre lui a demandé si elle avait l'intention de vous revoir et Tamouna a dit « non ».

Malko était furieux. Son plan était en train d'échouer. Tamouna Fakri était plus solide qu'il ne l'avait pensé. Il regarda sa Breitling « Bentley ». Onze heures et demie.

– Bien, conclut-il, je vais aller la voir à la galerie. Lui faire une piqûre de rappel.

***

Salmon Goumaiev planquait depuis deux jours sur la place de l'église arménienne. Désormais, il savait à quoi ressemblait sa cible. En rôdant autour de la galerie, il avait découvert qu'elle posssédait une seconde entrée, donnant sur la rue en contrebas par un petit escalier de pierre. Impossible de l'ouvrir de l'extérieur, mais cela pourrait éventuellement faciliter sa fuite.

Il commanda un second jus de pomme.

Il avait décidé de frapper aujourd'hui, ayant remarqué la veille que la patronne et sa vendeuse se relayaient à la galerie. Lorsque l'une arrivait, l'autre partait… Or, la vendeuse avait ouvert la galerie à dix heures. Il n'avait plus qu'à attendre l'arrivée de sa « cible ». Dès qu'elle serait seule, il frapperait. Machinalement, il tâta sous son blouson le manche de corne de son poignard *boivik*, aiguisé comme un rasoir, avec lequel il avait tranché pas mal d'oreilles de soldats russes.

Égorger une femme était un jeu d'enfant.

CHAPITRE X

Tamouna Fakri avait passé une nuit épouvantable. À peine arrivés chez eux, son mari, chauffé à blanc par la vodka au piment, s'était jeté sur elle et l'avait presque violée. Il avait fallu à Tamouna tous ses talents de comédienne pour simuler un orgasme modeste et avoir la paix. Repu, Mourad s'était endormi, tandis qu'elle restait les yeux ouverts, se levant ensuite pour aller fumer une cigarette sur la terrasse. Quelque part, elle savait que ce que son « prétendant » lui avait dit était probablement exact. Elle avait vu Levan Arevadzé tuer cet homme et, à ses yeux, elle était un témoin gênant.

Elle aurait voulu pouvoir vérifier la réalité de l'élimination de l'Azéri, mais elle ne connaissait même pas son nom. Tandis qu'elle fumait, il y avait eu un bruit dans le jardin et son pouls avait grimpé au ciel. Quand elle eut repris son souffle, elle aperçut un chat errant… Elle allait devenir folle.

Pour se sortir de cette situation, il n'y avait que de mauvaises solutions. Soit elle révélait tout à son mari pour qu'il la protège. Violent comme il l'était, il risquait de la tuer en pensant au membre monstrueux de Levan Arevadzé profanant le ventre de sa femme. Même s'il tuait ensuite son amant, ce n'était pas une solution. Si elle se contentait de ne pas revoir Levan Arevadzé, elle gardait une épée de Damoclès au-dessus de sa tête. Pour longtemps.

Elle pouvait, évidemment, dire à l'homme avec qui elle avait flirté ce qu'il voulait savoir : le nom de l'homme qui se trouvait avec elle ce soir-là… Mais Levan Arevadzé, même s'il avait des ennuis, se vengerait, elle en était certaine. Il faudrait qu'elle quitte la Géorgie, et elle ne le pouvait pas. À moins de tout révéler à son mari.

On revenait au cas numéro un.

Les nerfs en pelote, elle était retournée dans sa chambre et avait pris un Lexomil, puis un autre, et enfin un troisième.

Lorsqu'elle s'était réveillée, Mourad était déjà parti et elle avait dû rester dix minutes sous la douche avant d'avoir les idées claires.

La nuit n'avait pas résolu son problème.

Comme tous les matins, Nina Goradze l'avait appelée. Quelques minutes de détente. Sa copine la poussait à mort vers une nouvelle aventure. Ce qui n'était pas vraiment son problème pour le moment. Tamouna avait réussi à s'habiller et à sauter dans sa Honda : il était déjà onze heures et sa vendeuse devait aller récupérer des tableaux. Donc, il fallait qu'elle soit à la galerie.

Maintenant, elle se traînait dans la circulation intense du quai de la Koura. Enfin, elle s'engagea dans la grimpette menant à la place où elle garait sa voiture. Le gardien de parking lui fit signe avec un sourire. Il lui gardait toujours une place. Elle s'y glissa et sortit avec un sourire. Il faut dire qu'au lieu du lari qu'on donnait généralement, elle en donnait cinq… Sa vendeuse trépignait lorsqu'elle poussa la porte de la galerie.

– Madame Tamouna, reprocha-t-elle, Didoubé a déjà appelé deux fois…

– Il y avait beaucoup de circulation, s'excusa Tamouna. Vous pouvez y aller.

Elle s'installa derrière le bureau et alluma une cigarette. Toujours aussi tendue.

Quelques instants plus tard, un homme poussa la porte de la galerie. Le premier réflexe de Tamouna fut la satisfaction : elle allait se changer les idées avec un client. Elle adorait les discussions commerciales et parvenait presque toujours à convaincre ses acheteurs. Elle se leva pour venir au-devant du visiteur. Soudain, elle sentit son estomac se nouer : l'homme qui s'avançait dans la galerie n'avait pas du tout l'allure de ses clients habituels. Pas rasé, un bonnet de laine sur la tête, il avait un visage de paysan, avec une grosse moustache, était habillé d'une vieille canadienne et d'un jean. Sans un mot, il avançait sur elle et, brutalement, Tamouna fut submergée par la panique.

Sans réfléchir, elle fit demi-tour et fonça vers son bureau, dans l'intention de saisir son portable pour composer le 02, le numéro de la police. Elle avait déjà son portable en main quand l'homme fit le tour du bureau. Il plongea la main dans sa poche et elle vit briller la lame d'un poignard qui lui parut énorme.

Elle hurla de toute la force de ses poumons.

Puis, pendant quelques fractions de secondes, elle pensa à foncer vers la sortie, mais elle ne l'atteindrait jamais. Attrapant une petite statue de bronze sur son bureau, elle la brandit en direction de l'homme qui continuait à marcher sur elle, le couteau à l'horizontale, et l'abattit sur son bras.

Il eut le temps de le détendre et elle sentit une brûlure violente dans son flanc gauche.

De nouveau, elle hurla et se dit qu'elle allait mourir.

***

Malko patientait depuis plusieurs minutes, au volant de sa BMW, lorsque le préposé du parking lui désigna enfin une place qui se libérait.

Descendu de sa voiture, il inspecta le petit parking et repéra la Honda de Tamouna Fakri garée sur le trottoir. C'était le moment idéal pour sa « piqûre de rappel ». Il s'engagea dans le porche menant à la galerie Irakli. Et s'arrêta, surpris, devant la porte vitrée. Il n'y avait personne dans la galerie !

Il poussa la porte et elle s'ouvrit.

Il se trouvait au milieu de la galerie lorsqu'une silhouette surgit d'une petite porte à gauche du bureau, au fond de la galerie. Ce n'était ni Tamouna Fakri, ni sa vendeuse, mais un moustachu trapu, un bonnet de laine sur la tête.

À peine eut-il aperçu Malko qu'il fit demi-tour et disparut par où il était venu. Le pouls de Malko grimpa au ciel et il se rua vers le fond de la pièce, découvrant une porte entrouverte menant à un local encombré de sculptures et de tableaux. Un pied chaussé d'un escarpin dépassait dans la galerie. Celui de Tamouna Fakri. Elle gisait sur le côté, allongée sur le sol. Une énorme tâche rouge lui faisait une écharpe sanglante autour du cou, et le sang avait coulé sur un miroir, créant une sorte d'abominable œuvre d'art abstraite.

Un peu plus loin, au fond du local, il aperçut le dos d'un homme affairé à ouvrir une porte en bois, donnant vraisemblablement sur l'extérieur.

Malko ne fit qu'un bond, enjambant le cadavre de Tamouna, il plongea sur le dos de l'inconnu, lui faisant une clef au cou pour l'immobiliser.

Juste au moment où la porte s'entrebâillait.

L'homme recula brusquement, repoussant Malko contre le mur. Bien qu'à moitié étranglé, il avait encore de la force. Malko heurta violemment le mur, du dos, et, malgré lui, relâcha sa prise. Assez pour que l'inconnu puisse se retourner. Malko aperçut l'éclair d'une lame, vit le geste du bras, mais ne put esquiver. Une douleur atroce lui coupa le souffle et il eut l'impression qu'on lui arrachait le cœur. Ses jambes se dérobèrent sous lui. Le souffle coupé, il lâcha son adversaire, comprimant sa blessure. L'autre se retourna aussitôt et fonça vers la porte par laquelle il disparut.

Le cerveau de Malko lui dit de le poursuivre, mais ses jambes se dérobèrent sous lui. Il sentit un liquide tiède couler le long de son flanc et, tout à coup, il eut un éblouissement et tout devint noir.

***

Salmon Goumaiev était repassé à son échoppe du Bazroba, avait soigneusement nettoyé son poignard et s'était lavé les mains. Il avait eu chaud… À un poil près, il se faisait surprendre. Après sa fuite de la galerie Irakli, il avait suivi la rue Chardin et pris un *marchroutka* sur le quai Vak-Gorguassali. Ensuite, il avait tenu son échoppe comme si de rien n'était.

Maintenant, la nuit tombée, il allait à son rendez-vous pour toucher le reste de sa prime et ensuite filer dans sa vieille Volga vers la vallée de Pankrissi, se mettre au vert quelques jours. Il en profiterait pour emporter une cargaison de DVD à faire passer en Tchétchénie, où ils valaient beaucoup plus cher.

Il partit en direction de la gare routière voisine de la station de métro Samgori, d'où il prendrait la Kakheti Freeway, modeste autoroute courant vers l'est entre les premiers contreforts montagneux du Caucase.

Évitant la gare routière des *marchroutka*, il se gara le long du mur d'enceinte d'un entrepôt abandonné. Là où il donnait souvent rendez-vous à son « traitant ». Il aperçut la Toyota noire qui lui fit un appel de phares. Sa portière s'ouvrit sur la haute silhouette du colonel Arevadzé qui marcha rapidement vers la Volga.

Salmon Goumaiev coupa le moteur et sortit à sa rencontre. Il était encore appuyé à sa voiture lorsque le colonel Arevadzé lui tira une balle en pleine tête. L'énergie cinétique rejeta le Tchétchène à l'intérieur de la Volga. Le colonel Arevadzé tendit le bras à l'intérieur et lui tira une seconde balle en plein visage avant de s'éloigner.

***

D'abord, Malko ne distingua les traits de Marlin Siegwalt que d'une façon floue, dans une sorte de halo. Puis, il entendit sa voix, teintée d'anxiété.

– *You O.K.*?

Il mit un certain temps à pouvoir répondre. Il pensait les mots mais ils ne sortaient pas de sa bouche. Sa vision s'améliora, il vit des murs blancs, un homme en blouse blanche derrière le chef de station de la CIA, le pylone d'un goutte à goutte dont le tuyau était planté dans son bras.

Il ne sentait pas son corps, ne souffrait pas, mais se sentait très faible.

Il agita la tête de haut en bas, sans parler. Déclenchant un sourire mesuré chez l'Américain.

– Vous avez eu beaucoup de chance, fit ce dernier. Si la vendeuse n'était pas revenue vite, vous vous vidiez de votre sang ! Vous en avez beaucoup perdu. Ils vous ont fait une tranfusion sanguine. Dieu merci, la blessure n'est pas grave. Aucun organe vital touché.

Tout revint brusquement : le corps de Tamouna égorgée, le moustachu, le poignard qui s'enfonçait dans son flanc.

– Où suis-je ? demanda-t-il, parvenant enfin à articuler.

– Au Centre médical Aldagi. Une clinique privée. Dès que j'ai su ce qui était arrivé, je vous ai fait transporter ici. Les hopitaux publics sont épouvantables : on entre avec un rhume, on ressort avec le sida. Ils vous ont bien soigné et, avec la morphine, vous avez dormi jusqu'à maintenant.

– Et Tamouna ?

– Elle était déjà morte quand vous êtes arrivé.

Malko referma les yeux et dit faiblement :

– C'est de ma faute. Elle a appelé l'assassin de…

– Non, répliqua aussitôt Marlin Siegwalt. Elle était sur écoute et nous savons qu'elle n'a appelé personne. Son élimination était déjà programmée.

– L'homme qui l'a égorgée et qui m'a frappé, je pourrai le reconnaître.

Impassible, le chef de station de la CIA laissa tomber.

– Vous en aurez probablement l'occasion. Hier soir, les *patrolini*[1] ont trouvé le cadavre d'un Tchétchène tué de deux balles dans la tête. Un commerçant de Tbilissi, dans une vieille Volga. Il avait sur lui un poignard qui

1. La police.

a pu servir au meurtre de Tamouna Fakri. Son visage est très abîmé, mais on vous montrera les photos.

Malko secoua la tête.

– Quel gâchis !

S'il avait trouvé une place à temps, il serait arrivé en même temps que l'assassin et Tamouna Fakri serait peut-être toujours vivante.

– Vous avez fait l'impossible, assura l'Américain. Maintenant, il faut vous reposer. Vous avez dix-huit points de suture. Dans deux jours, si tout se passe bien, vous pourrez sortir…

– Nous n'avons plus aucune piste ! laissa tomber Malko, découragé. Ils ont fait le ménage.

– On verra, fit évasivement le chef de station. *Now, take it easy*[1].

Malko referma les yeux et, presque immédiatement, replongea dans l'inconscience.

***

Boris Loubiachev terminait son breakfast dans la salle à manger du *Carlton Tower*. Il était arrivé à Londres la veille au soir, en provenance de Moscou.

Les nouvelles étaient bonnes. Le colonel Arevadzé avait fait son devoir et la voie était libre pour développer leurs projets. Désormais, il n'existait plus de lien entre l'officier géorgien et l'incident où avait été tué un agent de la CIA… La veille, il avait trouvé à Moscou un exemplaire du quotidien géorgien *Resonanski* qui relatait le meurtre horrible de Tamouna Fakri par un rôdeur venu vraisemblablement la voler. Comme c'était une ancienne star du X, ce qu'on appelle en Géorgie la

1. Maintenant, détendez-vous.

« presse jaune[1] » s'en donnait à cœur joie avec des photos toutes plus suggestives les unes que les autres de l'ex-star du porno.

Boris Loubiachev signa son addition, remonta dans sa chambre et composa un numéro à partir du téléphone de l'hôtel. Une voix compassée et très britannique répondit aussitôt :

– Résidence de Sir Badri Gouramichvili. Qui est à l'appareil ?

Boris Loubiachev ne tiqua pas sur le « Sir » totalement fantaisiste et répondit.

– Dites à M. Gouramichvili que son ami Boris est arrivé de Moscou avec son caviar. Je le lui apporterai avant le déjeuner.

Il raccrocha sans attendre la réponse. Il ramenait effectivement des boîtes de caviar Beluga de 500 grammes, d'une qualité réservée au Kremlin, qu'on ne trouvait que dans certaines boutiques sélectionnées. On ne vendait pratiquement plus de caviar en Russie : la pêche illégale des esturgeons avait été telle qu'on avait tué la poule aux œufs d'or...

Il fallait bien ce cadeau royal pour surmonter les réticences du milliardaire géorgien. concernant les modalités de sa coopération. Boris Loubiachev avait reçu l'ordre du Kremlin de régler l'affaire Saakachvili avant la fin de l'année.

1. La presse people.

CHAPITRE XI

Boris Loubiachev sortit les deux boîtes de caviar du mini-bar, prit sa serviette et son parapluie puis descendit héler un taxi, à qui il donna une adresse.

– 34 Belgrave Mews.

Un quart d'heure plus tard, après avoir contourné le palais de Buckingham, le taxi s'arrêta devant un énorme hôtel particulier, au milieu d'une voie tranquille, au cœur du quartier le plus résidentiel de Londres. Badri Gouramichvili l'avait payé trente millions de livres sterling, en dépensant dix de plus pour l'aménager à son goût et y loger sa collection d'art moderne.

La porte vernie noire s'ouvrit sur un majordome sorti tout droit d'un livre de Charles Dickens, qui toisa d'abord Boris Loubiachev d'un air condescendant. Ce n'est qu'en entendant le nom du visiteur qu'il se dégela un peu et le précéda jusqu'à un salon aux dimensions gigantesques, dont les murs disparaissaient sous les toiles modernes. Boris Loubiachev prit place dans une bergère XVIIIe et le majordome s'éclipsa.

Le Russe n'attendit pas longtemps. Une ravissante créature brune, les cheveux attachés en natte, avec des cils d'une longueur irréelle et une bouche de salope, vêtue d'une robe grise et de bottes à hauts talons, fit son apparition : Natacha, la principale maîtresse du financier géorgien, dont la « vraie » famille restait dans son château à Tbilissi et ne mettait jamais les pieds à Londres.

Natacha s'assit en face de Boris Loubiachev et ses yeux bleus l'examinèrent avec un air vaguement dégoûté.

– Badri est au téléphone, il arrive, annonça-t-elle.

Boris Loubiachev aurait bien prolongé leur tête-à-tête tout en se sentant un peu bête avec ses deux boîtes de caviar, modeste cadeau à un homme qui possédait des centaines de millions de dollars. Ils se regardaient en chiens de faïence depuis cinq minutes lorsque l'oligarque géorgien entra dans le salon. Un homme frêle, les cheveux gris coupés ras, avec d'étonnants yeux bleus.

Vêtu d'une chemise blanche et d'un jean, il avait l'air quelconque. Il venait d'avoir cinquante-quatre ans.

– Va nous faire du thé, Gouloubtchika, lança-t-il à Natacha.

Boris Loubiachev lui tendit le caviar.

– Il est bon, il vient directement de la maison qui approvisionne Vladimir Vladimirovitch.

– Merci, fit simplement Badri Gouramichvili.

Il posa le sac sur le tapis d'Aubusson et le Russe se demanda s'il aimait cela. L'oligarque géorgien ne buvait pas, ne fumait pas, faisait du sport quotidiennement dans sa salle de gymnastique et mangeait très légèrement.

Natacha réapparut avec un plateau et Badri Gouramichvili lui tendit le sac avec les deux boîtes de caviar.

– Mets-le dans la cuisine.

Tourné vers son visiteur, il demanda :

– Quelles sont les nouvelles de Tbilissi ?

– J'étais aussi à Moscou, corrigea Boris Loubiachev. Tu as le salut de Vladimir Vladimirovitch. Il m'a chargé de te dire qu'il souhaite vivement que nos projets réussissent et que tu remplaces ce fou de Saakachvili.

Le Géorgien plissa ses beaux yeux bleus, méfiant.

– Merci. Je t'ai dit ce que je voulais.

***

Boris Loubiachev avait longuement développé les perspectives riantes qui s'offraient à Badri Gouramichvili s'il acceptait d'être le candidat secret du Kremlin. L'oligarque écoutait, impassible, comme pour destabiliser son interlocuteur. Heureusement, l'ex-colonel du FSB savait que cet homme qui possédait tout avait une faille secrète, qui le poussait à sortir de son exil doré et de sa vie sans histoire pour se lancer dans une aventure comportant certains risques. Badri Gouramichvili était né pauvre. Il n'avait pas toujours mangé à sa faim. Il avait été humilié pendant ses premières années passées en Russie, où on le traitait de *tchernozopié*[1]. L'idée de devenir président de la Géorgie, de serrer la main presque d'égal à égal avec Vladimir Poutine, le transportait sur un petit nuage rose…

Mais c'était aussi un redoutable joueur de poker…

Épuisé par son discours, Boris Loubiachev se tut. Aussitôt, l'oligarque lui adressa un pâle sourire.

– Boris Nicolaïevitch, tu sais bien que ta proposition m'intéresse. Mais je t'ai dit que j'exige deux conditions pour y participer.

– Lesquelles? demanda le Russe, qui connaissait la réponse.

– D'abord, la coopération pleine et entière du colo-

1. Cul noir : surnom donné aux habitants du Caucase.

nel Levan Arevadzé. À travers lui, je contrôlerai les services de sécurité...

– Il veut être ton ministre de l'Intérieur. Il te sera fidèle, fit Boris Loubiatchev, rassurant.

– Je veux qu'il me le dise lui-même, ici.

Faisant l'impasse sur cette première difficulté, l'ex-colonel du FSB demanda :

– Et la seconde condition ?

– Je ne bougerai de Londres qu'une fois « Micha » mort.

– Tu as peur de lui ?

L'oligarque lui jeta un regard de commisération.

– Quand on devient président à trente-six ans, on est prêt à tout pour le rester. Dès que « Micha » saura que je me présente, il me fera liquider. Il a dans ses manches des Tchétchènes à qui il a sauvé la mise quand les Russes les pourchassaient. Ces types-là tueraient leur mère et la découperaient en morceaux. Ce sont des animaux. À la minute où « Micha » saura que je suis dans le coup, il les lâchera sur moi.

– Tu as de quoi te protéger, objecta Boris Loubiachev. Et nous serons derrière toi.

Badri Gouramichvili secoua la tête, sceptique.

– Quand tu as des Tchétchènes au cul, tu changes de planète. Souviens-toi de Berezovski. S'il ne les avait pas remboursés jusqu'au dernier kopeck, il serait mort aujourd'hui. Amène-moi la tête de Saakachvili et je marche avec toi... Maintenant, je dois aller à une vente. Rappelle-moi quand tu auras réfléchi.

***

Malko contempla le pansement adhésif carré de dix centimètres de côté appliqué sur son flanc. Absolument étanche. Il pouvait même prendre sa douche avec. Il tâta sa peau tout autour de la blessure sans que cela lui fasse trop mal. Bourré d'antibiotiques et d'antalgiques, il flottait un peu, avait perdu quatre kilos et gagné une féroce envie de viande rouge.

À part cela, le médecin du centre médical Aldagi lui avait assuré qu'il pouvait reprendre une vie normale, à condition de ne pas faire de mouvements trop brusques.

Dans dix jours, il ne resterait plus, en principe, qu'une cicatrice sur son flanc gauche… Il se regarda dans la glace et se trouva mauvaise mine. Il achevait de s'habiller quand on frappa à la porte. Le battant s'entrouvrit sur la moustache de Kakha, le chauffeur de la CIA.

– Je vous attends en bas, monsieur Malko, dit le Géorgien. Vous allez mieux ?

– Ça va.

– L'autre jour, quand je suis venu avec monsieur Marlin à la galerie Irakli, on a cru que vous étiez mort. Il y avait tellement de sang…

– Il ne s'en est pas fallu de beaucoup, reconnut Malko.

Le Géorgien hocha la tête.

– Il faut se méfier des Tchétchènes, fit-il avant de ressortir.

L'homme abattu dans sa voiture avait été reconnu par Malko. C'était un Tchétchène, Salmon Goumaiev, dont la famille vivait dans la vallée de Pankrissi. Bien entendu, on n'avait aucune idée de son assassin.

Malko, en arrivant en bas, constata que le chef de station de la CIA lui avait envoyé sa Mercedes 250 blindée. Il avait un peu peur des secousses de la conduite, mais il n'éprouva qu'une petite gêne. On l'avait bien recousu.

Marlin Siegwalt l'attendait devant l'ambassade et lui serra vigoureusement la main.

– On a préparé une petite fête pour votre retour ! annonça-t-il.

L'ambassadeur et les principaux diplomates de l'ambassade, ainsi que tous les membres de la station de la CIA attendaient Malko dans le bureau de Marlin Siegwalt, où trônait un magnum de champagne Taittinger Comtes de Champagne Blanc de Blancs dans un seau en cristal, prêté par l'ambassadeur.

Quand le chef de station fit sauter le bouchon, tout le monde applaudit. Ensuite, on trinqua.

– À votre courage ! lança Marlin Siegwalt.

– J'aurais préféré sauver Tamouna Fakri, soupira Malko.

Les bulles irisées lui firent un peu tourner la tête, mais il se sentait revivre. Vingt minutes plus tard, quand les participants à la petite fête se dispersèrent, il se sentait tout à fait bien.

– Vous souhaitez continuer cette enquête ? demanda Marlin Siegwalt. Langley vous conseille de prendre un peu de repos dans votre château.

Malko secoua la tête.

– *No way*[1]... Je veux retrouver l'assassin de votre *case officer* et le commanditaire du meurtre de Tamouna Fakri. En plus, je suis certain que les Russes continuent à comploter dans l'ombre. Si nous identifions cet homme, nous pourrons pénétrer leur dispositif.

– Je n'aurais pas osé vous le demander, répondit

1. Pas question.

l'Américain, mais puisque vous me le proposez, c'est formidable. Seulement, il ne nous reste pas beaucoup de pistes…

– Pendant ces cinq jours, j'ai réfléchi, fit Malko. J'en vois trois. D'abord, l'amie de Tamouna Fakri, que j'ai rencontrée, Nina Goradze. Elle était intime avec Tamouna. Maintenant que celle-ci est morte, elle osera peut-être me révéler ce qu'elle n'aurait jamais voulu dire de son vivant.

– C'est vrai, approuva Marlin Siegwalt.

– Ensuite, il y a le mari de Tamouna Fakri. Il avait peut-être des soupçons sur quelqu'un…

– Bien vu, mais cela sera délicat…

– Enfin, conclut Malko, je peux faire appel à Gocha Sukhumi. Vous l'avez fait cribler ?

– Oui. Il est clair.

– Bien. Je vais récupérer la BMW.

– Vous ne voulez pas Kakha pour vous conduire ?

– Non, merci, ça ira.

– O.K. Je vais quand même vous donner quelque chose, au cas où…

Il alla prendre dans son coffre une boîte en carton. À l'intérieur, il y avait un automatique Sig-Sauer et trois chargeurs.

– Les gens à qui nous avons affaire sont des assassins, fit le chef de station. Si vous aviez eu cela l'autre jour, nous connaîtrions le commanditaire du meurtre et vous n'auriez pas de cicatrice.

– Merci, dit Malko, en glissant l'arme dans sa ceinture, à la hauteur de la colonne vertébrale.

Il avait tellement maigri qu'elle faillit glisser à l'intérieur de son pantalon… Quand il se retrouva dans le parking de l'ambassade, sous un soleil brûlant, il se jura de ne pas quitter la Géorgie sans avoir retrouvé l'amant de Tamouna Fakri. Pour tirer un fil qui allait le mener beaucoup plus loin.

***

Installé au bar du *Lanesborough*, Boris Loubiachev se demandait comment contourner l'entêtement de Badri Gouramichvili sur la liquidation de Saakachvili. Ils ne divergeaient pas vraiment. C'était plutôt une question de timing.

Par contre, le voyage du colonel Arevadzé à Londres posait des problèmes quasi insurmontables. Il devait résoudre cela avant son départ. Pris d'une inspiration subite, il rappela le milliardaire géorgien sur son portable.

– Badri, dit-il, je suis à la *Library* au *Lanesborough*, je suis avec une fille superbe que j'aimerais te présenter.

Il connaissait le goût du Géorgien pour la chair fraîche et son calcul se révéla exact.

– Tu ne peux pas l'amener ici ? demanda Badri Gouramichvili.

– Non, elle ne peut pas bouger.

– *Karacho*. J'arrive ! conclut l'oligarque.

– Tu ne seras pas déçu, promit Boris Loubiachev.

Il commanda une grande vodka et attendit. Badri Gouramichvili déboula vingt minutes plus tard, parcourut des yeux le bar vide et se laissa tomber à côté du Russe.

– Où est-elle ?

– Il n'y a pas de fille, avoua le Russe, mais je ne voulais pas parler au téléphone. Tu sais bien que tu es écouté en permanence par le MI5.

– Enfoiré ! grommela le Géorgien. Tu m'as mis l'eau à la bouche ! Qu'est-ce que tu veux ?

– J'ai réfléchi. En ce qui concerne « Micha », pas de problème. On va lancer le processus. Mais il faut trouver une solution pour ton entrevue avec Arevadzé.

– Je veux le voir, les yeux dans les yeux. Je connais les hommes. Je saurai si on peut compter sur lui.

– *Karacho*, concéda Boris Loubiachev, mais si « Micha » apprend qu'il est venu te voir ici, il est carbonisé.

– Je ne veux pas aller à Tbilissi tant que « Micha » est en place, affirma Badri Gouramichvili. Et je veux rencontrer Arevadzé. Pour lui remettre en main propre une liste.

– Une liste ?

– Oui. Celle des gens que je veux éliminer. Les hyènes vont sortir de leur trou dès que je m'exposerai. Je veux, avant tout, qu'il fasse le ménage. Il en a les moyens. Il a toujours manipulé des groupes de Tchétchènes qui lui doivent tout.

Tourné vers Boris Loubiachev, il répéta :

– Je n'irai pas à Tbilissi. C'est Arevadzé qui doit venir ici…

Boris Loubiachev manqua s'étrangler.

– Tu veux qu'il se suicide ! Il y a un type qui le déteste, Shalva Dzeghenti, le patron du contre-espionnage, il le suit à la trace… Il ira immédiatement tout raconter à Saakachvili.

– Boris, trouve une solution, conclut l'oligarque.

Il se leva et sortit du bar.

Boris Loubiachev ravala sa fureur. Badri Gouramichvili était un redoutable joueur de poker. Il demandait l'impossible pour être absolument certain que les Russes le voulaient vraiment, lui.

Le Russe se leva. Il n'avait plus qu'à retourner en Géorgie pour trouver une solution. L'élimination de

Tamouna Fakri lui ôtait un peu de pression, mais le Kremlin n'allait pas tarder à s'impatienter.

En tout cas, le colonel Arevadzé n'était plus un risque de sécurité, et la CIA n'avait plus de grain à moudre.

CHAPITRE XII

Nina Goradze répondit presque immédiatement sur son portable dont Malko avait récupéré le numéro grâce à Marlin Siegwalt. Il savait qu'elle parlait anglais et l'attaqua tout de suite dans cette langue.

– Je suis Malko Linge, annonça-t-il, nous nous sommes rencontrés une fois, si vous vous souvenez…

– Bien sûr, fit-elle. Ce qui est arrivé est tellement horrible. Vous êtes sorti de l'hôpital ?

– Oui, confirma Malko. J'aimerais vous rencontrer.

– Avec plaisir, accepta la Géorgienne. Venez chez moi, vous connaissez l'adresse. Je vous attends.

Il en profita pour s'allonger une demi-heure. C'était son premier jour d'activité et il se sentait bizarre. Plus tard, lorsqu'il monta les cinq étages de l'immeuble de Nina Goradze, il eut mal à sa blessure. La Géorgienne l'attendait devant un plateau de thé. Le regard plein de tristesse.

– Je n'aurais jamais cru que Tamouna finisse de cette façon ! soupira-t-elle. J'espère qu'on retrouvera son assassin. Vous l'avez vu, n'est-ce pas ?

– Je l'ai vu, confirma Malko. Et on l'a retrouvé.

– Comment ça ? Les journaux n'en ont pas parlé.

– Il était mort, de deux balles dans la tête, précisa

Malko. Mais j'ai vu les photos, je suis certain que c'est l'homme qui m'a poignardé.

Nina Goradze le fixait, désemparée et médusée.

– Je ne comprends pas. Qui a tué cet homme ?

Malko décida de mettre les pieds dans le plat.

– Nina, demanda-t-il, vous voulez venger votre amie ?

– Évidemment !

– Alors, vous allez m'écouter. Je ne suis pas un fonctionnaire de la Communauté européenne, mais un agent de renseignement travaillant pour la CIA américaine…

– Qu'est-ce que la CIA vient faire là-dedans ?

– Je vais vous l'expliquer.

Quand il eut terminé, Nina Goradze était absourdie.

– Vous êtes certain qu'elle a été tuée à cause de cette histoire ?

– À 99 %. Et vous êtes la seule personne qui puisse m'aider à identifier le meurtrier. L'amant de Tamouna. Vous saviez qu'elle en avait un ?

Nina Goradze hésita longuement avant de répondre et finit par laisser tomber :

– Oui, mais pas depuis longtemps.

Il sentait qu'elle cherchait à l'excuser.

– Je suppose qu'elle le recevait ici…

– Où voulez-vous en venir ? demanda-t-elle.

– Je veux le nom de cet homme, dit Malko. Parce que c'est lui le responsable du meurtre de Tamouna. Et je tiens à la venger.

– Je ne sais pas son nom.

Il fronça les sourcils.

– Nina, vous étiez sa meilleure amie.

– Je vous le jure, protesta-t-elle. Tamouna était très secrète. Elle m'a avoué l'existence de cet homme parce qu'elle avait besoin d'un lieu discret pour le retrouver..

Sinon, elle ne l'aurait jamais fait. Mais je n'ai jamais réussi à en savoir plus.

– Depuis combien de temps était-elle avec lui ?

– Peut-être deux mois…

– Où l'avait-elle rencontré ?

Nina hésita.

– Elle ne me l'a jamais dit explicitement, mais je crois que c'était à une soirée où il s'est tout de suite montré très entreprenant.

– Une soirée chez elle ?

– Je l'ignore.

Malko sentait la moutarde lui monter au nez.

– Enfin, ce n'était quand même pas un fantôme ! Quand vous parliez de lui, comment le désigniez-vous ?

– Levan. Elle disait Levan, murmura Nina Goradze, mais elle n'en parlait pas beaucoup. Je crois qu'elle avait honte.

– Levan. C'est un prénom ? C'est tout ce que vous savez de lui ?

– Oui, je crois.

– Vous n'avez aucune idée de ses caractéristiques physiques ?

De nouveau, la Géorgienne hésita.

– Je crois qu'il est grand, très viril et que…

Elle s'arrêta brutalement.

– Quoi ? insista Malko.

– Je ne sais pas si je peux vous dire cela, cela n'a pas de rapport avec ce que vous cherchez.

– Je cherche tout ce qui peut m'aider à identifier ce personnage, martela Malko. L'homme qui est responsable de la mort de votre amie. Alors, aidez-moi.

– Écoutez, Tamouna était très amoureuse de cet homme. C'était physique. Elle ne pouvait rien lui refuser. Un jour, elle m'a appelée, alors qu'elle l'avait reçu ici. Elle pleurait. Je suis venue tout de suite. Elle était en sang. Il l'avait violée, enfin il l'avait prise d'une certaine façon et l'avait blessée. Je crois qu'il est très pourvu par la nature.

Autrement dit, l'amant de Tamouna l'avait sodomisée avec tant de brutalité qu'il l'avait blessée. Il fallait qu'elle soit très amoureuse.

– J'ai été obligée de l'emmener voir une doctoresse, poursuivit Nina. Tamouna était morte de honte. Heureusement, ce n'était pas trop grave.

Malko n'insista pas, ne sachant pas comment utiliser cette nouvelle information.

– Elle le voyait souvent ?

– Non, une ou deux fois par semaine, toujours dans la journée. Le soir elle était obligée de rester avec son mari.

– Pourtant, elle se trouvait avec lui le soir où le meurtre de cet agent américain a eu lieu. On a intercepté des communications reçues sur son portable.

Nina Goradze secoua la tête.

– C'est impossible. Jamais son mari ne l'aurait laissée seule le soir. Il était très jaloux.

– Ce soir-là, précisa-t-il, son mari se trouvait à Poti.

– Ce soir-là, Tamouna aurait aussi pu lui prêter son portable, suggéra Nina Goradze.

– C'est possible, reconnut Malko.

Il se leva, comprenant qu'il ne sortirait rien de plus de la copine de Tamouna Fakri. Soudain, cette dernière dit à voix basse :

– Il y avait une autre personne qui s'appelle Levan et qui avait une raison de tuer Tamouna.

Malko crut d'abord que Nina Goradze se moquait de lui. Ou tentait de noyer le poisson pour une raison inconnue, mais elle enchaîna :

– Il y avait un autre « Levan » dans l'entourage de Tamouna. Un peintre qui mettait ses tableaux en vente dans la galerie Irakli.

– C'était son amant ?

– Non, bien sûr.

– Pourquoi l'aurait-il assassinée, alors ?

Nina Goradze regarda autour d'elle comme si on pouvait les entendre dans cet appartement désert.

– Ce Levan a toujours des problèmes d'argent. Il vit au-dessus de ses moyens. Tamouna me disait que, souvent, il lui demandait de lui régler d'avance ses tableaux, même si elle mettait ensuite des mois à les écouler. Deux jours avant sa mort, elle m'a dit qu'ils s'étaient vivement disputés car il lui avait réclamé de l'argent. Un prêt. Elle avait eu peur car Levan l'avait menaçée. Or, elle savait qu'il était en contact avec des gens dangereux, des voyous.

Évidemment, c'était troublant.

– Vous en avez parlé à la police ?

– Non, d'ailleurs, personne ne m'a rien demandé.

Malko resta songeur : ce que disait la jeune femme tenait debout. Mais comment le vérifier ?

– Vous savez où habite ce Levan ?

– Bien sûr, je peux même vous emmener chez lui, en vous présentant comme un acheteur.

– D'accord, accepta Malko. Maintenant.

Il faut battre le fer pendant qu'il est chaud.

Nina Goradze composa un numéro sur son portable, eut une brève conversation en géorgien, avant de raccrocher.

– Il nous attend, annonça-t-elle. Vous êtes en voiture ?

– Oui, mais je préférerais prendre la vôtre.

C'était plus discret.

***

Levan Guidake n'était pas rasé, ce qui accentuait le côté mou de son visage. Grassouillet, les traits empâtés, il n'avait pas vraiment l'allure d'un Don Juan. Peu de chances qu'il ait été l'amant de la belle Tamouna.

Il les fit entrer dans un petit atelier encombré de toiles accrochées aux murs et posées par terre, dans le sous-sol d'un vieil immeuble. Comme il ne parlait que le géorgien, Nina Goradze fit l'interprète. Malko examina les tableaux, dépourvus du moindre intérêt.

– Demandez-lui où il vend ses toiles.

Le peintre se mit à parler à toute vitesse, visiblement ému, et l'amie de Tamouna traduisit au fur et à mesure.

– Il avait une galerie mais sa propriétaire a été assassinée. C'était une femme admirable et très belle. Il lui doit encore de l'argent et surtout, maintenant, son mari va sûrement fermer la galerie.

Ce qui enlevait un motif de meurtre… Malko n'insista pas, acheta une croûte pour 300 euros.

– Alors ? demanda Nina Goradze lorsqu'ils furent ressortis.

– Il n'a pas le comportement d'un assassin, conclut Malko, bien qu'on ne puisse jamais être certain de rien. Ou alors il a eu un coup de folie.

Il avait croisé assez de tueurs pour les sentir. Levan Guidake était totalement inoffensif. Une porte qui se fermait.

– Que puis-je faire d'autre pour vous ? demanda Nina Goradze. Moi aussi je voudrais savoir qui a tué Tamouna.

– Vous connaissiez bien son entourage. Cela ne vous donne pas d'idées ?

– Non, dit-elle. Tamouna menait une vie très sage. Cette histoire avec cet homme était une exception.

Malko tiqua.

– Nina, remarqua-t-il, j'ai dragué Tamouna lors d'une soirée chez elle, obtenant tout de suite son numéro de téléphone. Lorsque nous nous sommes revus dans votre appartement, nous avons flirté après que vous êtes partie. Donc, Tamouna n'était pas un monstre de vertu.

Nina Goradze se troubla.

– Cette aventure avec ce Levan l'avait déstabilisée, reconnut-elle. Je sais qu'elle voulait rompre avec lui. Je pense qu'inconsciemment, elle lui cherchait un remplaçant.

– Et si elle avait eu un autre amant, en même temps que ce Levan ? Qu'elle aurait aussi reçu dans votre appartement ?

Nina Goradze parut atterrée.

– Oh non ! fit-elle, ce n'est pas possible. Deux hommes à la fois…

– C'était déjà le cas avec Levan, son amant, et Mourad, son mari, remarqua Malko avec une certaine cruauté…

Nina Goradze ne répondit pas.

– Bien, conclut-il, ramenez-moi à ma voiture, je vais rendre visite au mari, enfin au veuf… Il sait peut-être quelque chose.

– Je vous en supplie, ne lui dites pas que je vous ai parlé. Il me haïrait…

– Je serai une tombe, jura Malko.

* * *

Les bureaux de Mourad Fakri se trouvaient dans un grand building moderne, à la sortie ouest de la ville, non loin de l'ambassade d'Iran. Malko donna sa carte. Normalement, Marlin Siegwalt avait averti Mourad Fakri de sa visite. Il fut introduit immédiatement et le Libanais apparut, les traits tirés, vêtu d'un strict costume sombre.

Après les formules de politesse d'usage, Malko entra dans le vif du sujet.

– Monsieur Fakri, vous savez que je travaille pour l'ambassade américaine. Nous avons des raisons de croire que le meurtre de votre femme n'est pas une affaire crapuleuse.

Le Libanais sembla étonné.

– Que voulez-vous dire ?

Malko marchait sur des œufs.

– Nous travaillons sur une affaire qui s'est passée il y a quelques jours et où votre femme pourrait avoir joué un rôle, continua-t-il. Une affaire où il y a déjà eu deux morts... Notre idée est qu'on aurait pu tuer votre femme pour l'empêcher de faire certaines révélations qu'elle aurait involontairement surprises, un secret très dangereux.

– Un secret ? fit Mourad Fakri. Quel secret ? Tamouna ne s'occupait pas de politique ni de sujets sensibles. Elle partait d'ici pour aller à sa galerie...

Il semblait totalement sincère. Cela allait être dur. Malko aurait bien voulu être ailleurs. Il se dit qu'avant d'apprendre à cet homme, persuadé de la fidélité de sa femme, que celle-ci avait un amant, il devait vérifier un point important.

– Monsieur Fakri, demanda-t-il, vous absentez-vous souvent de Tbilissi ?

– Pas en ce moment. Nous sommes allés en juillet avec Tamouna à Batoumi pour une semaine. Pourquoi ?

– Vous souvenez-vous où vous vous trouviez le 7 septembre ? insista Malko.

Le Libanais eut un haut-le-corps.

– Pourquoi toutes ces questions ? C'est…

– … Indispensable, trancha Malko. Nous cherchons, nous aussi, à savoir qui est responsable de la mort de votre épouse. Pour des raisons différentes mais très importantes. Pouvez-vous me fixer sur ce point ?

Sans un mot, le Libanais se leva et regagna son bureau où il feuilleta un agenda.

– Le 7 septembre, je me trouvais à Poti pour la journée, je ne suis rentré que le lendemain matin, très tôt.

Cela confirmait les dires du chef de station de la CIA. Donc, pas d'impossibilité pour que Tamouna Fakri ait passé la soirée avec son amant, le mystérieux Levan.

– Votre femme vous accompagnait ?

– Non, bien sûr. Pourquoi ?

Il était venu se rasseoir en face de Malko. Ce dernier tint à rappeler un point important au Libanais :

– Monsieur Fakri, vous savez que j'ai vu l'assassin de votre femme et que j'ai failli être tué moi aussi ; j'étais venu voir les œuvres exposées dans la galerie.

– C'est ce que la police m'a dit. Je vous remercie d'être intervenu au péril de votre vie.

– Je n'ai eu qu'un réflexe tout à fait normal, assura Malko, mais ce n'est pas le problème. Je vous prie d'avance de m'excuser pour ce que je vais vous apprendre, car c'est loin d'être agréable. L'homme qui a poignardé votre femme agissait sur ordre.

– L'ordre de qui ? aboya Mourad Fakri.

Malko marqua un temps d'arrêt.

– De l'amant de votre femme, articula-t-il lentement.

Le Libanais ne l'interrompit pas une seule fois tandis qu'il relatait tout ce qu'il savait. Seul signe d'émotion, ses mains étaient nouées l'une à l'autre et il était livide.

– Le soir du 7 septembre, conclut Malko, Tamouna

se trouvait avec ce « Levan ». J'ignore tout de lui, à part son prénom. Pouvez-vous m'aider à le cerner de plus près ?

Mourad Fakri mit quelques secondes à répondre. Assommé.

– Je ne sais pas, avoua-t-il, d'une voix mal assurée. Je n'aurais jamais pensé que Tamouna… Elle avait tout ce qu'elle voulait, nous étions un vrai couple.

– On ne sait jamais ce qui se passe dans la tête d'une femme, relativisa Malko. Je pense qu'elle l'a rencontré dans une soirée. Avez-vous une idée ?

Mourad Fakri secoua la tête.

– Non, Levan est un prénom très courant et je n'ai jamais remarqué un homme qui fasse la cour à ma femme d'une façon, disons, exagérée. Les Géorgiens sont exubérants, ce sont presque des Latins.

– Vous n'êtes pas intime avec un homme qui se prénomerait Levan et qui soit dans les services de la Sécurité d'État ?

– Non, vraiment, je ne vois pas.

– Essayez de regarder dans la liste de vos amis, demanda Malko. Voici les numéros où vous pouvez me joindre. Je suis désolé d'avoir eu à vous faire ces révélations, mais cet homme est dangereux. Y compris pour la Géorgie.

– Pourquoi ?

Malko eut un sourire d'excuses.

– Je ne suis pas autorisé à vous en dire plus. Encore une fois, je vous remercie de votre accueil.

Le Libanais le raccompagna, comme un zombie. Malko était horriblement mal à l'aise d'avoir été obligé de salir l'image qu'il avait gardée de son épouse, mais c'était indispensable.

Cette première journée d'enquête lui avait quand

même appris quelque chose : l'amant de Tamouna Fakri s'appelait Levan et était monté comme un étalon. Ce qui, pour le moment, ne menait nulle part.

Il décida de repasser se reposer au *Marriott* avant d'aller dîner avec Marlin Siegwalt. Il trouva à la réception un mot en mauvais anglais, signé Natia. « Il paraît que tu es sorti de l'hopital. Tu dois avoir besoin de réconfort… Appelle-moi. »

Il y avait son numéro et l'empreinte de sa bouche, en rouge vif. Pour l'instant, ce n'était pas à l'ordre du jour. Déjà, après une journée d'activité, il ressentait des élancements dans tout le côté gauche.

***

– Levan ! s'exclama Marlin Siegwalt. C'est comme si vous me demandiez de retrouver à New York un type qui s'appelle John… Rien qu'à Tbilissi, il doit y en avoir vingt mille…

Les deux hommes s'étaient installés dans le coin le plus calme du restaurant *Maidan*, loin des chants polyphoniques. Les découvertes de Malko ne semblaient pas enthousiasmer le chef de station de la CIA.

Malko piqua une tomate dans le plat – ce qu'il y avait de plus mangeable – et insista :

– Attendez, nous avons autre chose : l'homme qui a reçu dix millions de dollars appartient vraisemblablement à l'appareil sécuritaire géorgien… Cela fait deux éléments.

– Et il a aussi un sexe énorme ! ironisa l'Américain. Ça fait vraiment un drôle de portrait-robot.

– Ce sont les seuls éléments dont je dispose aujourd'hui, reconnut Malko. Pouvez-vous faire dresser une liste de tous ceux qui comptent dans la Sécurité d'État géorgienne ? On verra bien s'il y a des « Levan ».

– Bien sûr, c'est facile, concéda l'Américain. Mais c'est un *very, very long shot*...

– C'est vrai, reconnut Malko. Bien, puisque vous avez « criblé » Gocha Sukhumi, je vais faire appel à lui.

– Pourquoi pas, fit l'Américain. Pour nous, il est « clair ».

– Peut-être que le mari de Tamouna retrouvera dans ses souvenirs quelque chose, soupira Malko.

– N'y comptez pas trop, ce sont toujours les maris qui sont les derniers au courant, remarqua l'Américain. Vous avez l'air fatigué, allez vous coucher.

En plus, la musique devenait assourdissante. Malko suivit le conseil de Marlin Siegwalt. Avant de se coucher, il laissa un message à Gocha Sukhumi.

***

Gocha Sukhumi lui avait donné rendez-vous à la cafétéria du *Marriott*. En attendant, Malko étudiait la liste des membres de la Sécurité d'État déposée une heure plus tôt par Kakha, le chauffeur de Marlin Siegwalt.

Bien sûr, elle n'était pas exhaustive, mais il n'avait trouvé, étrangement, qu'un seul « Levan » dans les officiers supérieurs. Un certain Levan Arevadze, un colonel, du *Special Operations Department*.

Le téléphone de la chambre sonna.

– Je suis à la cafétéria, annonça la voix joyeuse de Gocha Sukhumi.

Malko le rejoignit et le Géorgien l'étreignit chaleureusement, lançant d'une voix joviale :

– D'après les journaux, tu as failli y passer ! Tu vois ce que c'est de draguer les jolies femmes.

Malko commanda lui aussi un club-sandwich et demanda ensuite :

– Gocha, est-ce que tu es prêt à retravailler avec l'Agence ? Ce sera plus pour l'honneur que pour l'argent, parce que tu es trop riche pour nous, maintenant.

Gocha Sukhumi eut un gros rire joyeux.

– *Nitchevo* ! Cela me fait plaisir de te rendre service. Seulement, il faut que tu me dises de quoi il s'agit. Tu sais que je suis une tombe.

– Je sais, reconnut Malko. Voilà, je ne draguais pas Tamouna pour son cul, comme tu penses, mais pour autre chose.

Gocha Sukhumi dévora son club-sandwich tout en écoutant Malko. Sans exprimer aucun sentiment. Lorsque ce dernier eut terminé, il demanda :

– Tu as enquêté sur le mari de Tamouna ?

– Non, pas vraiment, reconnut Malko. Je crois qu'il est dans l'importation de bananes, ou quelque chose de semblable.

La bouche pleine, le Géorgien acquiesca.

– C'est vrai, mais tu sais, c'est un Libanais ! Alors, il ne fait pas que cela.

À ses yeux, libanais, c'était une profession, pas une nationalité.

Intrigué, Malko insista.

– Qu'est-ce que tu veux dire ?

– Il travaille beaucoup avec l'Azerbaïdjan. Il fait du business là-bas et je crois qu'il blanchit de l'argent. Alors, les dix millions de dollars dont tu parles, c'était peut-être cela.

– Il m'a dit que ce jour-là, il était à Poti.

Gocha Sukhumi haussa les épaules.

– Tu as vérifié ?

Malko demeura muet : la CIA avait envisagé un

moment la piste du blanchiment d'argent... Qui était loin d'être invraisemblable. Pour l'abandonner.

– Tu pourrais voir de ce côté ? demanda-t-il.

– Sûrement, approuva Gocha avec chaleur. Je vais activer mes contacts. C'est peut-être lié à la construction du *Kempinski*. Je sais que le mari de Tamouna doit y participer.

– Mais pourquoi tuer un agent de la CIA ?

Le Géorgien eut un geste désabusé.

– Ici, ce sont des brutaux. Ils ont peut-être cru que c'était un flic local qui cherchait à les coincer. Dans ces cas là, on tire d'abord et on réfléchit après.

C'était une explication comme une autre. Mais quelque chose ne collait pas : Mourad Fakri n'avait pas fait assassiner une femme qu'il adorait visiblement.

– Toi qui connais un peu les Fakri, continua Malko, tu penses que Tamouna avait un amant, ou des amants ?

Gocha Sukhumi eut un geste d'impuissance, accompagné d'un sourire.

– Moi, je ne l'ai jamais sautée. Mais je n'en sais rien. Ils étaient toujours ensemble dans les soirées. Je ne crois pas.

– Eh bien, tu as tort, trancha Malko, parce que sa meilleure copine m'a confirmé qu'elle avait un amant. Un certain Levan.

Gocha marqua un court silence, puis remarqua d'une voix égale :

– Levan, c'est un prénom très répandu.

– Je sais, fit Malko, mais j'ai un autre élément.

Il sortit la liste remise par Marlin Siegwalt, la déplia et demanda :

– Est-ce que tu connais un certain Levan Arevadzé ?

Malko crut que le Géorgien allait tomber de sa chaise.

Il le fixa pendant quelques secondes sans rien dire, puis répéta lentement.

– Levan Arevadzé ? Pourquoi me poses-tu cette question ?

Son regard, d'habitude assuré, semblait flotter. Malko se demanda pourquoi il était si ému.

– Parce que je pense que l'homme qui a reçu les dix millions de dollars appartient à l'appareil sécuritaire géorgien…

– Pourquoi ?

– Si les Russes sont derrière cette affaire, c'est de gens comme cela qu'ils ont besoin. Des hauts fonctionnaires qu'ils puissent retourner. Tu as l'air étonné ?

Gocha Sukhumi but un peu de sa bière et expliqua :

– J'ai eu un choc quand tu as mentionné ce nom. Levan Arevadzé vient du même village que moi. C'est comme un frère.

– Je comprends, dit Malko. À quoi ressemble ton ami ?

– C'est une grande baraque. Un bel homme. Il aime la fête et les femmes.

– Il aurait très bien pu être l'amant de Tamouna Fakri, conclut Malko.

Gocha Sukhumi eut un rire un peu forcé.

– Je l'aurais su… Il me dit tout. Et puis, il n'a pas le profil. Il est très antirusse. Pendant les combats du mois d'août, il s'est précipité avec tous les hommes du SOD qu'il avait pu réunir et il a combattu à Tskhinvali pour tenir tête aux Russes. Beaucoup de ses hommes ont été tués.

– Autre chose, demanda Malko. A-t-il accès aux écoutes ?

Gocha Sukhumi hésita quelques secondes, puis hocha la tête.

– Non, je ne pense pas. C'est le contre-espionnage,

dirigé par Shalva Dzeghenti, qui déteste Levan d'ailleurs.

Il regarda ostensiblement son gros chronographe Breitling en or, et s'arracha un sourire.

– *Karacho.* J'ai un rendez-vous, il faut que je te laisse. Je vais réfléchir à tout cela. Réactiver mes réseaux. Et si tu veux, ajouta-t-il en se levant, je te ferai rencontrer Levan, chez moi. Tu verras, il est très sympa.

Il étreignit Malko avec tant d'enthousiasme que ce dernier étouffa un cri de douleur. Sa blessure était encore très sensible...

– Tiens-moi au courant, demanda-t-il.

***

Gocha Sukhumi se laissa tomber dans sa Mercedes, les jambes coupées. Au début de leur conversation, il aurait crié de joie en entendant son ami – agent de la CIA – demander sa collaboration. C'était trop beau...

Mais lorsqu'il avait prononcé le nom de Levan Arevadzé, il avait cru recevoir un coup de poing en plein visage ! S'être donné tout ce mal pour voir resurgir un nom que l'agent des Américains n'aurait jamais dû évoquer !

S'il avait tenu Nina Goradze, il lui aurait arraché les seins... Maintenant, il fallait réagir vite. Trouver un moyen de supprimer son ancien ami, avant qu'il ne pousse ses investigations trop loin. Sinon, de nouveau, c'était la catastrophe.

En plus, il fallait arriver à ce résultat sans qu'on puisse les soupçonner, ni lui ni Levan Arevadzé.

C'était presque impossible, mais il fallait le faire. Sinon, tout s'écroulait. Il allait falloir allumer des contre-feux en attendant les mesures extrêmes.

CHAPITRE XIII

À peine arrivé de Londres, *via* Kiev, Boris Loubiachev était allé s'installer dans la somptueuse demeure de Badri Gouramichvili, où il était sensé rendre compte de ses activités à la nièce du milliardaire. Après son entretien avec Badri Gouramichvili, il avait longuement réfléchi à une solution pour le contact avec Levan Arevadzé.

Échafaudant une solution qu'il n'avait plus qu'à vendre au colonel du SOD, *via* Gocha Sukhumi. Il appela ce dernier qui lui répondit d'une voix éteinte.

– Ça ne va pas, demanda-t-il, inquiet.

– J'ai un souci, avoua sobrement le Géorgien. Il faut que je te voie.

Boris Loubiachev, brusquement angoissé, proposa aussitôt :

– Viens ici, ce sera plus simple.

Il eut à peine le temps de boire un thé qu'on lui annonça l'arrivée de Gocha Shukumi. Ce dernier semblait bouleversé, pas dans son assiette. Avant même de s'asseoir, il prit une bouteille de cognac arménien dans le bar et en remplit un verre qu'il vida d'un coup.

– Tu bois trop, remarqua froidement Boris Loubiachev.

Le Géorgien lui jeta un regard noir.

– Si tu venais d'entendre ce que je viens d'entendre, tu boirais aussi…

– Quoi ?

– Les Américains soupçonnent Levan !

L'ex-colonel du FSB accusa le coup.

– Mais tu m'avais dit que le problème était réglé. Que la seule personne dangereuse avait été éliminée.

– C'est vrai, fit Gocha Sukhumi, mais mon « copain » Malko Linge est aller cuisiner une copine de Tamouna et a appris par elle le prénom de son amant, Levan. Ensuite, comme il n'est pas con, il a regardé s'il n'y avait pas un Levan dans l'appareil de Sécurité. Et, bingo, il a trouvé le nôtre… Pas de chance, c'est le seul Levan de tout l'organigramme.

– C'est *total catastrophy* fit, atterré, Boris Loubiachev.

– Si je n'étais pas copain avec ce mec de la CIA, protesta Gocha Sukhumi, nous ne le soupçonnerions même pas !

Il en avait la chair de poule.

– Donne-moi tous les détails, réclama le Russe.

Gocha Sukhumi s'exécuta. L'autre l'écouta sans l'interrompre et conclut :

– Heureusement, il n'a rien de précis…

– C'est vrai, admit Gocha Sukhumi, mais s'il se met à surveiller Levan… Ce n'est vraiment pas le moment.

– À propos, il est au courant ?

– Pas encore. Je sais cela depuis une heure.

– Il faut le prévenir et le rassurer. Il n'y a rien contre lui. Pas de témoin, personne. Et il n'y en aura jamais.

– Il faut liquider ce fils de pute, fit sombrement Gocha Sukhumi.

Boris Loubiachev le stoppa d'un geste.

– Attends ! Il ne peut rien réunir contre lui. Ça va peut-être lui passer. Il trouvera un autre suspect.

Gocha Sukhumi secoua la tête, pas convaincu.

– Je l'ai déjà vu au travail, à Moscou, il y a douze ans. Il n'abandonnera que mort. En plus, il est directement impliqué : il a failli y passer quand le type envoyé par Levan l'a planté.

– Ne nous précipitons pas, relativisa Boris Loubiachev. D'abord, il faut avertir Levan. Il aura peut-être une idée. Et surtout, garde le contact avec ton ami. Comme ça, on aura toujours un coup d'avance. Maintenant, je vais t'expliquer la solution avec Badri. Il veut absolument rencontrer Levan chez lui, à Londres. J'ai imaginé une astuce pour protéger Levan. Il va aller trouver le président Saakachvili, officiellement, et lui dire qu'il a été contacté par la nièce de Badri Gouramichvili, qui se trouve ici, à Tbilissi. Elle lui a transmis une invitation à aller voir son oncle, discrètement. Par exemple, en prétextant un déplacement en Ukraine pour se faire soigner.

– Et alors ? demanda Gocha Sukhumi.

Boris Loubiachev eut un large sourire.

– Alors, le colonel Levan Arevadzé demande des instructions... Tu penses bien que « Micha » va lui intimer l'ordre d'aller aux nouvelles. Pour savoir ce que Badri a dans le ventre...

– Mouais, fit le Géorgien, pas tout à fait convaincu. J'espère qu'il n'y aura pas de *back-lash.* « Micha » n'est pas con. Et les gens qui l'entourent non plus.

– On n'a pas le choix ! trancha l'ancien colonel du FSB. Sinon, Badri va se défiler.

– Bon, admit Gocha ; je vais essayer de vendre ça à Levan. J'ai l'impression que nous sommes quand même dans la merde. Tout ça parce que ce con a voulu baiser Tamouna.

***

Après son snack avec Gocha Sukhumi, Malko était remonté dans sa chambre. Même s'il ne voulait pas se l'avouer, sa blessure en voie de cicatrisation le faisait encore souffrir et l'affaiblissait. Il se reposait quand le téléphone de l'hôtel sonna.

– Une dame veut vous parler, annonça l'employé de la réception.

– Je peux monter ? demanda la voix timide de « Crazy » Natia.

Malko n'en revenait pas.

– Vous saviez que j'étais là ?

– Non, dit la jeune femme, je suis passée au hasard. Je sais ce qui vous est arrivé et Gocha m'a dit que vous étiez encore fatigué. Vous avez besoin d'une femme...

– Bon, venez, capitula Malko.

Il passa un peignoir en éponge et alla l'accueillir. Natia portait une robe fluide grenat qui la moulait comme une seconde peau. Spontanément, elle embrassa Malko.

Presque chastement...

– Montrez-moi votre blessure ! demanda-t-elle.

Sans attendre sa réponse, elle défit la ceinture du peignoir en éponge et glissa la main le long de son torse, atteignant le grand pansement collé qui saillait à peine sur la peau.

– Ce n'est pas très spectaculaire, remarqua Malko. Mais encore un peu douloureux...

– Oh, je ne vais pas vous faire de mal, assura la jeune femme. Au contraire, allongez-vous sur le lit.

Elle l'y poussa gentiment et l'aida à ôter son peignoir, ne lui laissant qu'un slip. Ses mains commencèrent à courir sur le torse de Malko, avec une douceur aérienne. Elle évitait soigneusement le carré de plastique presque incolore. Une vraie masseuse professionnelle, à part les bouts de ses seins qui pointaient orgueilleusement sous la soie grenat.

Mais le naturel revenant au galop, les caresses de « Crazy » Natia se firent beaucoup plus ciblées.

Agenouillée sur le lit, son buste frôlait celui de Malko et il ressentait une agréable petite décharge électrique à chaque effleurement.

Ses longs doigts volaient autour du ventre de Malko, effleurant le coton du slip, et il commença à manifester son retour à la vie… « Crazy » Natia l'embrassa à nouveau légèrement, avec la pointe de sa langue, et demanda, reprenant un tutoiement plus intime :

– Tu crois que tu peux bander malgré ta blessure ?

Question d'une hypocrisie sans borne. Elle tenait à pleine main l'objet de sa question. Malko n'eut pas à répondre. Avec une douceur d'infirmière enlevant un pansement, elle venait de soulever son slip, enfonçant immédiatement dans sa bouche un membre déjà très présentable. Malko ferma les yeux. Il n'aurait pas été chercher Natia, mais, *Carpe Diem*, autant en profiter.

Sous sa bouche et sa langue, il ne tarda pas à sentir la sève monter de ses reins et, d'une ultime succion, Natia le fit se vider dans sa bouche.

– Tu n'as pas mal ? demanda-t-elle hypocritement en se redressant. J'aurais bien aimé être infirmière.

C'était plutôt une voleuse de santé…

Assise en tailleur à côté de Malko, elle alluma une cigarette et le regarda :

– J'espère que tu seras bientôt sur pied. J'aimerais que tu me fasses des tas de choses.

– Moi aussi, j'ai hâte de ne plus avoir ce pansement,

fit Malko. Je n'ai pas renoncé à trouver le responsable de la mort de Tamouna Fakri.

– Tu l'avais baisée ?

– Non.

– Alors, c'est son mari qui devrait chercher à la venger…

– À propos, tu connais un certain Levan Arevadzé ?

« Crazy » Natia parut surprise.

– Tu le connais ? questionna-t-elle.

– Non, mais je crois que Gocha Sukhumi doit me le faire rencontrer.

La jeune femme eut un sourire en coin.

– Tu verras, c'est un beau mec, très bandant. Avec Gocha, ils sont comme cul et chemise. Nés dans le même village.

Quelque chose dans sa voix alerta Malko.

– Tu as eu une aventure avec lui ?

Elle eut un sourire gourmand.

– Une aventure, c'est beaucoup dire… Mais il m'a fait grimper au ciel. Il a un truc énorme et il sait s'en servir. J'ai eu l'impression qu'il allait m'ouvrir en deux. Même avec un litre de vodka dans le corps, il bande encore.

Autrement dit, Levan Arevadzé avait les mêmes avantages physiques que l'amant inconnu de Tamouna Fakri.

– Tu crois qu'il a eu une aventure avec Tamouna Fakri ? interrogea Malko.

– Je ne sais pas. Mais je ne crois pas : son mari ne la quittait pas. Mais je pense qu'il aurait bien aimé.

Malko ferma les yeux : les pièces du puzzle se mettaient en place.

« Crazy » Natia se méprit sur son attitude.

– Tu veux te reposer, fit-elle, je te laisse. Dès que tu es mieux, appelle-moi.

Elle s'esquiva après un dernier chaste baiser. Lorsqu'elle fut partie, Malko se remit à réfléchir. Son sixième sens lui disait que ce Levan Arevadzé était l'homme qu'il cherchait.

Hélas, il n'avait aucun indice matériel pour confirmer son intuition.

***

Levan Arevadzé avait l'impression d'avoir avalé un lingot de plomb. Tout se bousculait dans sa tête. En face de lui, Gocha Sukhumi essayait de sourire, mais le cœur n'y était pas. Après avoir rencontré Boris Loubiachev, il avait foncé avenue Vazha-Pshavela, dans l'ancien immeuble du KGB. Il avait alors appelé Levan sur son portable pour qu'il le rejoigne à un bistrot voisin. Ce qu'ils faisaient parfois.

Gocha Sukhumi, se méfiant des micros, ne voulait surtout pas parler dans les locaux du SOD.

Ensuite, il avait balancé les mauvaises nouvelles à son copain. Celui-ci accusait le coup.

– En plus, tu veux que je rencontre ce type ! explosa-t-il.

– C'est pour le rassurer. Tu dois être gentil. Plein de compassion, promettre d'enquêter toi-même.

– Bon, soupira le colonel du SOD, mais on joue avec le feu…

– Cela vaut mieux que de se brûler, laissa tomber Gocha Sukhumi avec un bon sens évident.

Levan Arevadzé fixait pensivement une petite église toute neuve, un peu en retrait de l'avenue.

– Cela ne suffira pas, reprit-il.

Gocha Sukhumi comprit tout de suite à quoi il pensait.

– Il ne faut pas faire de conneries, recommanda-t-il. Surtout s'il te soupçonne.

Levan Arevadzé le regarda froidement.

– Ce à quoi je pense, ce n'est pas une connerie, mais une mesure de prophylaxie.

– En tout cas, adjura Gocha Sukhumi, rien ne doit te relier à ce qui se passera. Sinon, c'est foutu. Définitivement.

Le colonel du SOD lui jeta un regard de commisération..

– Gocha, mon frère, tu as veilli. J'ai l'habitude… Tu sais, la voiture piégée qui a exoplosé en Abkhazie, il y a trois jours… J'y étais pour quelque chose. J'ai de la bonne main d'œuvre. Bon, je dois remonter. Tu as d'autres mauvaises nouvelles ?

– Oui. Boris voudrait que tu ailles voir Badri à Londres.

Levan Arevadzé le regarda, effaré.

– À Londres ! Il a perdu la tête. « Micha » le saura dans la demi-heure qui suit.

– À vrai dire, corrigea Gocha Sukhumi, c'est Badri qui veut te rencontrer là-bas.

Il lui résuma sa conversation avec le milliardaire et les exigences de ce dernier. Puis il lui expliqua le plan machiavélique imaginé par Boris Loubiachev. Ce n'était pas fait pour remonter le moral de Levan Arevadzé.

– Je crois que vous êtes devenus complètement fous ! lâcha-t-il. On est dans le collimateur de la CIA et, en plus, tu me demandes d'aller faire la danse du ventre à « Micha » ! Imagine que ce con de Marlin Siegwalt lui ait parlé de moi ? Il va être persuadé que je suis dans le coup et me mettre au trou.

Gocha Sukhumi secoua la tête.

– Non, il ne pourra pas résister à l'envie de savoir ce que manigance Badri…

– Que Dieu t'entende ! soupira Levan Arevadzé. Si vous continuez comme ça, je vais prendre mon blé et me tirer là où on ne me retrouvera jamais.

– Ce serait une mauvaise idée, laissa tomber Gocha Sukhumi. Vladimir Vladimirovitch a le bras très long.

***

– J'ai beaucoup réfléchi, dit Marlin Siegwalt à Malko. Je pense que nous faisons fausse route avec Levan Arevadzé.

Après la visite de Natia, Malko s'était reposé. Le chef de station de la CIA l'avait appelé puis invité à dîner et ils venaient d'arriver au *Pur-Pur*, où la nourriture n'était pas meilleure, mais où, au moins, il n'y avait pas de chants polyphoniques payés au décibel.

– C'est votre analyse, souligna Malko. Il peut y avoir une autre explication…

– Restons sur cette hypothèse. Dans ce cas, nous avons un problème. J'ai eu des informations précises par l'intermédiaire de notre homme à la présidence, Daniel Kunin. Il assistait à la réunion où on a remis ce rapport d'écoutes à Saakachvili. Or, ce n'est pas Levan Arevadzé qui l'a fait, mais le chef du contre-espionnage géorgien, un certain Shalva Dzeghenti… Qui déteste Arevadzé.

– C'est le C.-E. qui s'occupe des écoutes ? demanda Malko.

– Celles concernant les affaires militaires, oui.

Malko demeura silencieux. L'argument de l'Américain était sérieux et le forçait à tout reprendre à zéro.

Dans une direction totalement différente…

– Vous avez peut-être raison, dit-il. Il n'y a donc plus qu'à trouver un autre « Levan ». Celui qui se trouvait avec Tamouna Fakri la nuit du meurtre de votre *case officer*.

– J'ai demandé un « criblage » complet de tous les « Levan » ayant un lien avec les organes de Sécurité. Cela va prendre quelques jours…

– N'oubliez pas une autre caractéristique de notre « Levan » : c'est un homme séduisant, qui connaît Tamouna Fakri socialement.

Marlin Siegwalt le corrigea.

– Elle tenait une galerie d'art : n'importe qui pouvait y entrer.

Cela élargissait beaucoup le champ des recherches. Malko se reversa une vodka, déprimé : il tournait en rond et avait l'impression que sa blessure mettrait longtemps à se cicatricer. Sans prendre de café, ils quittèrent le restaurant.

***

Alexander Koutaissi, Ossète du Sud originaire du village de Kaspi, avait fait le mauvais choix, quelques années plus tôt. Se rangeant aux côtés du gouvernement géorgien, contre ses compatriotes qui avaient rallié le camp russe, il en avait subi quelques désagréments : sa maison avait été brûlée, sa famille exterminée par les miliciens ossètes du camp opposé, son bétail abattu, et lui-même, s'il remettait officiellement les pieds en Ossétie du Sud, serait liquidé, après avoir été sauvagement torturé.

Alors, il s'était reconverti dans le terrorisme d'État, avec quelques cousins et amis qui avaient fait le même choix que lui. En espérant un hypothétique retour dans son pays, de moins en moins probable... En attendant ce jour lointain et incertain, il survivait dans une HLM de l'ouest de Tbilissi, un ancien quartier soviétique, grâce aux maigres subsides versés par l'homme qui lui donnait ses missions : le colonel Levan Arevadzé. Celui-ci n'exécutant d'ailleurs que les ordres de la présidence géorgienne.

Le but était de harceler les « sécessionnistes » de l'Abkhazie et d'Ossétie du Sud, grâce à des attentats, voitures piégées, charges explosives dissimulées au bord d'une route, assassinat ciblé d'un milicien ossète. Travail ingrat, dangereux et mal payé. Les incursions dans son ancien pays étaient toujours extrêmement risquées. Le président prorusse d'Ossétie du Sud, Édouard Kokeity, avait proclamé que les gens comme Alexander Koutaissi devaient être découpés vivants à la tronçonneuse et leurs restes donnés aux cochons.

Plusieurs « traîtres » avaient déjà expérimenté ce traitement brutal. Aussi, lorsque le colonel Arevadzé était venu lui proposer une mission sans risques à Tbilissi, Alexander Koutaissi avait accepté des deux mains.

Mille dollars à se partager à quatre, c'était quand même intéressant. C'est la raison pour laquelle Alexander Koutaissi et trois de ses hommes attendaient depuis une heure dans une vieille Golf noire, le long du trottoir sud de la place Goudrachvilis, derrière le Parlement, au cœur d'un vieux quartier résidentiel.

Soudain, Alexander Koutaissi se redressa, apercevant les deux hommes qui venaient de sortir du restaurant, à une cinquantaine de mètres. Ils traversèrent la place pour regagner leur voiture. Celle-ci ne pouvait partir que dans une seule direction, tournant ensuite à droite, dans une rue à sens unique.

– Passe-moi le Poulimiot, demanda Alexander Koutaissi, en se retournant vers l'arrière… Georgi, mets en route.

Un des hommes assis à l'arrière lui tendit un fusil-mitrailleur russe, muni d'un grand chargeur rectangulaire de quarante cartouches.

En face, les phares de la Mercedes noire des deux clients du restaurant, s'allumèrent.

Le moteur de la Golf tournait. Alexander Koutaissi vérifia le levier d'armement du Poulimiot. La Mercedes s'éloignait du trottoir et venait vers eux. Lorsqu'elle ne fut plus qu'à quelques mètres, le chef du commando lança :

– *Davai !*

La Golf fit un bond en avant. Pendant quelques secondes, les deux véhicules semblèrent prêts à s'emboutir, puis le conducteur de la Golf s'arrêta en pleine intersection, bloquant la Mercedes. Aussitôt, Alexander Koutaissi bondit de la voiture, tenant le Poulimiot à deux mains.

Face à la Mercedes arrêtée, il ouvrit le feu sur le pare-brise de la grosse limousine.

CHAPITRE XIV

Malko, instinctivement, se colla au dossier de son siège, comme pour s'y enfoncer. Dans la lueur des phares, il distinguait une silhouette debout au milieu de la chaussée et les flammes jaunes sortant du canon d'une arme. Une série de chocs ébranla le pare-brise et il se dit qu'il allait mourir. Plusieurs étoiles opaques apparurent, amputant la vision.

Marlin Siegwalt avait écrasé le frein, dans un réflexe que Malko jugea idiot, pendant une fraction de seconde. Les détonations continuaient de claquer, assourdissantes mais, brutalement, il réalisa que pas un seul projectile ne les avait atteints : la voiture était blindée ! Criblés de balles, la carrosserie et le pare-brise résistaient.

Les détonations cessèrent tout à coup. Malko aperçut l'homme au fusil-mitrailleur qui courait jusqu'à une voiture sombre, laquelle démarra aussitôt, sur la droite.

L'attaque n'avait pas duré plus de trente secondes. Le chef de station de la CIA tourna vers Malko un visage blême.

– *My God !* lâcha-t-il, j'ai cru que nous étions morts.

– Moi aussi !

Le silence était revenu mais les gens commençaient à accourir des quatre coins de la place Goudrachvilis.

Sonné, Malko ouvrit sa portière, entouré aussitôt par plusieurs personnes. Il jeta un coup d'œil au pare-brise : une douzaine d'impacts. Une fois de plus, il l'avait échappé belle. Cette attaque en pleine ville, à l'arme automatique, était incroyable.

Ils n'étaient pas encore remis du choc lorsqu'une voiture de police arriva, suivie de plusieurs autres. Marlin Siegwalt exhiba sa carte de diplomate et l'enquête commença. Des assaillants, il ne restait que des douilles répandues sur la chaussée. Les policiers leur firent préciser les circonstances de l'agression et la seule conclusion qu'ils en tirèrent fut qu'ils avaient probablement été suivis depuis le *Marriott*.

Ni Malko ni Marlin Siegwalt n'avait pu relever le numéro de la voiture noire, ni même préciser sa marque tant il faisait sombre.

Tandis qu'ils discutaient avec les policiers, une nouvelle voiture arriva, un gyrophare sur le toit. Un homme de haute taille en civil en émergea et se précipita vers eux.

Le ministre de l'Intérieur en personne.

– On m'a prévenu de cette agression, j'étais en train de dîner non loin d'ici, expliqua-t-il. Que s'est-il passé ?

Marlin Siegwalt le lui expliqua.

Le Géorgien interrogea les policiers et conclut :

– J'ai fait mettre en place des barrages. Ces gens doivent venir d'Ossétie, il y a déjà eu des incidents similaires. Ce sont des miliciens ossètes télécommandés par les Russes.

– Mais pourquoi nous ont-ils attaqués, nous ? s'étonna Malko, de plus en plus troublé.

Le ministre semblait désolé et confus. Tandis que les policiers s'affairaient, il se tourna vers l'Américain.

– Je vous présente mes excuses, au nom de mon

gouvernement. Vous auriez été tué sans le blindage de votre voiture. Cette attaque est la preuve que la Russie n'a pas renoncé à nous déstabiliser… Voulez-vous que je vous escorte jusqu'à votre domicile ?

Marlin Siegwalt avait inspecté sa voiture : le moteur fonctionnait et les pneus, à l'épreuve des balles, avaient résisté.

– Je crois que cela ira, dit-il.

Le ministre de l'Intérieur insista quand même pour que deux voitures de police les escortent. Tandis qu'ils descendaient vers le boulevard Rustaveli, Malko remarqua :

– Cette attaque est étrange. Vous n'en avez jamais subi de ce genre ?

– Jamais ! avoua le chef de Station de la CIA. On dirait que votre enquête dérange.

– Un homme comme Levan Arevadzé a le pouvoir de monter ce genre de chose ? demanda Malko.

– Je pense que oui, fit prudemment Marlin Siegwalt.

Ils étaient arrivés devant le *Marriott* avec leur escorte. Malko descendit de la Mercedes criblée d'impacts, sous le regard effaré du portier. Deux policiers tinrent à l'accompagner jusqu'à l'ascenseur. Arrivé dans sa chambre, il prit une bouteille de vodka dans le minibar et s'en servit une sérieuse rasade. Sans la prudence du chef de station de la CIA, qui avait pris sa voiture blindée, ils seraient morts tous les deux… Cette attaque survenait juste comme Marlin Siegwalt dédouanait le colonel Arevadzé.

En même temps, ce dernier était la seule piste crédible suivie par Malko. Hélas, s'il n'avait pas eu la possibilité technique d'intervenir dans l'affaire de la fausse interception, cela changeait tout. Le cerveau en vrille, Malko n'arrivait pas à se détendre. Il faillit appeler « Crazy » Natia, mais se contenta de téléphoner à Alexandra, au château de Liezen. Un flirt téléphonique avec sa pulpeuse fiancée canalisa la pulsion sexuelle qu'il éprouvait inévitablement chaque fois qu'il échappait à la mort.

***

La voix de Boris Loubiachev était glaciale.

– Je t'attends dans une heure dans le parking du *Sheraton*, dit-il à Gocha Sukhumi, avant de raccrocher.

Le Géorgien n'eut pas le temps de poser de question. Mais il se doutait de la raison de cet appel. Toutes les radios et la télévision ne parlaient que de l'attaque de la soirée de la veille. Le président Saakachvili avait même fait une déclaration, fustigeant la volonté de déstabilisation des Russes, et rappelant d'autres incidents. D'après lui, deux jours plus tôt, la défense antiaérienne géorgienne avait abattu un drone russe qui survolait le nord de la Géorgie et un camion d'armes avait été intercepté dans l'ouest du pays…

Gocha Sukhumi regarda sa montre. Dix heures. De mauvaise humeur, il termina sa *katchapouri*[1], maudissant Levan Arevadzé. Seul le colonel du SOB avait pu « sponsoriser » ce genre de chose… Une connerie ! Et en plus, les exécutants n'avaient pas vérifié que la voiture était blindée… C'était pourtant facile pendant qu'elle était garée devant le restaurant *Pur-Pur*. Évidemment, Levan Arevadzé n'avait pas jugé utile de lui parler de son projet, préférant le mettre devant le fait accompli. Même si son « ami » Malko Linge commençait à devenir dangereux en tournant autour de lui, le colonel Arevadzé n'aurait jamais dû paniquer. Le remède risquait d'être pire que le mal.

Après une dernière tasse de thé, il gagna son garage.

1. Galette chaude au fromage.

Il faisait un temps magnifique mais cela ne lui remonta pas le moral.

Quarante minutes plus tard, il se garait sur l'esplanade du *Sheraton*. Il repéra aussitôt Boris Loubiachev, au volant d'une Volvo sombre garée un peu plus loin. Il le rejoignit. Le Russe démarra aussitôt. Il était blanc de rage.

Tandis qu'ils descendaient vers la Koura, il explosa.

– Tu es fou ! C'est toi qui as fait le truc hier soir. Tu veux vraiment foutre notre opération en l'air…

Gocha Sukhumi s'était préparé à cette accusation.

– Je n'y suis pour rien, assura-t-il. C'est Levan, sans m'en parler bien sûr, il a paniqué. Quand je lui ai annoncé que la CIA recherchait un certain « Levan » qui aurait un poste important dans l'appareil sécuritaire, il a agi sans réfléchir.

Cette explication ne calma pas la fureur de Boris Loubiachev. Il ralentit et s'arrêta le long du trottoir de l'avenue Tsamicoul, presque en face du restaurant *À l'ombre de Methiki*, posé au bord de la falaise dominant la Koura. Il en tremblait de rage.

– C'est comme si on avait pointé le doigt sur Levan ! explosa-t-il. La CIA le soupçonne et pan, le type qui mène l'enquête se fait flinguer ! Tu crois que les Américains ne savent pas additionner deux plus deux ? Même si ton « ami » de la CIA avait été tué hier soir, il en serait venus dix autres derrière. Ils ont du monde, chez les Américains.

Gocha Sukhumi secoua la tête.

– Ils ne sont pas tous aussi vicieux que celui-là. Il faut excuser Levan, je lui ai mis un maximum de pression avec le voyage à Londres pour voir Badri. Alors, ce truc-là en plus…

– *Karacho,* soupira Boris Loubiachev. Il faut lui dire de ne plus jamais refaire ce genre de connerie.

– Comment ?

– À toi de voir… En tout cas, à partir de maintenant, je te rends responsable de ce qu'il peut faire.

Gocha Sukhumi ne répondit pas. Il savait que l'homme du FSB avait le pouvoir de lui causer beaucoup de tort, en dépit de son argent et de ses relations. Lui et Levan Arevadzé n'étaient que des pions dans une manip compliquée ayant pour but de faire basculer le pouvoir en Géorgie. À côté de cela, les destins personnels avaient peu d'importance.

Boris Loubiachev achevait son demi-tour, remontant vers le *Sheraton.* Il pratiquait beaucoup les rendez-vous en voiture, sans témoin. Mais sa colère n'était pas tombée. Avec des gaffes semblables, on faisait rater une opération.

Il stoppa à côté de la voiture de Gocha Sukhumi et lui lança :

– Je vais filer tout à l'heure sur Bakou, par la route. Je serai au *Metropol.* Dès que tu sauras la date de départ de Levan pour Londres, tu me la communiqueras, par mail, en parlant du voyage de Katia. À ce moment, je prendrai un avion pour Londres.

– *Karacho,* approuva Gocha Sukhumi.

Bakou était une plaque tournante pratique pour l'ex-colonel du FSB. Les Services russes y étaient bien implantés et l'opacité du système bancaire permettait beaucoup de manips. En plus, il y avait beaucoup plus de vols pour l'Europe qu'à partir de Tbilissi, et à des horaires normaux.

Le Géorgien était persuadé que c'était Boris Loubiachev qui avait arrangé le transfert des dix millions de dollars mis à la disposition de Levan Arevadzé par Badri

Gouramichvili, à partir d'un des nombreux comptes du milliardaire qui avait beaucoup investi dans le pétrole et le gaz azéri.

Comme il sortait de la voiture, Boris Loubiachev répéta, menaçant :

– Empêche Levan de faire d'autres conneries. Quand le revois-tu ?

– Dès qu'il sera allé se confesser au président Saakachvili, il doit m'appeler.

– *Karacho.* Prie pour qu'il ne fasse plus de bêtises.

Gocha Sukhumi ouvrit la portière de la Volvo et s'éloigna sans serrer la main du Russe. Il n'avait jamais aimé Boris Loubiachev. Un Sibérien. Froid comme un iceberg. Lui était un homme du Sud. Capable d'une extrême cruauté mais aussi de chaleur humaine.

L'autre était un ordinateur.

***

Malko avait peu et mal dormi. Il avait encore dans les oreilles les détonations du Poulimiot. Jamais il n'aurait pensé faire l'objet d'une attaque semblable en plein Tbilissi, ville quadrillée par des dizaines de voitures de police.

Le nom de Levan continuait à tourner dans sa tête et il ne savait plus que penser. L'argument soulevé par Marlin Siegwalt, selon lequel le colonel Levan Arevadzé n'avait pu être l'auteur de la manip sur la fausse interception pesait lourd.

En effet, Malko était persuadé que le meurtre du *case officer* de la CIA, celui de l'Azéri messager et transporteur de billets et l'assassinat sauvage de Tamouna Fakri étaient liés. Et que c'était une partie du plan de déstabilisation de la Géorgie concocté par les Russes. Mais, il n'avait rien de concret pour impliquer le colonel Arevadzé, à part un prénom et une déduction. Il n'y avait qu'une seule façon d'obtenir un élément supplémentaire : le rencontrer, comme Gocha Sukhumi l'avait suggéré.

Il appela le Géorgien. Ce dernier le rappela quelques instants plus tard.

– Ça va mieux ? demanda-t-il.

– C'est encore un peu sensible, dit Malko, mais je ne souffre plus vraiment. Je dois aller changer mon pansement tout à l'heure. Après, je voudrais que tu me rendes un service.

– Avec joie. Lequel ?

– Tu m'avais proposé de rencontrer ton ami, le colonel Levan Arevadzé. Tu crois que c'est possible ?

Il y eut un grand blanc à l'autre bout du fil.

– Gocha, tu es là ? demanda Malko.

– Oui, oui, je réfléchissais. Écoute, je vais joindre son bureau. Je te rappelle.

***

Gocha Sukhumi sortait à peine de son algarade avec Boris Loubiachev quand il avait reçu le coup de fil de Malko : d'abord, il se dit que ce n'était pas vraiment le moment d'infliger une épreuve supplémentaire à Levan Arevadzé. Puis il réalisa que c'était une excellente occasion de le rencontrer officiellement et vite. Il en profiterait pour lui transmettre discrètement les remontrances et les consignes de Boris Loubiachev.

***

Malko était en train de contempler avec un peu de dégoût la plaie rosâtre de son flanc gauche lorsque son portable sonna.

– À cinq heures aujourd'hui, à son bureau, annonça Gocha Sukhumi. Je passe te prendre un quart d'heure avant.

Malko baissa les yeux sur sa Breitling : trois heures dix. Le médecin était en train de tâter précautionneusement la peau de Malko, tout autour de sa blessure. Il leva la tête avec une petite grimace.

– Cela ne cicatrise pas assez vite. Il faut vraiment vous reposer.

– C'est ce que je fais, mentit Malko.

– Faites-le encore mieux, répliqua le médecin géorgien. Sinon, vous risquez une infection. Je vais vous donner des antibiotiques.

Malko l'écoutait à peine, pensant déjà à son rendez-vous avec le colonel Levan Arevadzé. Il n'en attendait pas grand-chose, sauf une impression qui conforterait ses soupçons, ou au contraire les éloignerait.

***

Gocha Sukhumi arrêta son 4 × 4 devant la grille noire gardée par deux sentinelles du long bâtiment gris abritant l'essentiel de l'appareil de sécurité géorgien, et fit signe à une des sentinelles.

– Nous sommes attendus par le colonel Arevadzé. Je suis Gocha Sukhumi.

Le militaire alla se renseigner et la grille s'écarta pour les laisser passer.

– Il a tenu à te recevoir dans son bureau, précisa le géorgien à l'attention de Malko. D'habitude, il n'accueille personne ici. Mais il sait à quelle « maison » tu appartiens.

Ils suivirent des couloirs peints en vert, éclairés au néon, des murs nus. Cela sentait encore l'austérité soviétique. Alors qu'ils sortaient de l'ascenseur, un homme de haute taille au crâne rasé, athlétique, un beau visage légèrement empâté, en chemise blanche et pantalon gris, émergea d'un bureau.

Pour se jeter dans les bras de Gocha Sukhumi.

Lorsque les deux hommes eurent fini de s'étreindre, Gocha se tourna vers Malko.

– Voici mon ami Levan Arevadzé, il est comme un frère.

Malko eut droit seulement à une poignée de mains qui faillit lui broyer les phalanges. Le colonel du SOD ne connaissait pas sa force. Il le suivirent dans son bureau, très fonctionnel, donnant sur l'avenue. Gocha Sukhumi et Malko prirent place sur des chaises en face de lui. Les murs étaient décorés d'écussons de différents services de police étrangers et d'une photo du président Saakachvili, ainsi que d'un grand document représentant un char T72 totalement détruit, la tourelle arrachée, les chenilles en vrac.

– Souvenir de Tskhinvali ! fit en souriant le colonel du SOD. Un char russe détruit par mes hommes au lance-roquettes.

– Impressionnant, reconnut Malko.

Le colonel Arevadzé, sans cesser de sourire, reprit, les yeux dans les siens.

– Gocha m'a dit que vous me soupçonniez du meurtre de cette pauvre Tamouna Fakri…

Il souriait, les mains à plat sur son bureau. Des mains immenses. Il se dégageait de lui une force physique extraordinaire, presque gênante dans cette petite pièce.

Malko se défendit, gêné.

– Je n'ai pas tout à fait dit cela... Gocha a dû vous faire part que j'enquêtais sur la mort de Tamouna Fakri et sur une autre affaire. Il se trouve que mes recherches ont débouché sur un « profil » particulier. Un homme dont le prénom est Levan et qui travaille dans l'appareil sécuritaire. J'en ai parlé à Gocha, après avoir épluché la liste communiquée à la CIA par le ministère de l'Intérieur, et vous étiez le seul « Levan »...

Le colonel géorgien hocha la tête.

– Je comprends. Vous êtes sûr de votre information ?

– Du prénom « Levan » seulement, dut avouer Malko.

Levan Arevadzé eut un geste fataliste.

– J'espère que vous découvrirez ce Levan. Je n'ai pas beaucoup de rapports avec vos amis de la CIA. Ils sont plutôt en contact avec mes homologues du C.-E. Gocha m'ayant prévenu de votre visite, j'ai demandé à mon ami, le directeur de la police criminelle, M. Giorgi Lortkipanidzi, de me communiquer le dossier de cette affaire. Le voici.

Il ouvrit un dossier beige et parcourut un rapport.

– Il semble que Mme Fakri ait été victime d'une vengeance, dit-il. On a retrouvé l'homme qui l'a poignardée, tué dans une voiture de deux balles dans la tête. Ce n'était qu'un homme de main, un Tchétchène, d'après le dossier. Vous l'avez vous-même identifié, ayant été sa victime... Malheureusement, l'enquête n'a pas permis de remonter aux commanditaires. Peut-être, un jour, quelqu'un parlera-t-il.

– Vous connaissiez Tamouna Fakri ? demanda Malko d'une voix égale.

– Un peu. Je l'avais croisée dans des dîners et j'ai été une ou deux fois chez elle. C'était une très belle femme.

Il avait refermé le dossier.

Malko comprit qu'il n'en sortirait rien de plus et se leva.

– Votre blessure a l'air de bien évoluer, souligna le colonel du SOD. Vous avez eu de la chance.

– Sûrement ! reconnut Malko.

Dans le couloir, le colonel Arevadzé lui broya de nouveau les phalanges.

– Si j'apprends quelque chose, je vous le ferai savoir immédiatement, promit-il. Vous êtes au *Tbilissi Marriott*, n'est-ce pas ?

– Tout à fait, confirma Malko.

Il les accompagna jusque dans la cour et, tandis que Malko remontait dans le 4×4, les deux hommes échangèrent quelques mots dans leur langue, puis Gocha se remit au volant. Quand il eut démarré, il remarqua avec enthousiasme :

– Il est sympa, non ?

– Très sympa ! renchérit Malko. Merci de me l'avoir fait rencontrer.

De cette rencontre, il ne gardait qu'une impression : le colonel Levan Arevadzé devait plaire énormément aux femmes.

Comme l'amant non encore identifié, de Tamouna Fakri.

***

– Je vous envoie une voiture, annonça Marlin Siegwalt. C'est Kakha qui la conduit. J'ai du nouveau, et important.

Malko s'était couché sans dîner, la veille, refusant l'invitation de Gocha Sukhumi. De nouveau, sa blessure l'élançait. Et puis, il tournait en rond, n'ayant rien de palpable pour continuer son enquête. Dix minutes plus tard, il descendit dans le *lobby*. Kakha, le chauffeur moustachu, était déjà là.

– Vous allez mieux, monsieur Malko ? demanda-t-il.

– Beaucoup mieux.

Cette fois, c'était un Toyota Land Cruiser dont la porte se referma avec le bruit d'une porte de coffre-fort. Kakha eut un sourire embarrassé.

– Monsieur Marlin a voulu que je prenne cette voiture. Elle ne va pas très vite, parce qu'elle pèse quatre tonnes…

Le chef de station de la CIA était un homme prudent. Il accueillit Malko avec sa chaleur habituelle, prit des nouvelles de sa blessure et l'entraîna dans son bureau.

– Regardez ce qui est apparu hier soir sur Internet, un site « sauvage » de l'Abkhazie. Malko lut le texte.

« L'Armée de libération de l'Abkhazie annonce que l'action entreprise contre le représentant de l'espionnage américain à Tbilissi a été couronnée de succès. Quatre de nos combattants y ont participé et sont revenus sains et saufs à leur base. Après cette leçon, les espions américains ne renouvelleront pas leur tentative d'assassinat contre notre camarade Iouri Achouba, qui a échappé par miracle à la mort. Vive l'Abkhazie indépendante ! »

Malko leva les yeux sur l'Américain, stupéfait.

– Qu'est-ce que cela veut dire ?

– C'est sur le Net depuis hier, expliqua le chef de station. À partir d'un serveur russe. L'Armée de libération de l'Abkhazie est un groupuscule abkhaze composé de voyous manipulés par le FSB. Ils ont été utilisés pour l'épuration ethnique pendant la première guerre d'Abkhazie et ils continuent de harceler des Géorgiens.

– Ce seraient eux qui auraient tiré sur nous hier soir ?

– Apparemment oui. C'était moi qui étais visé. Pas vous.

– Ils savent qui vous êtes ?

– Évidemment ! Dans le Caucase, c'est difficile de garder un secret. J'ai déjà reçu des menaces et, un jour, un commando venu d'Ossétie du Sud a été intercepté après Gori alors qu'il venait ici pour faire sauter notre ancienne ambassade.

– Quelle est l'affaire à laquelle ce communiqué fait allusion ?

L'Américain eut un sourire désabusé.

– Il y a trois jours, une voiture piégée a explosé devant le siège des Services spéciaux d'Abkhazie, dirigés par Iouri Achouba, un ancien du KGB.

– C'était vous ?

– Grands Dieux, non ! Si je m'amusais à des conneries pareilles, je me retrouverais muté au pôle Nord…

– Qui est-ce, alors ?

– Les Géorgiens. Mikhaïl Saakachvili n'a pas encaissé sa défaite, alors il multiplie les provocations. Le Service de Levan Arevadzé possède la main d'œuvre pour cela. Des Tchétchènes ou des Ossètes ralliés aux Géorgiens. On a eu beau les mettre en garde, ils continuent. Un jour, cela se terminera mal…

Malko resta silencieux devant ce nouveau coup porté à sa théorie sur Levan Arevadzé. Si l'attaque au Poulimiot visait effectivement le chef de station de la CIA, cela dédouanait Levan Arevadzé.

– Voilà pourquoi j'utilise souvent une voiture blindée ! conclut Marlin Siegwalt. L'autre soir, elle nous a sauvé la vie. Les Russes savent parfaitement que je ne suis pour rien dans ces conneries, comme pour l'histoire du camion d'armes que les Géorgiens essayent de faire passer à leurs derniers partisans en Ossétie du Sud, mais ils font semblant. Pour mettre la pression sur nous. Ils veulent qu'on laisse tomber Saakachvili...

– Cela ne dépend pas de vous...

– Certes non, mais ils espèrent que je relaierai la pression à Washington.

– S'ils sont capables de monter des opérations pareilles, s'étonna Malko, pourquoi ne s'attaquent-ils pas à Saakachvili lui-même ?

– Ce n'est pas facile. Il sort très peu, et il est très protégé. Il ne prend jamais deux fois de suite le même itinéraire et la villa qu'il habite, à côté de notre ambassade, est une vraie forteresse : il y a même des canons anti-aériens... Allez, je vous emmène déjeuner.

***

Cette fois, un 4×4 plein de gardes armés suivait la Toyota blindée du chef de station. Les deux véhicules durent effectuer un ballet compliqué dans l'étroite rue Tchékov au sol défoncé, afin de se faufiler entre les voitures garées un peu partout. Enfin, l'ascenseur de l'hôtel Kopala les déposa au restaurant.

Ils s'installèrent sur la terrasse encore déserte et Marlin Siegwalt commanda une bouteille de *Russian Standarte*. L'air était frais, la vue magnifique et Tbilissi semblait la ville la plus calme du monde.

Après l'inévitable salade de tomates, Malko conclut logiquement :

– Je n'ai plus qu'à reprendre l'avion pour terminer ma convalescence à Liezen. Si Levan Arevadzé n'a rien à voir dans cette affaire, nous n'avons plus aucun fil à tirer.

– C'est rageant ! fit l'Américain, je suis pourtant certain que les Russes nous préparent un coup de

Trafalgar. Le meurtre de mon *case officer* n'était pas un accident. Il nous a empêchés d'identifier le destinataire des dix millions de dollars, et donc un membre important du réseau russe.

– Que peuvent faire les Russes ici ?

– Oh, des tas de choses. Un attentat contre Saakachvili, financer des manifestations réclamant sa démission, réveiller l'opposition... Nous avons vu cela en novembre 2003 dans l'autre sens. Édouard Chevardnadze venait d'être réélu président, grâce à des élections truquées, mais, dans le Caucase, elles sont *toujours* truquées. Poussé par nous, Mikhaïl Saakachvili a décidé de prendre le pouvoir. Comme la population était mécontente de Chevardnadze, il n'a pas eu de mal à faire descendre les gens dans la rue pour mettre la pression sur le vieux président. Les manifestations se sont multipliées et, finalement, le 29 novembre, Mikhaïl Saakachvili, à la tête de ses partisans, a envahi le Parlement. Édouard Chevardnadze a fui par l'issue de secours... Il n'était pas de taille. Sous la pression populaire, la Cour suprême a déclaré son élection nulle et non avenue, et fixé de nouvelles élections pour le 4 janvier. Bien entendu, Saakachvili a été élu haut la main et Chevardnadze mis à la retraite où il est toujours.

Malko sourit, admiratif.

– C'est le genre de pratique que le KGB menait dans les pays d'Europe de l'Est juste après la Seconde Guerre mondiale, remarqua-t-il.

– Pas tout à fait, corrigea l'Américain, vexé. À cette époque, les Russes envoyaient les chars et fusillaient les anciens dirigeants. Mais nous avons été à bonne école.

– Et vous craignez que cela se reproduise dans l'autre sens ?

– Bien sûr. Il ne manque qu'une étincelle. Avec sa

défaite contre les Russes, Saakachvili a beaucoup perdu de son prestige. Or, les Russes ont encore de nombreux affidés en Géorgie et de l'argent. Ils peuvent développer en sous-main des mouvements « populaires » et forcer Saakachvili au départ…

– Ce n'est pas Chevardnadze, remarqua Malko ; il se battra.

– Exact, reconnut Marlin Siegwalt. Aussi, je pense que la première partie de l'opération se déroulera différemment.

– Comment ?

– Un attentat contre Saakachvili, qu'on attribuera aux miliciens ossètes ou Abkhazes. L'incident d'hier soir prouve qu'ils se déplacent facilement ici.

– Et ensuite ?

– Un candidat surgira, que rien ne reliera officiellement aux Russes. Ce qui serait le baiser de la mort. Mais ils seront derrière… Nous n'aurons pas le temps de réagir qu'il sera déjà élu. Et là, il se découvrira. Oh, il sera sûrement malin, il ne fera pas revenir la Géorgie dans le giron de Moscou, mais il ne contrariera pas les Russes. De toute façon, à leurs yeux, Saakachvili est mort politiquement. Il suffit de terminer le travail.

– Qu'est-ce qu'on peut faire ?

– Je vous le demande…, soupira le chef de station. Je suis sûr qu'il y a au moins une « taupe » dans l'entourage de Saakachvili.

– Seulement, désormais, nous n'avons plus aucune piste. À moins de faire tourner les tables…

Un ange passa, un brassard noir autour des ailes. Malko acheva son plat de haricots rouges piquants.

– J'ai peut-être une idée, avança-t-il, mais vous allez dire que je suis fou et têtu.

– Dites toujours, au point où nous en sommes… .

– Je n'ai trouvé aucune preuve que le colonel Levan Arevadzé ait été l'amant de Tamouna Fakri, donc celui que nous cherchons. Mais je n'ai pas non plus la moindre preuve qu'il ne l'ait pas été... Vous me suivez ?

– Où voulez-vous en venir ?

– Lorsque j'ai rencontré cet homme, continua Malko, j'ai éprouvé une sensation bizarre. Il était parfaitement à l'aise, détendu, mais, intimement, j'ai été persuadé que c'était lui l'amant de Tamouna Fakri.

– Pourquoi ?

– Je serais bien incapable de vous l'expliquer.

L'Américain hocha la tête.

– C'est léger...

– Exact, reconnut Malko, mais il est le seul contre lequel il y a certaines présomptions.

– Que suggérez-vous ? D'alerter Saakachvili ?

– Je voudrais faire surveiller le colonel Arevadzé pendant quelques jours. Comme ça. Une sorte de bouteille à la mer.

– Par vous ?

– Non, bien sûr, mais j'ai pensé à une autre possibilité. Vous avez confiance en Kakha ?

– Mon chauffeur ? Oui, bien sûr.

– Je pense que si vous lui confiez ce job, il le fera très bien et discrètement. Étant Géorgien, il passe inaperçu. Et il me semble malin.

Marlin Siegwalt regarda longuement la fausse tour Eiffel, de l'autre côté de la rivière, puis laissa tomber.

– O.K. On va essayer.

– Vous pouvez mettre une moto à sa disposition ? demanda Malko. C'est plus souple qu'une voiture.

– Oui, je pense. J'espère que le colonel Arevadzé ne

le repérera pas. Cela ferait un foin du diable. Et, pour tout dire, je ne crois pas trop à votre hypothèse.

– Essayons pendant quelques jours, insista Malko. Si cette filature ne donne rien, on arrêtera.

– Très bien, conclut Marlin Siegwalt, je vais appeler Kakha.

CHAPITRE XV

Kakha avait écouté Malko en tripotant sa longue moustache effilée. Marlin Siegwalt l'apostropha gentiment :

– Qu'est-ce que vous en dites, Kakha ?

Le chauffeur hocha la tête.

– Avec une moto, c'est possible, mais il faut que je le prenne le matin quand il arrive à son bureau. Je crois qu'il ne se méfie pas. Il ne peut pas imaginer qu'on le surveille. Je commencerai demain matin. J'habite tout près du siège du SOD.

– Si vous vous faites prendre, recommanda le chef de station, vous niez, bien entendu.

Kakha eut un sourire malin.

– Je ne me ferai pas prendre.

– Pendant ce temps, conclut Malko, je vais mettre la pression sur Gocha Sukhumi. Malheureusement, j'ai l'impression qu'il ne veut pas trop reprendre du service.

***

Le colonel Levan Arevadzé se leva vivement lorsque l'huissier entrouvrit la porte du bureau présidentiel. L'accès au couloir et l'ascenseur étaient gardés par quatre hommes de la sécurité rapprochée de Mikhaïl Saakachvili, en tenue noire Dolce & Gabanna, armés de pistolets et de Kalachnikov. Même le colonel du SOD avait dû se soumettre à la fouille, laissant son pistolet sur une table. De tout temps, la sécurité avait été stricte, mais depuis la guerre du mois d'août, elle avait encore été renforcée.

Mikhaïl Saakachvili était assis derrière son bureau où trônait une rose trempée dans un bain d'or liquide, symbole de la « révolution des roses » de novembre 2003. Le président invita son visiteur à s'asseoir et commença :

– Vous avez demandé à me voir pour une communication importante, colonel.

Intrigué. Normalement, le SOD lui transmettait par écrit ses demandes. Levan Arevadzé inclina la tête.

– Oui, Monsieur le Président, il s'agit d'une affaire extrêmement délicate qui ne pouvait être transmise par la voie hiérarchique.

– De quoi s'agit-il ?

– J'ai été contacté par la nièce de Gouramichvili.

Le président Saakachvili fronça ses épais sourcils.

– La nièce de Gouramichvili ? En quoi cela me concerne-t-il ?

Levan Arevadzé s'éclaircit la voix.

– Elle m'a demandé de passer chez elle pour me transmettre une requête de son oncle qui se trouve à Londres. Il souhaite me rencontrer.

– Pourquoi ?

– Elle n'a pas voulu me le dire.

– Vous la connaissiez auparavant ?

– Vaguement. Je l'ai croisée dans des lieux publics.

– Que trouvez-vous d'anormal à cette invitation ? M. Gouramichvili est un citoyen de premier plan, un bienfaiteur de la Géorgie.

– Bien sûr, reconnut le colonel, mais je ne le connais pas et la façon dont on m'a présenté ce voyage m'a paru étrange. Cette jeune femme m'a conseillé de ne pas dire que j'allais à Londres mais de prétexter un voyage en Allemagne pour des raisons médicales et, surtout, de garder le secret.

Les traits du président de la Géorgie se figèrent. Il comprenait désormais le motif de la visite du colonel Arevadzé. En 2007, Badri Gouramichvili avait manifesté son intention de se présenter aux élections présidentielles, puis renoncé au dernier moment. Le président n'ignorait pas cependant que le milliardaire avait toujours des vues sur la présidence. Très populaire en Géorgie en raison de ses nombreux dons, il possédait une fortune suffisante pour faire une campagne électorale. Théoriquement, les prochaines élections présidentielles ne devaient avoir lieu qu'en 2013, mais il pouvait constituer un adversaire redoutable. Les « spin-doctors », Mikhaïl Saakachvili lui prédisaient, après la défaite du mois d'août, une grogne populaire réclamant des élections anticipées. Il craignait aussi que les Américains ne le soutiennent comme la corde soutient le pendu. Ils ne voulaient pas affronter les Russes sur la Géorgie et, ceux-ci l'ayant déclaré politiquement mort, cela posait un vrai problème.

Seulement, Mikhaïl Saakachvili n'était pas décidé à se laisser faire…

Il alluma une cigarette et prit dans une soucoupe une poignée de pistaches, qu'il avala en une seule bouchée. Il ne pouvait pas s'empêcher de manger toute la journée, et il était capable de prendre trois petits déjeuners.

– Que pensez-vous de cette affaire, colonel ? demanda-t-il d'un ton patelin.

Levan Arevadzé plongea son regard dans le sien.

– Monsieur le Président, je n'ai pas envie de faire ce voyage.

– Pourquoi ?

– J'ignore ce que va me demander M. Gouramichvili, mais je crains que cela ne soit pas compatible avec mes fonctions…

– C'est-à-dire ?

– Il veut me faire une offre illégale, je pense.

– Par exemple ?

– Il n'a pas de contacts au sein des forces de sécurité. Il en cherche, je présume.

Autrement dit, le milliardaire avait l'intention de demander au colonel Arevadzé de rouler pour lui.

Mikhaïl Saakachvili, toujours impulsif, n'hésita que quelques secondes.

– Vous allez lui dire que vous acceptez de le rencontrer.

Le colonel ne se démonta pas.

– Je ne le ferai que si vous m'en donnez l'ordre.

– Je vous le donne. Je pense, comme vous, que M. Gouramichvili n'a pas de bonnes intentions à mon égard. Mais il est important de le prendre la main dans le sac. Je vais y réfléchir. Revenez me voir demain à neuf heures.

***

Kakha, chevauchant une vieille moto russe, dont on avait ôté le side-car, n'avait eu aucune difficulté à « prendre en charge » le colonel Arevadzé, depuis son arrivée à son bureau, vers huit heures. L'officier du SOD se garait dans la cour, toujours à la même place, juste derrière la grille donnant sur l'avenue Vazha-Pshavela.

Il s'attendait à poireauter jusqu'au déjeuner lorsqu'il

vit Levan Arevadzé émerger du bâtiment, escorté de son chauffeur, et prendre son véhicule.

Le chauffeur conduisant plus lentement que son chef, ce n'était pas difficile de le suivre, surtout en moto. Sa filature le mena au palais présidentiel. Il mit pied à terre, cala sa moto et commença à dévisser une bougie, pour se donner une contenance.

***

Le colonel Arevadzé poireautait depuis quarante minutes dans la salle d'attente présidentielle lorsque la porte s'ouvrit sur un garde du corps en noir qui annonça :

– Le Président vous attend.

Cette fois, Mikhaïl Saakachvili n'était pas seul. Levan Arevadzé tiqua intérieurement en reconnaissant Shalva Dzeghenti, le responsable du contre-espionnage, avec qui il avait toujours eu des relations exécrables. Les deux hommes se serrèrent la main froidement et Mikhaïl Saakachvili attaqua aussitôt :

– Colonel, j'ai consulté notre ami Dzeghenti, à propos du problème que vous m'avez transmis hier. Il est d'accord pour que vous acceptiez cette rencontre. Il pense également qu'il s'agit de la part de Badri Gouramichvili d'une tentative de débauchage dont nous ignorons encore les termes. Mais il faut aller voir.

– Je ferai ce que vous désirez, Monsieur le Président, acquiesça le colonel.

Dissimulant sa satisfaction. Le plan de Gocha Sukhumi fonctionnait. Sa joie fut de courte durée.

Shalva Dzeghenti venait de se tourner vers lui.

– Pouvez-vous me confier une de vos paires de chaussures, colonel ?

Levan Arevadzé le regarda, interloqué.

– Oui, certainement, mais pourquoi ?

Le chef du contre-espionnage eut un sourire venimeux.

– Nous allons essayer de prendre M. Gouramichvili à son propre piège. Je pense qu'il vous convoque pour vous faire une offre illégale. J'aimerais garder une trace de cette offre.

– Si c'est le cas, assura Levan Arevadzé, je vous en tiendrai informé mot pour mot.

– Bien sûr, bien sûr, mais je souhaite une trace matérielle de votre entretien.

– Matérielle…

– Oui. Mes techniciens vont installer dans le talon d'une de vos chaussures un micro ultrasensible qui recueillera votre conversation. Même si ce monsieur est très méfiant et vous fait fouiller, il ne vous fera pas ôter vos chaussures…

Levan Arevadzé dut faire un effort prodigieux pour ne pas réagir ; ces salauds allaient le baiser ! Il ne put qu'arborer un sourire contraint et approuver :

– C'est une excellente idée, en effet.

– Quand devez-vous aller à Londres ?

– Dès que je donnerai mon accord. Sa nièce qui se trouve à Tbilissi, me fixera le rendez-vous.

Le chef du contre-espionnage se leva.

– Parfait. Faites-moi porter tout à l'heure une paire de chaussures. Dès aujourd'hui, nous pourrons pratiquer des essais dans nos locaux afin de procéder aux différents réglages. Vous pouvez donc transmettre votre réponse en sortant d'ici.

Il se leva et Levan Arevadzé en fit autant. Sonné, il entendit comme dans un rêve le président Saakachvili lancer d'une voix particulièrement chaleureuse :

– Bien entendu, colonel, lorsque cette affaire sera réglée, vous pouvez compter sur ma gratitude. Nous avons besoin de gens comme vous…

***

Levan Arevadzé étouffait encore de rage lorsqu'il rejoignit Gocha Sukhumi. Tout de suite après avoir largué son chauffeur puis être passé à la résidence de Badri Gouramichvili, il avait appelé son copain. Lui proposant de déjeuner sur un ton qui ne supportait pas le refus. Les deux hommes avaient prévu de se retrouver au restaurant *Rainer*, un bistrot discret près de l'ambassade de France, où on dégustait des saucisses sur des bancs de bois. L'oligarque était déjà en train de commander lorsque Levan Arevadzé le rejoignit.

– Nous sommes dans la merde ! annonça-t-il sobrement. Ou plutôt, je suis dans la merde.

Lorsqu'il eut terminé le récit de son entrevue, Gocha Sukhumi n'avait plus faim.

– Il ne faut surtout pas mentionner cette histoire à Badri, conclut Gocha, sinon il va rentrer dans sa coquille…

– Mais qu'est-ce que je vais faire ? protesta Levan Arevadzé. Je ne peux pas refuser de porter ce micro. Et, dès mon retour de Londres, ce salaud de Dzeghenti va me sauter dessus. Impossible de mettre le micro en panne…

– J'ai une idée, fit soudain Gocha. Je vais faire prévenir Badri. De façon que vous ayez une conversation complètement anodine qui puisse être enregistrée. Le véritable dialogue aura lieu avant ou après.

– Attention ! protesta le colonel, j'ignore comment

fonctionne ce micro. Si ça se trouve, il va enregistrer pendant plusieurs heures.

– Emmène deux paires de chaussures. De toute façon, trancha Gocha Sukhumi, tu dois aller à Londres et voir Badri. Sinon, toute la machine se grippe. Il faut que vous tombiez d'accord. Moscou y tient absolument.

– C'est moi qui prends le risque, souligna Levan Arevadzé. Si le président me soupçonne de trahison, je passe à la trappe.

– On va gérer ça ! affirma Gocha Sukhumi, je m'en occupe tout de suite.

Il demanda l'addition et la serveuse remarqua :

– Vous n'avez pas touché à vos saucisses…

– On n'a pas faim, répliqua Gocha Sukhumi, en laissant un pourboire.

De toute façon, elles étaient immondes. Ils se séparèrent devant le restaurant. Gocha, dès qu'il fut seul, fut submergé par l'angoisse. Les événements prenaient une mauvaise tournure. Ce fou de Badri Gouramichvili avait voulu pousser le bouchon trop loin…

À peine dans son 4×4, il expédia un texto à Boris Loubiachev : « Katia a un problème. Il faudrait en parler. »

La réponse arriva quelques minutes plus tard.

« Viens, je t'attends pour dîner. »

C'était sans réplique. Gocha Sukhumi jura intérieurement à l'idée de se taper cinq cents kilomètres de routes azéries, mais il n'avait pas vraiment le choix.

***

Marlin Siegwalt était en train de prendre un café lorsque Kakha vint faire son rapport.

– Le colonel est allé à la présidence, annonça-t-il,

ensuite, il est repassé à son bureau, puis chez lui, et de nouveau à son bureau. Ensuite, il est ressorti, sans son chauffeur, il s'est rendu à la résidence de Badri Gouramichvili où il n'est resté qu'un quart d'heure. De là, il est allé au bureau de la Lufthansa, rue de Telavi. J'ai vu qu'il achetait un billet. Enfin, il est retourné à son bureau. Ah oui, il a déjeuné rapidement avec son ami Gocha Sukhumi, au *Rainer*, un petit bistrot.

Malko se tourna vers l'Américain.

– Qui est Badri Gouramichvili ?

– Un milliardaire géorgien qui vit en grande partie à Londres, mais possède une résidence incroyable à Tbilissi. Un homme très populaire ici.

– Il est très proche de Levan Arevadzé ?

– Je le découvre… Je vais immédiatement essayer de savoir où il va. Nous avons toutes les listes de passagers des vols au départ de Tbilissi.

– Je vais appeler Gocha Sukhumi, suggéra Malko.

Il eut beaucoup de mal à joindre l'oligarque géorgien. La communication était presque inaudible. Malko arriva enfin à comprendre que Gocha Sukhumi ne se trouvait pas à Tbilissi, mais serait de retour dans un jour ou deux.

Une « source » provisoirement tarie.

Ils se préparaient à aller dîner lorsque la secrétaire du chef de station lui apporta un message.

– Levan Arevadzé prend le vol Lufthansa de demain, à 4 h 15 du matin, pour Munich, annonça l'Américain. Il attrape ensuite une correspondance pour Londres où il arrivera en fin de matinée.

– Donc, déduisit Malko, le colonel Arevadzé va rencontrer Badri Gouramichvili…

– Il y a des chances, reconnut Marlin Siegwalt. J'alerte immédiatement la station de Londres, avant que nous allions dîner.

Malko sortit pour aller aux toilettes, se heurta à Kakha.

– Bravo ! dit-il, vous avez fait du bon travail.

– Vous avez encore besoin de moi, ce soir ? demanda le chauffeur.

– Non, et vous allez être tranquille pour quelques jours. Le colonel Arevadzé part effectivement en voyage.

– Je vais demander à Monsieur Marlin s'il peut me donner deux jours, dit alors Kakha. Ma mère est malade et je voudrais aller la voir dans mon village.

Le chef de station émergeait justement de son bureau. Kakha lui exposa sa demande, aussitôt acceptée.

Tandis qu'ils roulaient vers Tbilissi, Marlin Siegwalt remarqua pensivement :

– Ce voyage à Londres est bien étrange. Je commence à croire que le colonel Arevadzé n'est pas aussi clair qu'il le paraît.

CHAPITRE XVI

– Je prends un vol demain matin pour Londres, annonça Boris Loubiachev. Je vais prévenir Badri de façon qu'il réagisse bien

– C'est-à-dire ? demanda Gocha Sukhumi, plutôt inquiet.

Il venait d'arriver à Bakou et avait gagné directement l'hôtel *Metropol* pour y trouver Boris Loubiachev, enroulé dans une grande serviette de bain, sortant juste de son Jacuzzi. Lui qui venait d'avaler cinq cents kilomètres de poussière…

– Toi, tu repars demain matin à Tbilissi et tu vois Levan, pour lui donner ses instructions, répondit le Russe. En arrivant à Londres, il va chez Badri et ils ont la conversation qui sera enregistrée par son micro. Badri va lui demander si, en cas de victoire à une présidentielle anticipée, il accepterait de prendre le ministère de l'Intérieur. Un point c'est tout.

– Pourquoi lui ?

– Soi-disant parce que Badri a entendu de bons échos à son sujet. Et qu'il n'aime pas Ivan Merabishvili. Dans la conversation, il glissera à Levan qu'il va bientôt mener une offensive politique en Géorgie pour réclamer des élections anticipées, suite à la débâcle du mois d'août.

– Espérons que les autres vont acheter ça ! soupira Gocha Sukhumi.

– Ils achèteront, affirma Boris Loubiachev.

– Et Badri ?

– Je vais lui annoncer une bonne nouvelle : nous allons accélérer le processus d'élimination de « Micha ». Après Londres, je me rendrai à Moscou pour caler l'opération… À laquelle, bien entendu, Levan ne sera pas mêlé. *Karacho ?*

– *Karacho !* fit sans enthousiasme l'oligarque.

Boris Loubiachev lui envoya une claque dans le dos.

– Prends une chambre à côté, plonge-toi dans un Jacuzzi et, ensuite, nous irons manger un peu de caviar. Après, tu te coucheras tôt parce que demain, il faut que tu retournes à Tbilissi pour transmettre les consignes à Levan.

***

Marlin Siegwalt avait convoqué Malko à dix heures pour un « *crash-meeting* ». Il semblait plutôt énervé.

– Langley me demande d'avertir la présidence géorgienne de ce que nous avons découvert sur le voyage à Londres du colonel Arevadzé, annonça-t-il.

– C'est idiot, soupira Malko. Ils risquent de surréagir.

– J'obéis aux ordres. J'ai pris rendez-vous avec Shalva Dzeghenti, le patron du C.-E. D'autre part, la station de Londres organise, à partir d'aujourd'hui, une surveillance continue de l'hôtel particulier de Badri Gouramichvili, dans Mayfair. De façon à photographier les allées et venues. Donc la venue de Levan Arevadzé.

Il sera demain matin à Londres. Voulez-vous qu'on déjeune au Kopala ensuite ?

– Avec plaisir.

Depuis deux jours, Malko s'était mis un peu en roue libre, en l'absence de Gocha Sukhumi, ignorant les messages de « Crazy » Natia. Sa blessure se refermait progressivement et il commençait à retrouver des forces.

***

Il était midi pile lorsque Gocha Sukhumi avait franchi le poste frontière de Krasnis Most. Il s'arrêta pour reprendre de l'essence à la station Lukoil et en profita pour appeler Levan Arevadzé.

– On se retrouve au même endroit qu'hier, vers une heure, proposa-t-il. Je me suis occupé de toi.

– Je serai là, assura le colonel du SOD, visiblement soulagé. Tu sais que je pars cette nuit en Allemagne me faire soigner les dents…

– Bonne chance, moi j'attends Lena qui doit arriver de Kiev en fin de journée. J'ai hâte de la retrouver.

***

Impassible, Shalva Dzeghenti avait écouté Marlin Siegwalt, sans l'interrompre, tandis que le chef de station de la CIA détaillait les soupçons qu'il nourrissait vis-à-vis du colonel Arevadzé, en raison de son voyage à Londres et de ses contacts avec le milliardaire Badri Gouramichvili. Précisant aussi les soupçons qui pesaient sur le colonel du SOD concernant l'affaire Tamouna Fakri.

C'était une information explosive et pourtant le patron du C.-E. ne semblait pas du tout bouleversé…

– Nous sommes parfaitement au courant de ce voyage, annonça-t-il. J'ai moi-même rencontré le colonel Arevadzé pour lui donner mes consignes.

Médusé, Marlin Siegwalt ne put s'empêcher de demander ;

– Comment l'avez-vous appris ?

– Le colonel Arevadzé est un fidèle du président Saakachvili, répondit le directeur du contre-espionnage. C'est lui qui, spontanément, est venu rendre compte des contacts qu'on lui avait proposés. Le président Saakachvili a entièrement confiance en lui.

L'Américain demeura coi. Devinant ses pensées, Shalva Dzeghenti adouçit ses propos.

– Je suis heureux de votre visite. Car je vais vous demander de cesser d'exercer une surveillance sur le colonel Arevadzé. Nous gérons parfaitement cette affaire.

La Géorgie étant un pays souverain, il n'y avait rien à ajouter. Marlin Siegwalt se leva et posa une dernière question :

– Si Badri Gouramichvili veut déclencher des élections anticipées, vous ne craignez pas qu'il recoure à des méthodes violentes ? Dans le Caucase, les transitions politiques se passent rarement dans la bonne humeur. Les morts brutales d'opposants politiques ne se comptent plus.

Shalva Dzeghenti eut un geste rassurant.

– Non, affirma-t-il. D'abord, Badri Gouramichvili ne possède pas les réseaux nécessaires à une action violente. Ensuite, la protection du président Saakachvili est extrémement efficace grâce aux efforts de mon collègue Zaza Gearshvili. Je vous remercie néanmoins de votre visite, monsieur Siegwalt.

Le chef de station de la CIA regagna sa Mercedes blindée et lança à son chauffeur :

– On va au *Kopala !*

***

– Ils sont inconscients ou naïfs ! conclut Malko après le récit de l'Américain.

– Peut-être pas, rétorqua Marlin Siegwalt. Nous avons peut-être fait une erreur d'analyse. Ces dix millions de dollars proviennent peut-être de Badri Gouramichvili. Dans ce cas, il s'agit d'une affaire intérieure géorgienne, même si c'est la préparation d'un coup d'État. Nous n'avons pas les coudées franches.

Malko s'appliqua à manger sa salade de tomates. En Géorgie, on devenait végétarien.

– Même si c'est pour le compte de Badri Gouramichvili, remarqua-t-il, il est probable que ce soit le colonel Arevadzé qui a éliminé votre *case officer*.

– Je sais, reconnut avec tristesse le chef de station, mais c'est beaucoup plus délicat de s'attaquer à lui s'il est sous la protection du président Saakachvili.

Malko n'eut pas le temps de répondre : son portable sonnait. Il reconnut tout de suite la voix tonitruante de Gocha Sukhumi.

– Je suis de retour à Tbilissi ! annonça le Géorgien, mais je suis crevé. En plus, ma copine Lena arrive tout à l'heure. Alors, j'ai envie de profiter un peu d'elle ce soir, si j'en ai la force. Mais j'ai eu tes messages : demain, je t'invite à dîner au *Shadow of Metheki.* Je te présenterai Lena. À neuf heures.

– Le contact est repris, annonça Malko après avoir acquiescé et interrompu la conversation. J'espère que Gocha pourra m'éclairer sur certains points.

***

Gocha Sukhumi força un peu son optimisme pour rassurer Levan Arevadzé.

– Tout va se passer comme sur des roulettes ! C'est verrouillé. Quand tu ariveras à Londres demain, Badri aura été prévenu. Vous faites votre numéro, comme convenu, ensuite, tu rentres à ton hôtel, tu changes de chaussures et tu y retournes. Pour la discussion sérieuse.

Levan Arevadzé regarda sa saucisse, à peine entamée.

– Je voudrais bien être rentré de ce putain de voyage…

– Tu seras là dans la nuit d'après-demain ! Pendant ce temps, je vais confesser notre « ami » Malko Linge. Pour savoir s'il n'y a pas de loup de ce côté-là. Je dîne avec lui.

– Amuse-toi bien ! lança d'un ton sinistre Levan Arevadzé. Et si tu peux lui planter un couteau dans l'œil, fais-le pour moi.

Dieu merci, personne ne pouvait entendre ces propos dérangeants : le *Rainer* était vide.

***

– On dînera demain ensemble, annonça joyeusement « Crazy » Natia. Je vais me faire belle.

– Gocha ne m'a pas dit que tu serais là, mais je suis ravi, affirma Malko.

– Tu ne veux pas qu'on se voie ce soir, pour s'entraîner ? proposa la jeune femme.

– Non, fit fermement Malko, ce soir, je me repose.

Sa blessure était presque cicatrisée et il préférait se réserver pour le lendemain. Une voleuse de santé comme

Natia était capable de lui sucer la moelle épinière. Il avait hâte d'avoir retrouvé 100 % de ses capacités.

***

Boris Loubiachev avait débarqué la veille, à minuit, ahuri, à l'aéroport de Cheremetiovo. Il avait l'impression de faire un rallye autour du monde ! Le matin même, à 6 h 30, il avait décollé de Bakou à destination de Londres. À peine arrivé à Heathrow, il avait pris un taxi, directement pour le 34 Belgrave Mews. Sans téléphoner. Le MI5 avait sûrement des écoutes sur le milliardaire géorgien.

Celui-ci l'avait reçu assez froidement. Il n'aimait pas ces rendez-vous impromptus. Leur conversation avait été assez longue car Badri n'était pas vraiment chaud, prêt à annuler la visite de Levan Arevadzé. Il était courageux, mais pas téméraire…

Il avait fallu que Boris Loubiachev lui jure que l'élimination physique de Mikhaïl Saakachvili était désormais en haut de l'agenda du Kremlin, pour qu'il consente à se plier à la comédie de la fausse visite du colonel Arevadzé.

Ce qui avait encore accru sa haine de Mikhaïl Saakachvili.

L'oligarque rassuré, le Russe avait de nouveau foncé à Heathrow afin d'attraper un vol pour Moscou.

Il allait dormir peu : une réunion d'urgence était prévue au Kremlin à huit heures, afin de mettre au point les modalités de l'élimination de Mikhaïl Saakachvili. Il s'était réveillé sans trop savoir où il se trouvait et habillé à toute vitesse.

Il ne fallait pas faire attendre les gens du Kremlin.

***

Alexander Bortnikov, le nouveau responsable du FSB, présidait. À sa gauche, Oleg Karichkin, chef du FSB du Caucase, jadis patron du même FSB en Tchétchénie. À sa droite, Anatoly Sechin, ancien *rezident* du FSB à Tbilissi, où il avait passé deux ans. Vladimir Cherkessov, un colonel du GRU en civil, n'était là que pour s'assurer qu'on n'allait pas mouiller les forces armées russes dans une opération hasardeuse.

Boris Loubiachev prit la parole.

– Je reviens de Londres où j'ai rencontré notre « candidat », Badri Gouramichvili. Son attitude nous force à accélérer le processus déjà en cours. Sous peine de le voir se désister.

– Il a déjà investi dix millions de dollars dans ce projet ! remarqua Alexander Bortnikov.

Pour un apparatchik, c'était une somme colossale. Boris Loubiachev le contra d'un sourire ironique.

– Pour Badri, c'est une goutte d'eau. Il possède plusieurs milliards de dollars…

– *Karacho*, trancha Alexander Bortnikov Sommes-nous prêts ?

Anatoly Sechin prit la parole à son tour.

– J'ai déjà communiqué, il y a plusieurs semaines, tout ce que ma *Rezidentura* avait réuni comme éléments sur Mikhaïl Saakachvili. Sa protection rapprochée, les véhicules qu'il utilise, son environnement.

Boris Loubiachev remercia d'un sourire.

– En effet, c'est un travail très efficace et je crois avoir trouvé une méthode d'action.

Il la détailla et, lorsqu'il eut terminé, Alexander Bortnikov approuva.

– Cela semble une excellente idée. Mais nous ne pouvons pas traiter directement le problème.

Oleg Karichkin leva la main.

– Je pense que je dispose des ressources humaines nécessaires, annonça-t-il. Déjà utilisées dans des opérations similaires, mais pas de la même importance.

Il expliqua ce qu'il pouvait mettre à la disposition du projet et, aussitôt, Alexander Bortnikov et le colonel du GRU prirent la parole en même temps, posant la même question.

– On ne pourra pas identifier les donneurs d'ordres ?

Oleg Karichkin assura aussitôt :

– Je m'y engage !

– Et l'explosif ? demanda le colonel du GRU. Il est hors de question qu'il provienne de l'armée. Les Américains savent très bien remonter les indices techniques.

– Mes gens résoudront ce problème, assura Oleg Karichkin. Ils ont des sources alternatives.

Boris Loubiachev se tourna vers lui.

– Maintenant que nous avons défini le *modus operandi*, combien de temps vous faut-il pour mettre en place les moyens humains ?

– Une semaine à dix jours.

Alexander Bortnikov regarda sa montre.

– Messieurs, je vais devoir vous quitter. J'approuve ce projet. Afin de faciliter la circulation des informations, quel nom lui donnons-nous ?

– Pourquoi pas « Badrijani » ? proposa Boris Loubiachev.

– Qu'est-ce que cela veut dire ?

– Aubergine, en géorgien. Les Géorgiens en raffolent.

– Va pour « Badrijani », approuva le patron du FSB.

Il serait bon que Boris reste désormais en contact étroit avec notre ami Oleg.

– C'est ce que j'ai prévu, assura Boris Loubiachev. Je vais repartir avec lui à Vladikawkaz.

Le colonel Vladimir Cherkessov leva la main.

– Je tiens également à être au courant de la matière première utilisée.

– Ce sera fait, assura Boris Loubiachev.

Il avait toujours détesté les gens du GRU, raides comme des parapluies.

En quittant la place Rouge, il était satisfait : le projet était sur les rails ; il allait enfin être récompensé de plusieurs mois d'efforts. S'il réussissait cette opération, il ne rendait pas seulement service à la Russie, mais aussi à lui-même. Le nouveau gouvernement ne manquerait pas de passer de juteux contrats avec ses sociétés de sécurité. Ce qui assurerait son avenir de façon parfaitement légale.

***

Marlin Siegwalt était visiblement surexcité. Lui, d'ordinaire si calme et mesuré, criait presque dans le téléphone.

– Je vous envoie une voiture, dit-il. Elle sera là dans vingt minutes.

Malko n'eut que le temps de se sécher et de se raser. Désormais, il pouvait appuyer sur le pansement de son flanc sans éprouver de douleur. Il avait bien fait de se reposer… Quand il descendit, la Toyota blindée du chef de station de la CIA était déjà là… Le chauffeur avait dû recevoir des consignes car il fonça comme un dératé vers l'ambassade américaine.

Le chef de station accueillit Malko en brandissant une

photo. L'agrandissement noir et blanc d'un visage masculin, pris visiblement au téléobjectif.

– Cet homme a rendu visite à Badri Gouramichvili hier en fin de matinée, annonça l'Américain.

– Qui est-ce ?

Marlin Siegwalt ménagea son effet.

– Nous ne connaissons pas son identité exacte. À tout hasard, nous avons soumis ce document aux gens du « 5 ». Ils sont montés au plafond.

– Pourquoi ?

– Cet homme est fortement soupçonné d'avoir introduit en Grande-Bretagne le Polonium 210 qui a servi à assassiner Alexander Litvinenko ! Les British, grâce aux photos prises par les caméras de Heathrow, ont pu établir qu'il est entré en Grande-Bretagne, il y a deux ans, avec un passeport letton, qu'il y a séjourné avec un second passeport qui n'a pas encore été identifié, et qu'il est ressorti avec un passeport slovaque. Tous ces passeports étaient évidemment faux…

– *Himmel !* fit Malko entre ses dents.

Le meurtre d'Alexander Litvinenko était une opération du Kremlin. La présence de cet homme aux multiples identités chez Badri Gouramichvili était enfin la preuve concrète de l'implication du FSB dans l'opération dont Malko et la CIA s'occupaient. Un sacré fil à tirer.

CHAPITRE XVII

– Mon dîner avec Gocha Sukhumi s'impose, remarqua Malko. Lui seul peut nous donner des informations. J'ignore s'il connaît personnellement ce Badri Gouramichvili, mais il y a une passerelle entre eux. Je n'ai plus qu'à le convaincre de reprendre sa collaboration avec l'Agence.

– Je peux aussi balancer l'information à la présidence géorgienne, suggéra Marlin Siegwalt.

– C'est vrai, reconnut Malko, mais il sera toujours temps de le faire si nous n'aboutissons pas. Il nous manque des éléments pour reconstruite toute l'affaire. Désormais, nous savons que les Russes ont des contacts avec Badri Gouramichvili, que ce dernier veut utiliser le colonel Arevadzé, probablement dans l'espoir de s'emparer du pouvoir à Tbilissi. C'est à peu près tout. Il n'y a pas de preuve d'un contact entre le colonel Arevadzé et le visiteur de Badri Gouramichvili à Londres. Notre seule chance est d'arriver à faire basculer de notre côté le colonel Arevadzé. Pour cela, je compte sur Gocha Sukhumi.

– Attention, souligna le chef de station, les deux hommes sont très liés. Gocha Sukhumi va peut-être nous enfumer.

– C'est possible, reconnut Malko, mais je veux essayer quand même. À travers Gocha, on peut peut-être proposer un deal au colonel Arevadzé.

L'Américain eut une mimique dégoutée.

– Un deal, avec un type qui a vraisemblablement flingué un de nos *case officers*…

– Je n'ai pas dit qu'il fallait l'épargner, précisa Malko, mais, dans un premier temps, s'en servir pour pénétrer ce complot.

– *Good luck !* fit avec une pointe d'ironie l'Américain. Souvenez vous du proverbe de chez vous : « Pour dîner avec le diable, il faut une cuillère avec un très long manche… »

*
* *

Malko avait obtenu de Marlin Siegwalt de reprendre sa BMW « civile », à condition qu'elle soit escortée par un 4×4 blindé plein de gardes de l'ambassade américaine. Lorsqu'il se gara en face du *Shadow of Mcthcki*, le 4×4 se rangea sagement derrière lui et deux hommes descendirent du véhicule pour sécuriser son entrée dans le restaurant.

La salle était immense, tout en longueur, avec une estrade à droite, où officiaient les inévitables chanteurs polyphoniques. Déjà, on ne pouvait plus s'entendre…

Lorsqu'il demanda la table de Gocha Sukhumi, on le conduisit, par l'extérieur, jusqu'à un petit salon plutôt sinistre, donnant lui aussi sur la rivière en contrebas. Une pièce qui ressemblait à un bureau de mafioso. Gocha Sukhumi était déjà là, en compagnie de « Crazy » Natia et d'une blonde sculpturale, avec un visage de madone hautaine. Des yeux bleu cobalt, une énorme bouche rouge soigneusement dessinée, une robe de soie bleue dont le décolleté en V découvrait aux trois quarts deux obus siliconés. Son regard se posa sur Malko, à la fois reptilien et salope. D'une voix profonde, elle lança un « *Dobrevece*[1] » caressant à Malko.

– Je t'ai parlé de Lena, fit Gocha Sukhumi. C'est la plus belle femme que j'aie jamais vue !

Lena baissa modestement ses interminables cils. À côté d'elle, « Crazy » Natia semblait presque effacée dans sa longue robe argentée. Évidemment, sa modeste poitrine ne pouvait pas concurrencer les obus de la belle Russe…

Une bouteille de *Russian Standarte* était déjà sur la table et les toasts commencèrent.

À la patrie, à la Géorgie, à la Russie, à la Paix, à n'importe qui… Gocha Sukhumi ressemblait à un automate détraqué. À peine son verre vide, il se reversait une rasade de vodka, se levait et lançait son nouveau toast…

Accompagné du rire de gorge de Lena, assise à sa gauche, face à Malko. « Crazy » Natia paraissait inhibée par la présence de la sculpturale compagne de Gocha. Une serveuse apporta une boîte de caviar de cinq cents grammes disposée sur un lit de glace…

– Lena a rapporté ça de Moscou ! expliqua Gocha Sukhumi. Ici, on n'en trouve pas.

Délaissant provisoirement la vodka, il s'attaqua au caviar à la petite cuillère. Malko remarqua très vite qu'à la façon des musulmans, il ne se servait que de sa main droite pour manger. Ce n'était pas pour une raison religieuse : la gauche était enfoncée très loin entre les cuisses complaisamment ouvertes de Lena qui, le torse très droit, se servait de ses deux mains pour s'empiffrer de caviar. Visiblement, Gocha Sukhumi était fou d'elle.

1. Bonsoir.

Ce qui semblait franchement agacer Natia. La boîte de caviar raclée jusqu'à l'os, la jeune femme se leva et lança à Malko.

– *Davai !* On va danser de l'autre côté...

Arrivée devant l'estrade où s'égosillaient les chanteurs polyphoniques, elle se colla à Malko comme un timbre-poste parfumé, lui permettant de constater qu'à son habitude, elle ne portait strictement rien sous sa longue robe.

– Tu as vu ! lui hurla-t-elle à l'oreille, Gocha a pété les plombs. Il est dingue de cette blonde salope sibérienne. Il l'a rencontrée à Irkousk, où elle était public relations chez Sukhoi. Le soir même, il l'a ramenée à Moscou et installée chez lui. Cette salope a eu l'intelligence de lui résister pendant une semaine. Ça l'a rendu fou. Depuis, elle le fait grimper au mur. Quand elle n'était pas là, il m'en parlait tous les jours.

– C'est une belle histoire d'amour, conclut Malko.

« Crazy » Natia en eut un hoquet.

– Une histoire de cul, tu veux dire ! Tu sais qu'il s'est mis au Viagra pour lui faire croire qu'il est un surhomme...

Assourdi par la musique, Malko décida de regagner le petit salon où, au moins, on pouvait se parler...

Lorsqu'ils entrèrent dans la pièce, plongée dans la pénombre, Malko crut d'abord que la belle Lena était partie. On ne distinguait que Gocha Sukhumi affalé sur la banquette, les yeux fermés. Ce n'est qu'en apercevant des cheveux blonds qui montaient et descendaient régulièrement au niveau de la table, qu'il comprit. La pulpeuse Lena, accroupie sous la table, était en train d'administrer une fellation à son fiancé.

Celui-ci, entre la vodka et la bouche de la Russe, ne sembla même pas s'apercevoir qu'il n'était plus seul.

Intérieurement, Malko soupira. Ce n'était pas vraiment le climat pour une discussion sérieuse.

Il sentit une main se plaquer contre son ventre et la voix douce de « Crazy » Natia murmura à son oreille.

– Tu as vu comme elle le suce, cette salope…

Cela semblait l'exciter considérablement.

– Viens, proposa Malko, laissons-les.

– Non, souffla Natia. Viens ici.

Elle l'entraîna dans le fond du salon privé plongé dans l'ombre, et occupé par une table et quelques chaises, poussant Malko vers l'une d'elles.

– Il ne faut pas que tu te fatigues ! fit-elle gentiment, avec ta blessure…

Elle était déjà à genoux. Malko, qui n'avait pas fait l'amour depuis plusieurs jours, se sentit très vite revivre dans sa bouche.

« Crazy » Natia mit très peu de temps à venir à bout de lui. Juste au moment où, de l'autre côté de la pièce, Gocha Sukhumi poussait un grognement ravi, Malko se répandit dans la bouche de sa vestale.

Lorsqu'ils regagnèrent tous les deux la table, Gocha cuvait son orgasme et, hiératique, le maquillage à peine abîmé, Lena se versait un verre de vodka.

– Vous avez bien dansé ! lança Gocha d'un ton égrillard.

Caressant distraitement la poitrine de sa voisine. Visiblement, la fellation ne lui avait pas suffi…

Le Viagra.

– *Davai !* on rentre à la maison, lança-t-il.

Après avoir abandonné une énorme poignée de laris à la serveuse, il prit Lena par la taille et se dirigea vers la sortie. Malko constata que sa fiancée avait vraiment une chute de reins inouïe, moulée par la soie bleu électrique. Une silhouette de bande dessinée.

– On va prendre une bouteille de champagne à la maison, lança Gocha à Malko.

Celui-ci hésita. Dans l'état où il se trouvait, Gocha était bien incapable de tenir une conversation sérieuse, mais demain serait un autre jour.

– D'accord.

Arrêté devant son 4×4, Gocha pétrissait la croupe de Lena, se frottant à elle comme un verrat en chaleur. Ensuite, il se glissa au volant, Lena à côté de lui.

La route vers Takhneti fut un cauchemar. La main droite enfouie entre les jambes de Lena, Gocha conduisait comme un fou, avec probablement six grammes d'alcool dans le sang. Se souciant très peu des feux, tout occupé à peloter sa voisine… Arrivé chez lui, il fonça vers la cuisine et sortit une bouteille de Taittinger Comtes de Champagne Blanc de Blancs qu'il déboucha avant de porter un toast.

– À Lena, la plus belle femme du monde !

Trente secondes plus tard, il l'entraînait dans la chambre, plantant là Malko et Natia.

– Tu veux te reposer ? demanda gentiment celle-ci.

Elle mena Malko dans la chambre voisine et fit passer par-dessus sa tête sa longue robe, ne gardant que ses escarpins.

– On va dormir, dit-elle. Demain matin, j'espère que tu vas me baiser. J'en ai très envie.

Ils n'étaient pas là depuis dix minutes qu'ils entendirent des gémissements et des soupirs de l'autre côté de la cloison, puis un cri aigu de femme, suivi de grognements.

– Il l'encule ! fit « Crazy » Natia avec une pointe d'envie dans la voix. Si jamais il la présente à Levan, il voudra la défoncer, lui aussi.

– Quel Levan ?

– Arevadzé, précisa Natia. Ils sont comme des frères,

ils viennent du même village, quelquefois, ils parlent entre eux en patois. Ils s'échangent toutes les filles, mais là, je crois que Gocha voudra la garder pour lui.

– Ils sont vraiment très liés ?

Natia leva son index et son majeur, collés, à la verticale.

– Ils sont comme ça.

Malko éprouva soudain une drôle d'impression, ne voyant plus son « ami » Gocha Sukhumi de la même façon. Le Géorgien avait appartenu au KGB et ce n'était pas une maison qu'on quittait facilement. Il se demanda soudain s'il n'en savait pas beaucoup plus qu'il le disait sur Levan Arevadzé. Certes, il lui avait déjà fait part de ses soupçons et ne pouvait pas revenir en arrière. Mais lui demander de retourner le colonel du SOD était peut-être un peu trop.

Allongée sur le ventre, « Crazy » venait de s'endormir. Il se dit que la nuit portait conseil.

***

Le colonel Arevadzé sursauta, perdu dans ses pensées. Le chauffeur de taxi se retourna et répéta à travers la glace de séparation :

– *This is 34 Belgrave Mews, sir.*

Le Géorgien regarda la façade du somptueux hôtel particulier, entouré d'une grille noire qui avait l'air d'être cirée tant elle brillait, et sortit des billets de sa poche. Il n'aimait pas Londres et ne s'y sentait pas à l'aise. En plus, l'angoisse lui tordait l'estomac. Après cette première visite à Badri Gouramichvili, il en ferait une seconde, équipé de ses chaussures-micro. Il espérait que le milliardaire avait bien été averti.

Une pensée lancinante le taraudait : Et si Shalva Dzeghenti l'avait fait suivre ? Il aurait du mal à expliquer deux visites à Badri Gouramichvili.

Son gros attaché-case à la main, il alla sonner à la grille. Une voix caverneuse demanda aussitôt, à travers le haut-parleur dissimulé dans le pilier :

– *What do you want ? This is a private property...*

– Je viens voir Badri Gouramichvili.

Court silence, puis la voix demanda :

– Vous avez rendez-vous ? Votre nom ?

– Levan Arevadzé.

– Très bien. Je vais vérifier, fit la voix.

Cette fois, on parlait dans sa langue et il en fut soulagé. Il attendit quand même près de cinq minutes avant que la grille se déclenche automatiquement pour qu'il puisse pénétrer dans le petit jardin. Enfin, le battant laqué bordeaux de la maison s'ouvrit sur une sorte de géant au crâne rasé qui le dévisagea d'un œil méfiant.

– Levan Arevadzé ?

– Oui.

– Vous avez votre passeport ?

Le colonel du SOD le tendit et, après l'avoir examiné, le géant lui fit signe d'entrer. Un autre homme surgit aussitôt, tout aussi massif, et désigna l'attaché-case.

– Qu'est-ce qu'il y a là dedans ?

Sans répondre, Levan Arevadzé l'ouvrit. En voyant la paire de chaussures, un des deux hommes eut un regard étonné.

– C'est quoi, ça ?

– J'ai les pieds fragiles, fit le Géorgien. Gardez-le, je le reprendrai tout à l'heure.

– O.K. On va vous fouiller.

Là aussi, c'était du sérieux. Ils dévissèrent ses deux stylos, retirèrent sa ceinture, s'intéressèrent au moindre objet pouvant dissimuler une arme. Levan Arevadzé se retenait pour ne pas leur sauter à la gorge. Enfin, l'un d'eux disparut, pour revenir quelques instants plus tard.

– Suivez-moi.

Il traversa trois salons, puis un couloir, pour arriver devant une porte entrouverte.

– Entrez.

Il obéit. C'était un bureau aux boiseries sombres, avec des tableaux partout et un grand canapé de cuir noir capitonné où se tenait un homme de petite taille, plutôt frêle, la chemise ouverte, le regard d'un bleu perçant. Il n'avait pas le crâne rasé mais les cheveux extrêmement courts. Dans cet environnement luxueux, on avait du mal à imaginer que Badri Gouramichvili avait commencé dans la vie en se nourrissant du contenu des poubelles d'un quartier pouilleux.

Le milliardaire esquissa un très vague sourire et, sans se lever, dit à Levan Arevadzé.

– Assieds-toi là !

Il lui désignait un grand fauteuil, en face de lui. À peine le colonel du SOD fut-il assis, qu'il entendit un claquement sec. Une barre métallique venait de sortir d'un des deux accoudoirs, « verrouillant » Levan Arevadzé dans le fauteuil !

– Excuse-moi, fit Badri Gouramichvili, je ne te connais pas encore. Je sais que ce salaud de Saakachvili voudrait me voir mort. Comme tu pourrais m'étrangler facilement d'une seule main, je veux pouvoir discuter tranquille…

Voilà un partenariat qui commençait sous de charmants auspices…

– Je viens à votre demande, remarqua Levan Arevadzé.

Badri Gouramichvili hocha la tête et lança :

– Avant tout, tu devrais me remercier…

Devant l'incompréhension visible de son visiteur, il mit les points sur les i :

– Tu n'es pas allé chercher quelque chose, il y a quelque temps, du côté de l'Azerbaïdjan ?

– Ah, oui ! C'était…

Le milliardaire ricana.

– Tu croyais que c'étaient nos amis de Moscou ! Ils sont trop pingres ! Ils préfèrent me racketer. Bien sûr, ce sont eux qui m'ont demandé de faire ce geste. Pour ce que tu as fait, qui ne me concerne pas directement. Et surtout, pour ce que tu vas faire…

– Je vois, fit sans autre commentaire Levan Arevadzé. On vous a mis au courant pour le micro ?

– Tout à fait, confirma Badri Gouramichvili. Quand nous aurons fini cette conversation, tu retourneras chercher tes chaussures et tu reviendras dans ce bureau. Ensuite, tu ressortiras avec. De cette façon, si on te suit, on ne te verras entrer ici qu'une fois.

Il pensait à tout.

– Il vaut mieux que je ressorte, au moins dans le jardin, corrigea Levan Arevadzé, pour activer le micro. Si je le faisais dans la maison, cela semblerait bizarre.

– C'est vrai, reconnut Badri Gouramichvili. On fera ainsi.

Il jouait distraitement avec une toute petite statuette de bronze. Il la reposa et dit :

J'espère qu'ils savent ce qu'ils font… Bon, je vais te dire ce que j'attends de toi. Lorsque le moment sera venu, j'ariverai à Tbilissi en passant par Bakou. Bien entendu, personne ne le saura. J'ai confiance dans les Azéris, ils ne m'ont jamais trahi. Tu viendras me chercher à la frontière et tu assureras ma sécurité à partir de ce moment là…

– Où irez-vous ?

– Chez moi, idiot ! Mais là aussi, il faudra que tes hommes se déploient autour de ma propriété.

– C'est facile, assura Levan Arevadzé.

– Ensuite, continua Badri Gouramichvili, dès le lendemain matin, très tôt, tes hommes doivent s'assurer de plusieurs personnes dont voici la liste.

Il tendit une liste de noms : une douzaine, dont le premier était celui du ministre de l'Intérieur, le deuxième celui du chef du contre-espionnage. Il continua d'une voix égale :

– Ceux-là doivent « partir ». Mais discrètement. Est-ce que tes hommes obéiront ?

– Pour cette partie-là, précisa Levan Arevadzé, je ne ferai pas appel à eux. J'ai ce qu'il faut.

– *Karacho*, approuva le milliardaire. Ensuite, je veux qu'avant huit heures du matin, tes hommes aient occupé la télévision, la radio nationale et le Parlement.

– Et l'armée ?

– Sur la liste, il y a le chef d'état-major. Sans lui, personne ne bougera. Ensuite, tes hommes m'escorteront d'abord à la télévision où je prononcerai un discours et ensuite au Parlement où on réunira tous les députés pour leur annoncer que l'assemblée est dissoute et qu'il va y avoir de nouvelles élections. Plusieurs de ces gens vont me réclamer. Ils ont déjà été payés pour cela.

Il avait gardé le meilleur pour la fin.

– Dès ma première allocution, précisa Badri Gouramichvili, je te nommerai ministre de l'Intérieur, en remplacement de ce salaud de Merabishvili. Tu auras donc l'autorité légale pour faire régner l'ordre.

Il suffisait de s'entendre sur le sens du mot légal…

– Et les Américains ? s'inquiéta Levan Arevadzé. Ils risquent de réagir.

Badri Gouramichvili eut un mince sourire.

– Avec quoi ? Il n'ont aucune présence militaire en Géorgie. Ils vont dénoncer un coup d'État. Ce ne sera pas pire que ce qu'a fait « Micha » en 2003, et je garantirai aussitôt que la politique de la Géorgie ne changera pas. C'est tout ce qu'ils veulent. De toute façon, notre ami Gocha ira rasssurer l'ambassadeur américain et nos amis russes feront semblant de s'indigner de ce coup d'État anti-démocratique… Je n'ai pas une image de communiste, on va les enfumer ! Ensuite, ce sera trop tard…

Levan Arevadzé voulut bouger et se coupa le souffle, heurtant la barre d'acier. Déjà, le poing du milliardaire avait surgi des coussins, tenant un pistolet chromé.

La tension retomba aussi vite qu'elle était montée. Comme pour se faire pardonner son geste de méfiance, Badri Gouramichvili reprit d'un ton cordial :

– Qu'en penses-tu ?

Le colonel du SOD ravala sa fureur.

– Cela devrait marcher. Mais il faudra faire vite.

– Tu as combien d'hommes ?

– Environ sept cents…

– Bien, maintenant, il faut s'occuper du sujet n°1. Tout cela ne peut se faire qu'une fois « Micha » au cimetière. Ou en route pour…

Levan Arevadzé secoua la tête.

– Ce n'est pas moi qui gère cette partie du programme.

– C'est qui ?

– Nos amis..

– Il faudrait que cela se fasse au début de la journée, précisa Badri Gouramichvili. D'ici, avec mon Falcon 900, il me faut six heures pour atteindre Bakou. Là-bas, je suis sûr de me poser sans encombre. Ensuite, il faut encore cinq heures pour gagner Tbilissi, par la route.

– Je serai prévenu tout de suite, précisa Levan Arevadzé.

– Le timing est important. Il ne faut pas leur laisser le temps de se retourner, souligna Badri Gouramichvili.

Levan Arevadzé ne répondit pas. Ce n'était pas de son ressort. Son hôte n'insista pas.

– Bien, grommela-t-il. Va chercher tes chaussures…

– Vous devez me dire que vous me donnerez beaucoup d'argent si je vous aide à venir au pouvoir, en recrutant des manifestants, des colleurs d'affiches, des gardes pour la sécurité des meetings, des trucs comme ça, lui rappela Levan Arevadzé.

– *Karacho.*

Badri Gouramichvili appuya sur un bouton invisible et la barre d'acier disparut, libérant le colonel. Badri Gouramichvili se leva et annonça d'une voix neutre :

– Cette conversation a été enregistrée et filmée. Souviens-t-en, au cas où…

***

Boris Loubiachev regarda par le hublot les cumulus joufflus traversés par le Boeing 757 d'Aeroflot qui venait de décoller de Moscou. L'ex-colonel du FSB était plutôt content de lui, se disant qu'il n'avait pris que de bonnes décisions. D'abord, le recrutement du colonel Levan Arevadzé. Qui avait permis, dans un premier temps, la liquidation des forces géorgiennes et l'affaiblissement de « Micha ».

Un succès qui n'avait, hélas, pas permis de faire l'économie de la liquidation physique du président géorgien, plus solide que ne l'avaient pensé les gens du Kremlin.

Désormais, cette phase ultime était engagée.

Là aussi, il se félicitait de la façon dont il avait pu

contourner la paranoïa du candidat du Kremlin, Badri Gouramichvili. Pièce irremplaçable du dispositif.

Tout en enfumant Saakachvili par l'intermédiaire du colonel Arevadzé ! Cerise sur le gâteau : la rencontre fortuite de son point d'appui en Géorgie, Gocha Sukhumi, avec l'agent de la CIA chargé de l'enquête sur le complot russe avait été un véritable miracle. Grâce à lui, Boris Loubiachev était au courant des contre-mesures de leurs adversaires… Il ne restait plus désormais qu'à mener à son terme l'opération « Badrijani ».

CHAPITRE XVIII

En maillot une pièce doré, Lena était encore plus ébouissante qu'habillée. Malko ne pouvait s'empêcher de détailler sa silhouette parfaite, les jambes interminables, la poitrine de rêve, de véritables obus, et cette somptueuse bouche charnue qui semblait prête à avaler tous les sexes du monde.

Un bras passé autour de sa taille, Gocha Sukhumi lança à Malko :

– Elle est belle, non ?

Sa main glissa, caressant la chute de reins de Lena qui se tortilla avec un rire bête.

« Crazy » Natia n'avait pas encore émergé. Une bonne abkhaze surgit, apportant une bouteille de Taittinger Comtes de Champagne et une boîte de caviar.

Le petit déjeuner.

Un magnifique soleil d'automne chauffait la terrasse. Pendant que la bonne débouchait le champagne, Gocha joua à effleurer les deux « obus » de Lena. Visiblement, la nuit ne lui avait pas suffi… Ensuite, ils trinquèrent.

Lena bougeait avec la grâce d'un chat, balançant très légèrement ses hanches, sensuelle et provocante, pour aller finalement s'asseoir sur les genoux de son amant. Celui-ci demanda à Malko.

– Alors, où en est ton enquête ?

– Nulle part ! Je crois que ton ami Levan Arevadzé n'est pour rien dans cette affaire.

– Je te l'avais dit ! approuva aussitôt Gocha Sukhumi. D'ailleurs, il est très estimé du président.

– Par ailleurs, continua Malko, je n'ai aucune piste. Je me demande si ces dix millions de dollars n'étaient pas destinés à un trafic quelconque.

– Tu as regardé du côté de Mourad Fakri ? demanda aussitôt le Géorgien.

– Non, je n'ai pas vraiment les moyens d'enquêter par là.

– Tu veux que je m'en occupe ?

– Cela serait formidable ! approuva Malko, mais cela ne te gêne pas ?

– Pas du tout, affirma le Géorgien. Cela me fait plaisir d'aider un vieil ami comme toi. Je pense que ce type n'est pas clair.

« Crazy » Natia émergea enfin de la maison, drapée dans un long peignoir ivoire et se servit une flûte de Taittinger, puis trempa son index dans le caviar et le lécha. Elle semblait totalement à l'ouest…

– Tu peux me faire redescendre à Tbilissi ? demanda Malko à Gocha Sukhumi.

– Pas de problème ! Mon chauffeur va s'en charger. Je te recontacterai pour Fakri. Je ne vais plus m'occuper que de cela et de Lena, ajouta-t-il avec un gros rire.

– Je te comprends, approuva Malko, suivant des yeux la courbe des reins de la jeune Russe, allongée à plat ventre sur une chaise longue : le rêve impossible du sodomite.

Vexée, Natia vint se frotter à lui.

– Et moi ? Tu me laisses ici ?

– Gocha ne va pas te violer, sourit Malko. Il n'arrive déjà pas à satisfaire Lena…

– C'est pas vrai ! protesta le Géorgien.

De toute évidence, dès que Malko aurait tourné le dos, il se jetterait sur sa fiancée.

Lena embrassa chastement Malko sur les deux joues et « Crazy » Natia lui glissa une langue de lézard jusqu'au fond du gosier avant qu'il s'installe dans le 4×4 de Gocha Sukhumi.

Se disant que, sans la remarque de Natia, il n'aurait peut-être pas commencé à se méfier de l'oligarque géorgien.

*
* *

Chamil Ianderbaiev remontait lentement la rue Pekin au volant de sa vieille Lada tout terrain. On ne voyait plus beaucoup de ces voitures russes à Tbilissi, depuis que tout le monde se ruait sur les Japonaises et les Allemandes, mais lui n'avait pas les moyens de s'offrir une de ces voitures. Il s'arrêta en face du numéro 24. Un immeuble semblable à tous ceux de ce quartier très peuplé, construit dans les années soixante-dix, pour faire face à l'exode rural, dans le plus pur style soviétique.

La façade était noircie par la pollution, les fenêtres sales. À sa création, le quartier de Sabartolo avait été peuplé de paysans qui, peu à peu, avaient laissé la place à des « bobos » géorgiens, une bourgeoisie intellectuelle et artiste.

Le Tchétchène prit le temps de fumer une cigarette tout en observant l'entrée. Ensuite, il descendit, leva le capot de sa voiture, comme pour laisser refroidir le radiateur, et fit quelques pas dans la rue, dans les deux sens. Vérifiant que le numéro 24 ne bénéficiait d'aucune protection particulière, ni électronique ni humaine. Satisfait, il remonta en voiture.

Au numéro 24 demeurait la mère du président Saakachvili. L'immeuble ne disposait d'aucun garde statique, ni même de caméras.

Chamil Ianderbaiev redémarra pour s'arrêter un peu plus loin, en face d'un jeune homme accoté à une voiture chargée de fruits et de légumes, garée sur le trottoir. Un marchand ambulant comme il y en avait partout à Tbilissi.

Il traversa et s'approcha du jeune marchand, comme n'importe quel client. Les deux hommes échangèrent un sourire, et Chamil Ianderbaiev demanda :

– Ça va, Mogamed ?

– Ça va.

Mogamed était le neveu de Chamil Ianderbaiev. Cela faisait désormais une semaine qu'il avait installé son étal dans la rue, arrivant tôt le matin et repartant à la nuit tombée. Les gens du quartier s'étaient accoutumés à lui et il se fondait totalement dans le paysage. Même les voitures de police qui passaient parfois dans la rue ne s'étaient pas intéressées à lui.

– Il est venu souvent ? demanda Chamil Ianderbaiev, à mi-voix.

– Deux fois.

– À quelle heure ?

– Une fois tôt le matin, vers huit heures, une autre, vers cinq heures de l'après-midi.

– Il est resté longtemps ?

– Une demi-heure.

– Quelle escorte a-t-il ?

– Plusieurs voitures de police. Lui-même est dans une grosse Mercedes avec deux fanions sur les ailes.

– Blindée ?

– Je ne sais pas.

– Qu'est-ce qu'ils prennent comme mesures ? interrogea encore Chamil Ianderbaiev. Ils enlèvent les voitures garées dans le coin ?

– Non, assura le jeune Mogamed. Ils restent dehors, à côté des voitures et ils sont autour de lui quand il rentre.

– Des policiers en uniforme ?

– Non, des types en tenue noire.

Il prit une pastèque, que Mogamed lui enveloppa dans un journal, et envoya un sourire d'encouragement à son neveu.

– C'est bien, continue. Je reviens bientôt.

Il regagna sa voiture et repartit vers le centre. Il avait dormi à l'hôtel *Istanboul*, dont il connaissait le patron turc, et repartait maintenant vers son village de Jokala, dans la vallée de Pankrissi, encaissée entre les sommets des monts Kakhitri, au pied de l'imposante chaine montagneuse séparant la Géorgie, de la Tchétchénie et du Daghestan, avec des sommets culminant à plus de 5 000 mètres, comme le mont Kazbek.

Chamil Ianderbaiev était un émigré. Après avoir combattu les Russes en Tchétchénie comme *boivik*, il s'était finalement rallié au nouveau gouvernement tchétchène pro-russe soutenu par Poutine. En échange de « services » rendus au FSB tchétchène, on avait passé l'éponge sur son passé. Sa famille avait pu se réinstaller à Grozny et reconstruire sa maison. Il avait déjà posé des bombes un peu partout dans le Caucase mais c'était la première fois qu'il préparait un attentat à Tbilissi.

Les Tchétchènes étant les meilleurs dans le maniement des voitures piégées, les différents camps qui s'affrontaient dans le Caucase se disputaient leurs services. Pour cette opération spéciale, on avait promis à Chamil

Ianderbaiev 50 000 dollars et un 4×4 neuf… En échange de cette somme, il fournirait la main-d'œuvre et l'explosif. Une bombe de 500 kilos russe tombée dans le village d'Oni, à l'ouest de l'Ossétie du Sud.

L'engin était en parfait état, à l'exception de sa fusée qui n'avait pas fonctionné. La bombe avait éventré le toit d'une maison avant de se ficher dans le sol, durant la « guerre des cinq jours », en août dernier.

Bien avant d'avoir eu cette commande, Chamil Ianderbaiev avait envoyé des cousins la racheter aux villageois qui ne savaient qu'en faire. Chez les Tchétchènes, on avait toujours besoin d'explosifs militaires. Le maire d'Oni, ravi de se débarrasser de cet encombrant cadeau, l'avait cédée pour 10 000 laris et Chamil Ianderbaiev n'avez eu qu'à la ramener à Jokala, où elle attendait, dissimulée sous une bâche au fond d'une grange. Quinze jours plus tôt, le FSB de Grozny lui avait transmis les informations concernant les visites fréquentes de Mikhaïl Saakachvili à sa mère. Ses seuls déplacements prévisibles, même s'ils n'étaient pas réguliers.

À la sortie de Tbilissi, le Tchétchène prit la direction de Tianeti. Il avait presque six heures de route pour regagner la vallée de Pankrissi. C'est là qu'on devait lui apporter deux éléments qui manquaient encore à son opération : une fusée neuve pour la bombe qu'il n'aurait qu'à visser à la place de l'ancienne, ainsi qu'un système de mise à feu électrique avec sa télécommande.

Ensuite, il resterait à acheminer la bombe jusqu'à Tbilissi et à l'installer dans la rue, dans un véhicule utilitaire, où elle attendrait la prochaine visite du président Saakachvili à sa mère.

L'homme qui apporterait le matériel remplacerait alors son neveu. Un *boivik* qui marchait avec des béquilles, ayant eu une jambe arrachée par une mine antipersonel russe. Pour 5000 dollars, payés d'avance, il s'était porté volontaire pour cette mission risquée. Même si Mikhaïl Saakachvili se trouvait dans sa Mercedes blindée lorsque la bombe exploserait, il n'avait pratiquement aucune chance de s'en sortir.

Tout serait dévasté dans un rayon d'une centaine de mètres. Il aurait fallu que Saakachvili arrive dans un T72, mais le président de la Géorgie n'utilisait pas un tank pour venir rendre visite à sa maman.

***

Marlin Siegwalt avait écrit sur un tableau noir occupant un des murs de son bureau un résumé des informations confirmées sur l'affaire Arevadzé, qui s'élargissait tous les jours.

D'abord, son voyage à Londres, pour y rencontrer Badri Gouramichvili. Avec l'accord du président géorgien, ce qui était troublant.

À l'autre bout, il y avait le lien entre le même Gouramichvili et les Russes, par l'intermédiaire de Boris Loubiachev. Et au milieu, un grand point d'interrogation. Sans parler de l'incident initial des dix millions de dollars que l'on ne pouvait encore attribuer avec certitude au colonel du SOD.

– Il se passe quelque chose sous nos yeux, conclut le chef de station de la CIA, mais nous ignorons encore exactement quoi. La clef me semble être Levan Arevadzé. Avez-vous pu obtenir des informations de votre « ami » Gocha Sukhumi ?

Malko était arrivé à l'ambassade américaine après être repassé au *Tbilissi Marriott* pour se laver et se raser.

– Je me pose des questions à propos de Gocha Sukhumi, répondit-il. Je savais qu'il était lié à Levan

Arevadzé, mais j'ai appris hier soir qu'ils sont comme les deux doigts de la main. Or, Gocha était jadis au KGB.

– Vous pensez qu'il a repris du service ?

Malko hocha la tête.

– Je ne sais pas, mais, dans le doute, je suis prudent. Je lui ai assuré que nous ne soupçonnions plus son ami Levan du meurtre de Tamouna Fakri. Je pensais, à l'origine, l'utiliser pour « retourner » le colonel Arevadzé, mais je pense maintenant que c'est trop risqué.

– Donc, Gocha Sukhumi ne sert plus à rien ! conclut l'Américain.

– Pour l'instant, non, dut reconnaître Malko, mais je suis toujours en bons termes avec lui. Il faudrait trouver une preuve tangible de son double jeu. S'il y a double jeu.

Marlin Siegwalt hocha la tête.

– Cela fait beaucoup de « si » et de points d'interrogation… Je vais demander des instructions à Langley. Si nous n'avançons pas, je me dois de prévenir le gouvernement géorgien des contacts entre Badri Gouramichvilui et cet agent du FSB dont nous ne savons même pas le véritable nom. Cependant, le seul fait qu'il soit en contact avec cet homme est suspect. Badri Gouramichvili voulait déjà se présenter à la dernière présidentielle de 2007.

– Donc, reprit Malko, ce serait le candidat des Russes dans une éventuelle élection. Seulement, la prochaine présidentielle ne doit se dérouler qu'en 2011…

– Sauf s'il arrivait quelque chose à Saakachvili, rétorqua l'Américain.

Un ange passa, volant lourdement. Brutalement, Malko entrevoyait une vérité possible.

– Et si tout ce qui se passe n'était qu'un complot

destiné à éliminer physiquement Mikhaïl Saakachvili, afin de provoquer une nouvelle élection où Badri Gouramichvili se présenterait ?

– Dans ce cas, effectivement, renchérit Marlin Siegwalt, un homme comme le colonel Arevadzé peut jouer un rôle important. Puisqu'il est au cœur de la Sécurité de l'État.

– Je crois que nous brûlons ! approuva Malko. Hélas, il manque encore beaucoup de pièces à notre puzzle. Et si nous agissons prématurément, les autres vont rentrer dans leur coquille…

L'ange tournait encore lentement dans la pièce lorsque la secrétaire de Marlin Siegwalt vint déposer un document sur son bureau.

– Le colonel Arevadzé a quitté Londres pour Munich, annonça l'Américain. Il a également une réservation sur le vol Lufthansa qui arrive la nuit prochaine à Tbilissi vers 3 h 30 du matin.

Malko n'hésita pas.

– Je crois que je vais aller l'accueillir, suggéra-t-il.

– C'est-à-dire ?

– Le prendre en compte dès sa descente d'avion. Il ne s'y attend peut-être pas.

– Qu'espérez-vous ?

– À vrai dire, je n'en sais rien. Mais la première filature nous a permis de découvrir qu'il se rendait à Londres. Même si nous avons eu une explication « officielle » de son voyage. Sinon, les Géorgiens ne nous en auraient certainement pas parlé. Je peux prendre Kakha ?

– Bien sûr, accepta aussitôt Marlin Siegwalt. Mais prenez *aussi* une arme. Cela fait quand même deux fois que l'on tente de vous tuer. Jamais deux sans trois…

CHAPITRE XIX

Les innombrables stations-service allumées le long de l'autoroute conduisant à l'aéroport de Tbilissi, en dépit de l'heure tardive, étaient bien les seules îlots de vie dans ce désert. Malko, au volant de la BMW, ralentit en s'approchant du terminal de l'aéroport où des files de voitures déchargeaient leurs passagers. Une demi-douzaine de vols partaient ou arrivaient entre trois et cinq heures du matin. Il s'arrêta, juste le temps de déposer Kakha, le chauffeur de la CIA, devant la porte des Arrivées, et repartit se garer un peu plus loin, sur une aire déserte. Le vol de Levan Arevadzé arrivait dans vingt minutes. Le chauffeur de la CIA le prendrait en charge et le suivrait, afin de découvrir quel véhicule il allait utiliser pour gagner Tbilissi.

*
* *

Trente-cinq minutes s'étaient écoulées. Les aiguilles lumineuses de la Breitling de Malko indiquaient 3 h 25, quand son portable sonna.

– Il a sa voiture, annonça Kakha, une grosse Toyota noire immatriculée 453 HFR. Il sort du parking.

Malko lança le moteur. Trente secondes plus tard, la

Toyota Accord passa devant lui, roulant déjà vite. Il la suivit. C'était facile, d'autres voitures revenant de l'aéroport roulaient dans la même direction. Jusqu'au virage en épingle à cheveux signalant la fin de l'autoroute, il ne se passa rien. Ensuite, Malko eut un peu plus de mal à ne pas se faire repérer. Levan Arevadzé se dirigeait vers le centre de la ville. Avant le pont menant à la colline du *Sheraton*, il tourna à droite, longeant la rivière, puis s'engagea dans un dédale de petites rues étroites jusqu'à une place triangulaire où il se gara.

Malko continua un peu et se gara à son tour. Lorsqu'il revint sur ses pas, il vit le colonel géorgien disparaître dans un petit escalier menant à Chardin Street, la voie piétonne où s'alignaient tous les restaurants à touristes. Il attendit un peu et s'y engagea à son tour. La rue était sombre et la plupart des établissements fermés. Un seul brillait encore de tous ses feux : le *12*, un bar restaurant où officiait un petit orchestre de jazz, refuge des noctambules. Malko passa devant, restant dans l'ombre de la rue. Levan Arevadzé était au bar.

Malko ne s'attarda pas et remonta s'installer dans sa voiture, d'où il pouvait surveiller l'escalier de pierre. Jusque-là, rien que de très normal : après un voyage fatigant, Levan Arevadzé se détendait. Il faillit repartir se coucher, puis décida de s'octroyer une demi-heure de planque supplémentaire.

***

Le patron du *12*, rendu muet par un cancer des cordes vocales, accueillit Levan Arevadzé avec un large sourire et les deux hommes s'embrassèrent à la géorgienne. Trois fois. Le pianiste jouait encore un air de jazz en sourdine... Un garçon posa devant le colonel du SOB une bouteille de *Russian Standarte*, offerte par la maison. Levan Arevadzé trinqua avec le patron puis se laissa bercer par la musique. À part lui, il n'y avait qu'un couple d'amoureux, enlacés sur une banquette du fond.

Levan Arevadzé appréhendait son « retour dans l'atmosphère ». Certes, il ramenait de Londres l'enregistrement d'une conversation expurgée avec Badri Gouramichvili qui ne pourrait pas lui causer d'ennui, mais il se méfiait du chef du contre-espionnage. Ce dernier pouvait lui avoir réservé un piège. Heureusement, il n'avait plus rien à faire jusqu'au jour J, celui de l'élimination du président Saakachvili, opération à laquelle il ne participait pas. Ensuite, il n'aurait plus qu'à aller récupérer Badri Gouramichvili à la frontière azérie, et à commencer son rôle actif.

Dès le lendemain matin, il rapporterait au contre-espionnage les chaussures trafiquées et attendrait son debriefing. Une seule inquiétude le taraudait. Si, pour une raison quelconque, les choses ne se passaient pas comme prévu, Badri Gouramichvili était capable de balancer l'enregistrement vidéo de leur rencontre. La vraie. Dans ce cas, Levan Arevadzé n'aurait plus qu'à filer hors de la Géorgie avec son magot...

Très vite.

Le colonel du SOD en était à sa quatrième vodka et commençait à regarder d'un œil interessé le couple qui flirtait à quelques mètres de lui. La fille était très sexy dans sa robe rouge, avec une poitrine épanouie, découverte par un décolleté profond. Hélas, les deux amoureux se levèrent et sortirent, enlacés. En imaginant ce qu'ils allaient faire, Levan Arevadzé ressentit une violente pulsion sexuelle. Lui qui s'apprêtait à aller se coucher, apaisé par la vodka, était soudain tenaillé par une furieuse envie de baiser.

– *Davai !* je rentre me coucher ! lança-t-il, posant un billet de cent laris sur la table.

Après son départ, le bar fermait. Il était plus de quatre heures et demie.

Arrivé devant sa voiture, le colonel hésita encore. En dépit du voyage et de la vodka, il se sentait encore en forme. Et son ventre le brûlait. Il se décida d'un coup et s'enfonça à grandes enjambées dans une petite rue mal pavée et étroite, menant à la place Goudrachvilis. Cinq minutes plus tard, il s'arrêtait devant une porte qu'il connaissait bien. Il ne voulait pas utiliser son portable et, une fois entré dans le couloir, il frappa doucement à la première porte à gauche. Au troisième coup, une voix de femme demanda de l'autre côté du battant.

– Qu'est-ce que c'est ?

– C'est moi.

La porte s'ouvrit quelques instants plus tard. Nestin Zougdade avait eu le temps de se draper dans son habituel kimono. En dépit de l'heure tardive, elle souriait. Levan Arevadzé se glissa à l'intérieur.

– Installe-toi, j'arrive, fit la jeune femme.

Avant de disparaître derrière un rideau isolant le cabinet de toilette du reste du studio, elle déposa sur une petite table basse une bouteille de *Russian Standarte* et un verre. Lorsqu'elle réapparut, elle avait toujours son kimono mais arborait dessous sa guêpière noire et les bas assortis. Elle s'approcha du canapé-lit. Levan Arevadzé écarta les jambes pour qu'elle puisse venir frotter son ventre au sien.

– Suce-moi un peu, demanda-t-il.

Nestin était déjà à genoux. Toujours prête, comme les scouts. En sentant sa bouche envelopper son gros sexe, Levan Arevadzé se sentit revivre, oubliant ses soucis et la fatigue du voyage. Pendant plusieurs minutes, il se laissa faire. Il n'avait certes pas besoin de cette caresse, mais il laissait Nestin satisfaire son plaisir égoïste.

Il lui devait bien ça.

Toujours disponible, toujours souriante, ne demandant jamais rien, elle avait droit à une petite compensation. Finalement, n'en pouvant plus, il la tira par les cheveux, et elle se releva, regardant avec fierté la colonne imposante qu'elle avait contribué à raidir encore plus. En un clin d'œil, elle fut agenouillée sur le couvre-lit rouge, la croupe haute, et se retourna avec un sourire d'excuse.

– J'ai mes règles, annonça-t-elle avec un naturel parfait, tu ne peux pas passer par là aujourd'hui.

En même temps, elle écartait ses fesses à deux mains, découvrant l'ouverture de ses reins.

Levan Arevadzé n'hésita pas longtemps. Nestin s'était enduite abondamment de crème et il put forcer sa corolle sans trop d'efforts. La jeune femme couina quand même sous l'énorme envahissement.

– Arrête une seconde, demanda-t-elle.

Il obéit. Elle respira profondément, puis souffla.

– Viens maintenant, mais doucement.

Il obéit, le sang aux tempes, progressant centimètre par centimètre, jusqu'à ce que leurs peaux se touchent.

Levan fit une pose pendant quelques secondes, saisit Nestin par les hanches, se retira presque entièrement, puis plongea à nouveau en elle, d'un coup, cette fois.

Nestin poussa un cri sourd, mais, héroïque, s'aplatit sous son amant, le subissant avec bonheur, jusqu'à ce qu'il explose au fond de ses reins, demeurant ensuite fiché en elle, comme sur un matelas confortable.

Lorsqu'il se fut arraché de ce fourreau qui le serrait si merveilleusement, il demanda soudain :

– Tu as toujours les deux valises que je t'ai confiées ?

– Bien sûr, fit aussitôt Nestin. Elles sont sur l'armoire. Tu en as besoin ?

– Non, non ! assura Levan.

Il leva les yeux et aperçut les valises là où elles se trouvaient depuis le premier jour. Un homme dans sa position ne pouvait louer un coffre dans une banque ou confier ce trésor à un ami. Sauf à Nestin Zougdade qui le révérait comme un Dieu…

Il s'arracha enfin et fila jusqu'au minuscule lavabo. Lorsqu'il revint, elle l'attendait, assise sur le canapé-lit, les jambes croisées.

– Tu as aimé ? demanda-t-elle anxieusement.

– Tu sais bien que j'aime toujours, répondit Levan Arevadzé, avec une sincérité évidente.

– J'aime bien que tu me prennes par-là, fit la jeune femme. Ça fait un peu mal, mais c'est fort.

Tout le temps qu'il la sodomisait, elle s'était furieusement caressée. En repensant à son membre délicieusement serré dans cette gaine souple, Levan Arevadzé faillit rebander. Il jeta un coup d'œil à sa Breitling en or gris et n'en crut pas ses yeux : cinq heures dix du matin ! Bientôt, il allait faire jour !

– Il faut que j'y aille, fit-il. Pardonne-moi d'être venu si tard, je rentrais de voyage.

Nestin Zougdade se leva, noua ses bras dans sa nuque, se pressa contre lui et murmura :

– Tu sais bien que tu es toujours le bienvenu ! Reviens vite.

Il se glissa à l'extérieur et s'éloigna vers sa voiture. Se demandant comment des femmes comme Nestin Zougdade pouvaient exister. Il n'avait jamais dormi avec elle, n'était jamais allé dans un restaurant ou dans un lieu public en sa compagnie, sauf le jour de leur rencontre, et ne lui apportait même aucun cadeau, sauf deux photos de lui.

C'était une complice muette et dévouée qui, en plus de ses récréations sexuelles, lui portait une amitié à toute épreuve.

***

Une heure plus tôt, lorsque Levan Arevadzé s'était approché de sa voiture, Malko s'était dit qu'il avait veillé pour rien. Et puis, son pouls avait grimpé en flèche en le voyant s'enfoncer à pied dans la petite rue sombre.

Malko n'avait pu suivre le colonel du SOD qu'à distance. Le Géorgien avait disparu dans un des immeubles bordant une place carrée, mais impossible de savoir lequel. L'endroit était totalement désert. Intrigué par cette visite nocturne, Malko ne voulait à aucun prix décrocher. Même si ce n'était qu'un rendez-vous galant. À quatre heures du matin, on traite rarement des affaires…

Il s'avança sur la place et s'installa sur un banc, dans l'obscurité. Il pouvait ainsi surveiller les quatre immeubles où Levan Arevadzé avait pu entrer.

Il avait été récompensé de sa patience lorsque la porte de l'un d'eux s'était ouverte, découpant sur un fond lumineux la haute silhouette de Levan Arevadzé, émergeant d'un couloir. La lumière venait d'une porte du rez-de-chaussée, à gauche de ce couloir. Malko laissa le colonel géorgien s'éloigner à grandes enjambées, attendit quelques minutes, puis s'approcha de l'immeuble. Il finit par trouver le nom de la rue : Chitadzis, et le numéro de l'immeuble : 18. Quand il regagna sa BMW, la Toyota noire du colonel géorgien avait disparu. Levan Arevadzé était parti se coucher pour de bon…

En regagnant le *Marriott*, Malko se demanda quand même s'il n'avait pas perdu son temps : que Levan Arevadzé ait une maîtresse n'avait rien d'extraordinaire. Il fallait quand même essayer de savoir qui elle était.

Depuis qu'il avait décidé de ne plus utiliser Gocha Sukhumi comme informateur, il ne lui restait plus aucune source capable de le renseigner sur les faits et gestes du colonel géorgien.

Sa priorité absolue était donc de découvrir qui était la personne que Levan Arevadzé était allé retrouver à son retour de Londres. Même s'il n'y avait qu'une chance infime que cette visite soit liée à ses activités illégales.

Malko n'avait pas beaucoup d'éléments pour démarrer son enquête : une adresse, sans même un nom. Les « plombiers » de la Technical Division de la CIA allaient devoir se mettre au travail.

CHAPITRE XX

Marlin Siegwalt, visiblement, ne partageait pas l'enthousiasme de Malko sur le résultat de la filature de Levan Arevadzé. Les deux hommes se trouvaient dans le bureau du chef de station, à l'ambassade américaine où Malko s'était rué dès son réveil. Enfin, il ne ressentait pratiquement plus sa blessure et ne conservait un pansement que par prudence.

– Levan Arevadzé est un coureur invétéré, laissa tomber l'Américain. Vous avez probablement identifié une de ses maîtresses, mais cela ne nous mène nulle part. En plus, vous n'avez même pas son nom !

– J'ai son adresse, répliqua Malko.

– Vous savez à quoi elle ressemble ?

– Non, c'est vrai. Simplement qu'elle habite au rez-de- chaussée de l'immeuble dont je vous ai communiqué l'adresse.

– C'est peu.

– C'est assez pour en apprendre plus, répliqua Malko. Envoyez donc Kakha faire un tour là-bas. Il est malin et découvrira peut-être quelque chose. Ensuite, ce ne serait pas idiot de s'introduire dans cet appartement…

Marlin Siegwalt tordit le nez.

– Il faut le faire avec une très bonne raison ! Il s'agit

presque certainement d'une citoyenne géorgienne – si c'est une femme –, donc il faut marcher sur des œufs... D'abord faire une enquête d'environnement, pour connaître ses horaires de sortie, ensuite, prévoir une visite discrète. Mais je dois avoir le feu vert de Langley pour cela. Nous n'avons aucun lien évident entre cette personne et notre affaire. Si nous nous faisons prendre la main dans le sac, ce serait très ennuyeux.

– Bien, conclut Malko, qui bouillait. Envoyez déjà Kakha, afin qu'il recueille légalement le maximum d'informations. On fera le point demain matin.

***

Gocha Sukhumi et Levan Arevadzé s'étaient donné rendez-vous au *Rainer* pour déjeuner. Leur amitié notoire rendait ce genre de rencontre tout à fait innocente. L'oligarque était déjà là lorsque le colonel du SOD pénétra dans la salle. Il prit place en face de lui, sur un banc de bois. Il avait les traits tirés et semblait épuisé.

– Ça va ? demanda Gocha, inquiet. Tu as l'air d'un cadavre.

L'autre ne sourit pas.

– Je me suis couché très tard, fit-il. En rentrant, j'ai bu un verre au *12*, et ce matin, j'avais rendez-vous à neuf heures, avec cet enfoiré de Shalva.

– Ça s'est bien passé ?

– Apparemment. Je lui ai rendu son micro et l'enregistrement. Il va sûrement me convoquer après l'avoir étudié.

– Badri a été coopératif ?

Levan Arevadzé but un peu de bière.

– Il a joué le jeu, mais il se méfie vachement. Ce

salaud a enregistré toute notre vraie conversation. Filmée ! En me prévenant que s'il y avait un pépin, il balançait tout à Saakachvili.

– Il n'y aura pas de pépin, affirma Gocha Sukhumi.

Devant la nervosité visible de son vis-à-vis, il ajouta aussitôt :

– D'ailleurs, je vais pouvoir te donner le timing de notre opération. Que tu te tiennes prêt.

– Comment ?

– J'ai rendez-vous avec Boris.

– Où ? Ici ?

– Non, de l'autre côté, à Tskhinvali. Lui-même vient d'arriver à Vladikawkaz. Nous avons rendez-vous ce soir.

– Comment y vas-tu ? C'est risqué, non ?

– Non, je vais jusqu'à Gori, où je me rends souvent pour m'occuper du camp de réfugiés. Boris m'envoie quelqu'un.

Levan Arevadzé attaqua sa saucisse avec un peu plus d'enthousiasme. Il avait fallu l'appât du gain et une promotion inespérée pour qu'il accepte de participer au complot, mais il avait en permanence des brûlures d'estomac Il savait très bien que Mikhaïl Saakachvili n'était ni un tendre, ni un démocrate. Depuis sa réélection de 2007, il avait muselé la presse, sans état d'âme, et menaçait tous ceux qui voulaient s'attaquer à lui. En réalité, il exerçait le pouvoir comme Poutine, mais avec plus de formes. D'ailleurs, plus un media géorgien n'osait s'attaquer à lui… S'il découvrait la trahison de Levan, ce dernier était mort.

– *Karacho*, conclut Gocha Sukhumi, je vais y aller. Je rentre demain, au plus tard. On en saura plus. Ne t'inquiète pas.

Le colonel du SOD ne s'inquiétait pas : il était juste mort de peur. Jusque là, sa vie se partageait entre des actions risquées et la chasse aux femmes. Là, il avait mis le doigt dans un engrenage infiniment plus dangereux.

***

Malko avait décidé de mettre la main à la pâte. Après avoir garé sa voiture au fond de la place Goudachvilis, il était parti à l'assaut.

L'immeuble où s'était rendu Levan Arevadzé, la nuit précédente, était tout petit : deux étages en plus du rez-de-chaussée. Il était monté jusqu'au second. Un seul appartement par étage. Au premier, il avait entendu des cris d'enfants. Et, au rez-de-chaussée, découvert une boîte aux lettres au fond du couloir, avec trois noms, écrits, hélas en géorgien. Pourvu que Kakha les ait relevés.

Après être ressorti, il s'était installé dans sa voiture, observant les allées et venues… Il avait vu une femme avec deux enfants sortir de l'immeuble, probablement l'occupante du premier.

Cela faisait déjà deux heures qu'il était là lorsqu'il aperçut une femme marchant sur le trottoir. Brune, les cheveux mi-longs, des lunettes, un physique quelconque. Elle s'engouffra dans l'immeuble, trop vite pour qu'il ait le temps de voir si elle entrait dans l'appartement du rez-de-chaussée.

Il sortit de la voiture et gagna un point d'observation plus rapproché. Le ciel était avec lui. Dix minutes plus tard, la même femme ressortit, avec un sac à provisions : elle allait faire ses courses. Malko la suivit à bonne distance, jusqu'à un petit supermarché, où il n'osa pas entrer, de crainte de se faire repérer, comme étranger. L'inconnue ressortit un quart d'heure plus tard et il put la voir de face : elle portait des lunettes, avait un visage sans relief, mais maquillé, une silhouette banale. Pas du tout le genre de femme qu'on imaginait avec le fringant colonel du SOD.

Par acquit de conscience, Malko lui emboîta le pas discrètement et, cette fois, il la vit entrer dans l'immeuble, puis ouvrir l'unique porte à gauche du couloir.

Il regagna sa voiture, perplexe. Pourquoi Levan Arevadzé s'était-il rendu en pleine nuit chez cette femme, qui n'avait rien de très séduisant?

***

Gocha Sukhumi roulait sans se presser sur la route de Gori. Il avait pris la vieille Volga verte dont il se servait pour aller à la chasse, qui datait de l'époque soviétique et passait plus inaperçue que son rutilant 4×4 japonais. Habillé d'une canadienne, coiffé d'une casquette, il ressemblait à tous les paysans de la région. La circulation était réduite et les autorités géorgiennes avaient effacé toutes les traces de la guerre éclair du mois d'août. Il ne restait rien du check-point russe le plus avancé, à 36 kilomètres de Tbilissi. Et on avait même refait la chaussée pour effacer les traces des chenilles des T72…

Arrivé à Gori, Gocha Sukhumi alla se garer place Staline, à côté de plusieurs autobus de la Croix-Rouge italienne, destinés à transporter les réfugiés d'Ossétie du Sud. Ensuite, il traversa la place, gagnant les arcades, face à la mairie dotée d'une coupole qui la faisait ressembler à un mini-Reichstag. Ce qui n'avait rien d'étonnant, car elle avait été construite par des prisonniers de guerre allemands.

Il entra dans le Coffee House, sorte de bar restaurant, où il commanda au comptoir un verre de vin rouge Mukuzani. Il n'avait plus qu'à attendre l'homme envoyé par Boris Loubiachev qui devait l'emmener en Ossétie du Sud, à une quinzaine de kilomètres au nord.

***

– Kakha a bien travaillé, annonça Marlin Siegwalt. Voici les noms des occupants de l'immeuble en question.

L'Américain tendit une feuille de papier à Malko. Il n'y avait que trois noms. Famille Iosseba. Georgi Tsinandali et Nestin Zougdade.

– Nestin, c'est un prénom de femme ? demanda Malko.

– Oui.

– Alors, c'est elle que Levan Arevadzé est allé retrouver, conclut Malko. Et je sais même à quoi elle ressemble.

Quand il eut terminé son récit, le chef de station de la CIA était tout aussi perplexe que lui.

– Ce n'est pas le profil des conquêtes du colonel Arevadzé, conclut-il lui aussi. Donc, cela pourrait être intéressant. Je vais tenter d'en savoir plus sur cette femme…

– Cela va prendre du temps, objecta Malko.

– Oui, c'est possible, reconnut l'Américain, mais je ne vois pas comment faire autrement.

– Moi, si, rétorqua Malko. Je l'ai vue rentrer chez elle vers cinq heures. Revenant vraisemblablement du travail. Il faut, demain matin, avoir une équipe qui la prenne en compte dès son départ de chez elle et qui la suive, afin de voir où elle va.

– Ça, c'est facile, et puis ?

– Ensuite, vous envoyez une équipe de « plombiers » inspecter son appartement.

Le chef de station de la CIA se referma.

– C'est risqué. Qu'espérez-vous y trouver?

– Je n'en sais rien, avoua Malko, mais le colonel Arevadzé avait sûrement une bonne raison d'aller rendre visite à cette Nestin, à son retour de Londres. On la découvrira peut-être dans l'appartement. Il faudrait également un « plombier » qui parle géorgien. Au cas où il y aurait des documents à déchiffrer.

– Je dois avoir un feu vert de Langley...

– Eh bien, demandez-le... Tout de suite. Qu'on puisse agir demain matin.

– O.K., concéda l'Américain. J'espère avoir une réponse ce soir.

– N'espérez pas, trancha Malko. Exigez-la.

***

Un léger coup de klaxon attira l'attention de Gocha Sukhumi. Une vieille voiture grise s'était arrêtée devant le *Coffee House*. Son conducteur lui adressa un signe discret. Comme il avait déjà payé, Gocha Sukhumi sortit aussitôt et s'installa à la place du passager.

Sans un mot, les deux hommes se serrèrent la main.

– Je suis chargé de t'emmener à Tskhinvali, annonça le chauffeur.

Gocha Sukhumi ne posa pas de questions. Normalement, la frontière entre la Géorgie et l'Ossétie du Sud était fermée. Dix minutes plus tard, ils atteignaient le check-point de l'armée russe, juste avant le village de Karameli. Des soldats bien habillés, détendus, filtraient les véhicules. Le militaire russe adressa un petit signe au conducteur de la voiture qui franchit le barrage sans encombre.

– Ils me connaissent, j'habite Karameli, expliqua le chauffeur à Gocha

D'ailleurs, comme Karameli se trouvait dans la zone frontière mais encore en Géorgie, les habitants pouvaient se rendre à Gori. L'unique école du village ayant été détruite, beaucoup d'enfants allaient en classe à Gori et revenaient dans la journée.

Ils roulèrent encore pendant une vingtaine de kilomètres dans la zone d'occupation russe avant d'arriver au dernier check-point avant Tskhinvali, la capitale de l'Ossétie du Sud. Plus sérieux : blindés sur roues, barbelés, sacs de sable, chicane…

Une sentinelle russe les stoppa et annonça, en voyant la plaque géorgienne :

– Rebroussez chemin. Pour franchir le check-point, il faut l'autorisation du général Roumanov, commandant de la 58e armée.

Il n'avait pas fini de parler que Gocha Sukhumi aperçut, à une vingtaine de mètres, de l'autre côté du check-point, Boris Loubiachev. Le Russe était accompagné d'un inconnu. Les deux hommes traversèrent la chicane et l'homme qui accompagnait Boris Loubiachev montra une carte barrée de rouge à la sentinelle qui laissa aussitôt passer Gocha Sukhumi, tandis que celui qui l'avait amené allait se garer un peu plus loin.

Boris Loubiachev et Gocha Sukhumi s'étreignirent, puis le Russe entraîna le géorgien jusqu'à une Audi noire, laissant l'autre homme sur place.

– Tu as fait bon voyage ? demanda-t-il.

– Sans problème.

– Tu as vu Levan ?

– On a déjeuné ensemble.

– Ça s'est bien passé à Londres ?

– Pas trop mal, mais Badri est méfiant. Il a filmé leur conversation…

Boris Loubiachev esquissa un sourire.

– Vieux filou. Il fera un très bon président.

Il s'arrêta devant un petit restaurant à l'entrée de Tskhinvali. Un toit de tôle ondulée, des murs lépreux. À cinquante mètres, la carcasse éventrée d'un T72. L'ambiance n'était pas festive et la salle du restaurant déserte. Ils commandèrent une bouteille de vin rouge.

– Levan est très nerveux, fit Gocha Sukhumi. Il se demande quand cela va se déclencher.

Boris Loubiachev attendit qu'on leur ait apporté des khinkali[1], deux bols de lobiani et des khatchapuri tout chauds pour annoncer.

– C'est pour la semaine prochaine.

***

Gocha Sukhumi buvait les paroles de Boris Loubiachev. Ce dernier venait de lui révéler la façon dont les équipes manipulées par le FSB allaient liquider physiquement le président Saakachvili. Le Géorgien reprit une bière et demanda.

– Donc, tout est en place. Mais si « Micha » ne vient pas ?

– Les gens de la *Rezidentura* de Tbilissi l'ont observé pendant des mois, assura Boris Loubiachev. C'est un rite sacré pour lui : il rend visite à sa mère une ou deux fois par semaine. Dès qu'il rentre de voyage à l'étranger, il y court.

– Vous êtes sûrs qu'on ne risque pas de découvrir la bombe ?

– Elle sera dissimulée dans un fourgon d'épicier. On en a déjà laissé un en stationnement, pour voir, et il n'y a eu aucun contrôle.

1. Raviolis à la géorgienne.

– *Bolchemoi !* soupira Gocha Sukhumi, j'espère que tu ne te trompes pas ! Alors, qu'est-ce que je dis à Levan ?

– Que l'équipe chargée de l'opération arrivera demain à Tbilissi. Ensuite, il n'y a plus qu'à attendre la prochaine visite de « Micha » et… boum !

– Au pire, cela ne peut pas se prolonger plus d'une semaine.

– Tu reviens à Tbilissi ?

Boris Loubiachev secoua la tête.

– Non, je retourne à Vladikawkaz.

– Et moi, qu'est-ce que je fais ?

– Tu gardes le contact avec ton « ami » de la CIA et tu veilles au moral de Levan.

– Côté CIA, c'est bon, affirma Gocha Sukhumi. Mon copain est paumé et il ne soupçonne plus Levan.

– Quand les choses seront en place, tout de suite après l'élimination de « Micha », il faudra que tu parles aux Américains, enchaîna Boris Loubiachev. Pour les rassurer.

Gocha jeta un coup d'œil sur sa montre.

– *Karacho.* Je vais repartir comment ?

– Celui qui t'a amené t'attend. Il te conduira à Gori. Ensuite, tu fais le mort. Silence radio. Il ne faut prendre aucun risque.

Boris Loubiachev régla l'addition et ils repartirent en direction du check-point que Gocha Sukhumi franchit tout seul. Son chauffeur était bien là. Tandis qu'ils roulaient, il se dit, avec une certaine exaltation rentrée, qu'il était en train de participer à un événement historique : le retour de la Géorgie dans le giron de la Russie. Décidément, les *siloviki* n'avaient pas perdu la main.

CHAPITRE XXI

Malko aperçut deux hommes qui se glissaient dans le couloir du 18 de la rue Chitadzis et son pouls grimpa brusquement : les « plombiers » de la CIA étaient au travail… Il baissa les yeux sur sa Breitling : dix heures dix.

Une autre équipe avait suivi Nestin Zougdade jusqu'à son travail. Elle était chef de service au ministère de l'Éducation. Un agent de la CIA était resté en planque devant son bureau au cas hautement improbable où elle quitterait les lieux avant la fin de l'après-midi.

Tout en faisant les cent pas sous les arbres de la place, Malko guettait la porte du numéro 18 du coin de l'œil… Il avait déjà repéré deux guetteurs, des locaux, protégeant le travail de leurs camarades. La sonnerie de son portable le fit sursauter, tant il était tendu.

– Tout va bien, annonça une voix anonyme.

Aussitôt, il traversa la place en biais, s'efforçant de ne pas marcher trop vite, et s'engouffra dans le couloir. À peine eut-il frappé un coup léger que la porte de l'appartement du rez-de-chaussée s'entrouvrit.

– *Come on in !* dit le « plombier » de la CIA.

Malko pénétra dans le studio tout en longueur et l'homme annonça :

– Nous n'avons trouvé aucun papier intéressant. Ni

en géorgien, ni en anglais. Pas d'armes, ni de drogue non plus. Pour nous, c'est terminé. Claquez la porte en repartant, elle n'était même pas fermée à clef.

Déjà, les deux hommes s'esquivaient.

Il flottait une vague odeur de parfum dans la pièce.

Malko regarda autour de lui, découvrant la pièce en désordre, avec un canapé-lit défait sur la droite, des livres entassés partout, des bibliothèques murales croulant sous les ouvrages, des piles de cartons.

Lorsqu'il s'approcha du petit bureau, son pouls grimpa brusquement. Il y avait deux photos de Levan Arevadzé, dans des cadres argentés, de part et d'autre du sous-main. Il était bien chez la maîtresse du colonel du SOD. Rapidement, il décida de fouiller à son tour l'appartement. Ce qui fut vite fait. Une penderie avec des affaires féminines, une commode dont le premier tiroir ne contenait que des dessous sophistiqués, dont plusieurs guêpières, inattendues dans cet appartement modeste. Son regard se posa sur l'armoire et il remarqua deux valises posées sur le dessus. En tissu à carreaux huilé, comme il y en avait des milliers dans cette région du monde. Elles devaient être pleines, sinon elles auraient été aplaties, ne possédant pas d'armature. Debout sur la pointe des pieds, Malko tira la poignée de la plus haute et la fit tomber à terre. Elle semblait particulièrement lourde et il eut du mal à la poser sur le lit. Elle était fermée par un petit cadenas, reliant les deux bouts de la fermeture Éclair. Impossible de l'ouvrir sans la forcer et cela laisserait des traces. Pas question non plus de repartir sans savoir ce qu'elle contenait. Il appela Marlin Siegwalt et lui expliqua la situation sur son BlackBerry crypté.

– Mon équipe est toujours sur place, fit l'Américain. Je vous envoie le serrurier.

Trois minutes plus tard, on frappa un coup léger à la

porte. C'était le « serrurier ». Malko lui expliqua le problème. L'autre sortit aussitôt de sa poche un trousseau de clefs minuscules et commença à tripatouiller le cadenas.

Moins d'une minute plus tard, il y eut un « clic » léger et il l'ouvrit.

– O.K. ? demanda-t-il.

Visiblement, il grillait de s'esquiver.

– O.K., approuva Malko.

Dès qu'il fut seul, il tira la fermeture Éclair de la valise en toile et souleva le couvercle.

Cette fois, le pouls de Malko grimpa à deux cents en une fraction de seconde. Les piles de billets de cent dollars s'alignaient, bien rangées, attachées par des rubans de papier portant le sigle « International Bank of Azerbaïdjan ». Il venait de trouver le magot du colonel Arevadzé.

*
* *

Malko referma la valise en tissu plastifié et alla chercher la seconde sur le haut de l'armoire. À son poids, il conclut qu'elle était également pleine de billets… Il ne disposait pas de beaucoup de temps pour réfléchir. Il hésita sur la conduite à tenir. S'il laissait les valises en place et qu'elles disparaissaient ensuite, il aurait travaillé pour rien.

S'il les emmenait, il conservait la preuve, mais ce n'était pas la même chose. À part sa parole, il n'y avait plus de lien entre ce trésor et le colonel géorgien.

Et, bien entendu, la maîtresse du colonel Arevadzé allait l'avertir. Il choisit finalement la moins mauvaise des solutions. Empoignant une valise dans chaque main, il ressortit de l'appartement. Cinq minutes plus tard, il roulait en direction de l'ambassade américaine, le trésor dans le coffre de la BMW.

***

Marlin Siegwalt regardait les liasses de billets serrées les unes contre les autres, ébahi. Par précaution, il avait fermé la porte de son bureau avant de faire ouvrir les deux cadenas par le « serrurier » qui s'était ensuite éclipsé.

– *My God !* siffla l'Américain, je n'ai jamais vu autant d'argent… Il y a combien ?

– Normalement, dix millions de dollars, lui rappela Malko, sauf si le colonel Arevadzé s'est déjà servi. Mais je ne pense pas qu'il en ait beaucoup pris. Il n'a guère l'occasion de le dépenser.

Le chef de station de la CIA rabattit les couvercles de toile, visiblement mal à l'aise.

– En théorie, fit-il, vous avez commis un vol. Cet argent ne vous appartient pas. Vous l'avez pris dans l'appartement d'une personne qui n'est en rien mêlée à nos problèmes.

Malko sentit la moutarde lui monter au nez. Par moments, le légalisme béat des Américains était exaspérant.

– Marlin ! lança-t-il froidement, vous savez que je sais que cet argent est celui versé par un inconnu, sûrement lié aux Russes, au colonel Arevadzé pour l'acheter.

– Pour quoi faire ? objecta l'Américain. Je vous ai expliqué qu'il ne pouvait pas être responsable de l'affaire de la fausse interception, en août. Et, pour le reste, il semble jouir de la confiance du président Saakachvili. Ne soyez pas plus royaliste que le roi…

– Ces dix millions de dollars se trouvaient chez une

des maîtresses du colonel Arevadzé, souligna Malko. Le tout est de découvrir maintenant pourquoi il les a reçus.

– Comment comptez-vous faire ?

Malko eut un sourire ironique.

– Je vais proposer à Levan Arevadzé un deal qu'il ne pourra pas refuser : je lui rends son argent contre une confession complète.

– Et s'il refuse ?

– Il ira aux œuvres d'aide aux familles des agents de la Company morts en service. Un don anonyme.

Marlin Siegwalt demeura muet, puis retrouva la parole pour demander :

– En attendant, qu'allons-nous en faire ? À la limite, je préférerais que vous le gardiez.

Malko ne put retenir un sourire.

– Dans ma chambre du Marriott... Il doit rester ici, où il ne craint rien. Pour que mon bras de fer fonctionne, Levan Arevadzé doit être certain de ne pas pouvoir récupérer son argent sans céder.

– O.K., capitula le chef de station, mais il faut régler le problème rapidement. Comment allez-vous vous y prendre pour « retourner » Levan Arevadzé ?

– Je vais laisser passer vingt-quatre heures. J'ignore s'il voit régulièrement cette Nestin Zougdade, quels sont leurs rapports, si elle va s'apercevoir tout de suite de la disparition des valises.

– Le contraire me paraît difficile...

– Nous ignorons aussi s'il a une clef de cet appartement, rappela Malko. Si c'est le cas, elle ne s'alarmera pas de ne plus voir les deux valises. Jusqu'à ce qu'ils se soient parlé.

– Bien, conclut l'Américain, je les mets dans la chambre forte de l'ambassade.

***

Le colonel Arevadzé transpirait, face au président Saakachvili et à Shalva Dzeghenti, le patron du contre-espionnage. Il avait été convoqué à la présidence une heure plus tôt et avait attendu près d'une demi-heure.

Comme pour lui casser les nerfs.

Lorsqu'il avait enfin été reçu, il avait tout de suite remarqué le dossier posé devant le président. Le décryptage de ce qu'avait enregistré le micro dissimulé dans sa chaussure, à Londres.

– Votre voyage s'est bien passé ?

Il y avait à peine d'ironie dans la voix du chef du contre-espionnage. Levan Arevadzé rétorqua aussitôt, désignant le document.

– Vous en savez autant que moi…

Puis le président leva la tête, le fixant.

– C'est tout ce que vous a dit Badri Gouramichvili ?

– Vous le voyez bien, fit calmement le colonel du SOD.

– Il semble très modéré, remarqua Mikhaïl Saakachvili. Il veut simplement que vous changiez de camp, en cas de campagne électorale due à une élection anticipée.

Levan Arevadzé haussa les épaules.

– Il a peut-être eu peur de se dévoiler.

– Vous ne lui avez quand même pas dit que vous enregistriez…

– Évidemment non ! Mais c'est un homme intelligent et retors. Peut-être voulait-il me tester dans un premier temps. Dans ce cas, il me rappellera.

– Il ne vous a pas proposé d'argent ?

Un blanc. Levan Arevadzé réalisa qu'ils avaient oublié de mettre cette question sur le tapis, pendant le faux enregistrement ! Cela ne faisait pas sérieux, mais il était trop tard pour rectifier.

– Je pense qu'il le fera plus tard, suggéra-t-il.

– Quand comptez-vous le revoir ?

– Il doit me contacter.

Le président Saakachvili et Shalva Dzeghenti échangèrent un long regard. Levan Arevadzé était de plus en plus mal à l'aise. Brutalement, il se demanda s'il n'allait pas être mis en état d'arrestation pour haute trahison…

La porte s'ouvrit et il sursauta.

Ce n'était que le garçon qui venait chercher le plateau de thé. Mais son réflexe n'avait pas échappé aux deux hommes.

– Vous êtes fatigué par votre voyage, fit d'une voix douce son ennemi mortel, Shalva Dzeghenti. Prenez quelques jours de repos. Bien entendu, vous gardez le secret le plus absolu sur cette affaire. Une chose encore : ce serait utile de convaincre Badri Gouramichvili de revenir à Tbilissi. En lui laissant entendre que la présidence cherche à s'appuyer sur lui dans la crise contre la Russie. Dans une sorte d'Union nationale.

– Pourquoi ne le lui demandez-vous pas vous-même ? ne put s'empêcher de rétorquer Levan Arevadzé.

– Ce serait plus crédible si c'était vous qui lâchiez cette idée…

Lorsqu'il émergea de la présidence, Levan Arevadzé était en nage. Il regagna sa Toyota Accord d'un pas de somnanbule, puis, sans démarrer, alluma une cigarette.

Visiblement, on ne croyait pas à sa version, en dépit de l'enregistrement. Shalva Dzeghenti se doutait qu'il avait trouvé un moyen de tourner le problème. Donc, à chaque seconde, il pouvait être arrêté. Comme un automate, il mit enfin en route, vérifiant qu'il n'était pas suivi. Tous ces soldats qui le saluaient respectueusement pouvaient aussi l'arrêter sur un ordre du président.

Il se dit qu'il n'aurait pas le courage d'attendre plusieurs jours que la phase finale de l'opération contre Saakachvili se déclenche. Tant pis, il ne serait pas ministre de l'Intérieur... Par contre, avec dix millions de dollars, il pouvait très bien continuer une vie agréable.

Pas en Russie : s'il désertait, les Russes ne lui pardonneraient pas. Il lui restait un pays accueillant, où il avait des amis chez les militaires, la Turquie. À peine plus loin que l'Azerbaïdjan.

Tandis qu'il descendait la route en lacets vers la rivière, il arrêta sa décision : il allait récupérer son argent et filer, en Turquie. Cette nuit même.

Les laissant tous se débrouiller... Depuis le début, l'affaire était mal engagée. Il n'aurait jamais dû tuer cet agent américain. Hélas, il n'avait pas eu le choix... Il se dit qu'il ne repasserait même pas chez lui. Il avait sur lui son passeport et ses cartes de crédit. Au lieu de filer vers l'ouest de la ville, pour regagner son bureau, il s'engagea dans la rampe menant au vieux quartier, derrière le Parlement. Il était six heures : Nestin Zougdade devait être rentrée de son travail.

Il se gara non loin de chez elle pour ne pas avoir à marcher trop longtemps avec ses valises et sonna chez la jeune femme.

D'habitude, lorsqu'il venait ainsi à l'improviste, il la prévenait d'un coup de fil. Elle allait être surprise. Il attendit quelques secondes, vaguement inquiet. Pourvu qu'elle soit là. Puis, il entendit un bruit de talons et le battant s'ouvrit. Sur Nestin Zougdade, en chemisier blanc et longue jupe noire. Tout de suite extasiée de bonheur.

– Quelle bonne surprise ! fit-elle. Je viens juste de rentrer.

Il entra derrière elle dans le studio et, automatiquement, dirigea son regard sur le haut de l'armoire. Il crut recevoir un coup de marteau sur la tête : les deux valises en toile plastifiée ne se trouvaient plus à leur place habituelle !

– Tu as bougé les deux valises ?

– J'ai failli t'appeler, dit Nestin Zougdade. En rentrant, j'ai vu qu'elles n'étaient plus là. C'est toi qui les as fait prendre ?

Le colonel Arevadzé se laissa tomber sur le canapé-lit, les jambes coupées. Nestin Zougdade n'aurait jamais touché à ce qui lui appartenait. Donc, c'était quelqu'un d'autre qui avait volé les deux valises.

– Elles étaient là ce matin ? demanda-t-il d'une voix blanche.

Nestin Zougdade n'hésita pas.

– Oui. Ce n'est pas toi qui les as fait prendre ? Qui alors ?

C'était justement la question que se posait Levan Arevadzé. Brutalement, son avenir n'était plus qu'un grand trou noir.

CHAPITRE XXII

Levan Arevadzé demeura frappé de stupeur pendant d'interminables secondes, n'arrivant pas à détacher les yeux du dessus de l'armoire. Puis, bousculant la jeune femme, il se rua à travers le petit studio, inspectant tous les recoins, même sous le lit, où le quart d'une valise n'aurait pas pu tenir.

Il se redressa, le regard fou, comprenant à quel point ses efforts étaient vains. Ses deux valises avaient bel et bien disparu… D'une voix étranglée par la fureur, il demanda :

– Tu as fait venir des gens ici ?

– Personne.

– D'autres que toi ont la clef ? Une femme de ménage ?

Il se rendait compte qu'il savait peu de chose de sa maîtresse.

– Je n'ai pas de femme de ménage, répondit Nestin Zougdade d'une voix douce. C'est trop cher.

– Alors, qui a pris ces valises ? rugit Levan Arevadzé.

Affolée, Nestin Zougdade secoua la tête.

– Je ne sais pas. Je ne comprends pas. Elles étaient là ce matin, quand je suis partie au travail.

Levan Arevadzé sentait une boule grandir au creux de

son estomac. La peur. Une terreur abjecte, absolue, viscérale. Les pensées s'entrechoquaient dans sa tête. Il se revoyait avec le président Saakachvili et Shalva Dzeghenti. Ce salaud avait du le faire suivre et c'est lui qui avait récupéré les valises pleines de billets. Ce qui expliquait son ton doucereux lors de leur rencontre. Il devait s'amuser intérieurement.

La voix de Nestin Zougdade l'arracha à ses pensées.

– Qu'est-ce qu'il y avait dans ces valises ?

Il leva un regard torve vers la jeune femme.

– De l'argent, beaucoup d'argent.

– Qu'est-ce que je peux faire pour toi ? demanda-t-elle gentiment.

Levan Arevadzé secoua la tête et laissa tomber d'une voix blanche :

– Rien.

Après quelques secondes de silence, il se leva brusquement et fonça vers la porte.

– Je t'appelle, lança-t-il.

Lorsqu'il se retrouva dans la rue, il se dit que c'était bien la première fois qu'il ressortait de cet endroit dans cet état-là.

Il ne mit pas longtemps à savoir ce qu'il devait faire. Le seul qui puisse l'aider était Gocha Sukhumi. Ce dernier lui avait laissé un message sur son portable, juste avant le rendez-vous présidentiel, lui annonçant qu'il était revenu de Gori. Désormais, il n'y avait plus une seconde à perdre. Les dix millions de dollars envolés et le contre-espionnage à ses trousses, son avenir était derrière lui. Il lui restait une solution d'urgence. Gagner l'Ossétie du Sud et se réfugier chez ses « sponsors ». Or, Gocha pouvait lui arranger cela. Tandis qu'il enfilait à toute vitesse l'avenue Rustaveli, il songea que c'était probablement la dernière fois qu'il la voyait. Lorsqu'il passa devant l'ambassade de Russie fermée, les tas d'ordures accumulés devant avaient encore augmenté, agrémentés de quelques vieilles cuvettes de WC. Les relations diplomatiques avec la Russie étaient rompues depuis fin août.

Il se rua à l'assaut des virages de la route de Takhneti, ruminant une rage froide. Si seulement il avait pu en mettre deux dans la tête de ce salaud de Shalva Dzeghenti, avant de filer…

***

Malko se trouvait dans sa chambre du *Marriott* lorsque son BlackBerry crypté sonna.

– Notre ami vient de faire une brève visite à son amie, annonça le chef de station de la CIA. Il n'est resté que quelques minutes et semblait très déstabilisé en ressortant.

Depuis la visite de Malko, le domicile de Nestin Zougdade avait été mis sous la surveillance permanente des agents de la CIA. Afin de ne pas rater la venue du colonel Arevadzé, qui s'était produite plus tôt que prévu.

L'Américain buvait visiblement du petit-lait… Maintenant qu'il était pratiquement certain que Levan Arevadzé était l'assassin de son *case officer* l'affaire prenait tout son sens. La vengeance est un plat qui se mange froid.

Malko coupa la communication. Ravi lui aussi. Il allait laisser mariner le colonel du SOD une heure ou deux, avant de frapper, afin qu'il soit bien « attendri ».

Du coup, il alla se servir une rasade de *Russian Standarte.* Les choses tournaient plutôt bien. Gocha Sukhumi lui avait laissé un message pour l'inviter à dîner et il se dit qu'il allait peut-être s'offrir cette détente.

***

Lorsque Levan Arevadzé surgit comme un fou chez Gocha Sukhumi, ce dernier était en plein flirt avec une Lena particulièrement sexy, son énorme poitrine moulée dans un chemisier rouge sang prêt à éclater, porté avec une jupe noire fendue sur le côté.

Gocha retira sa main de la cuisse de sa fiancée et demanda, étonné :

– Pourquoi tu n'as pas appelé ?

– Je ne pouvais pas, fit Levan Arevadzé, il faut que je te parle.

Gocha se leva à regret.

– *Karacho.* Moi, aussi, je voulais te parler. J'ai des tas de bonnes nouvelles. Viens.

Le colonel du SOD le suivit dans son bureau, se disant qu'aucune nouvelle, si bonne soit-elle, ne pouvait effacer celle qu'il venait d'apprendre.

Dès qu'il eut refermé la porte, il lança à Gocha :

– Nous sommes baisés ! Shalva Dzeghenti sait tout et il m'a piqué mon argent.

Ébahi, Gocha Sukhumi écouta le récit de son copain, les jambes coupées. Il essaya de lui remonter le moral.

– Écoute, il n'y en a plus que pour quelques jours. Voilà ce que Boris m'a appris.

Il lui relata toute sa conversation avec l'agent du FSB, mais cela ne rassura pas Levan Arevadzé.

– C'est très bien, approuva-t-il, mais pour l'instant, c'est « Micha » qui est encore au pouvoir. Il a le temps de me tuer dix fois avant de se transformer en chaleur et en lumière. Je ne veux pas prendre ce risque. Tu vas me conduire à Tskhinvali ce soir même… J'attendrai la suite des évènements de l'autre côté.

Gocha blémit.

– Mais qu'est-ce qu'on va dire à Badri ? Tu dois venir le chercher à la frontière, dès que…

– Tu ne lui dis rien du tout ! trancha Levan Arevadzé. Dès que l'autre salaud sera mort, je reviendrai, n'aie pas peur. Et même si je dois découper Shalva en morceaux, je retrouverai mon argent…

– Écoute, tu peux te planquer ici ce soir, suggéra Gocha, j'ai organisé un dîner ici, avec mon « ami » de la CIA et d'autres gens.

– Tu annules ton dîner, lança Levan Arevadzé. Tu prends ta voiture et tu m'emmènes. Maintenant.

Les mâchoires serrées, il observait son vieux copain. Voyant qu'il ne se décidait pas, il posa la main sur la crosse de son Makarov et demanda d'une voix calme :

– Gocha, ça fait combien de temps qu'on se connaît ?

Surpris, Gocha Sukhumi bredouilla.

– Je ne sais pas, moi, cinquante ans ou plus.

– Exact, fit Levan Arevadzé. Alors, tu comprends que je n'ai pas envie de t'en mettre une dans la tête… Mets ta pute au chaud et viens avec moi.

Son regard froid luisait de rage et de terreur. Gocha Sukhumi comprit qu'il était capable, en dépit de leur vieille amitié, de faire ce dont il le menaçait : un homme aux abois n'a plus de barrières. Avec un soupir, il se leva.

– *Karacho.* On y va. J'appellerai Boris de Gori, sinon, on ne pourra pas passer.

Ils allaient sortir du bureau lorsque le portable du colonel géorgien sonna. Aucun numéro ne s'affichait. Il répondit quand même.

– *K'i*[1] ?

– Colonel Arevadzé ?

1. Oui.

– *K'i.*

La voix lui disait quelque chose, sans qu'il puisse la reconnaître.

– Colonel, continua la voix inconnue, je crois qu'on vous a volé quelque chose d'important à vos yeux.

Du coup, le colonel Arevadzé reconnut la voix et en resta muet. L'agent de la CIA, l'ami de Gocha. C'est lui qui lui avait volé son argent…

De nouveau, la rage l'étouffa, puis une petite lumière s'alluma dans sa tête. La catastrophe n'était pas totale…

– Qu'est-ce que vous voulez ? dit-il, sans répondre à la question.

– Bavarder avec vous.

– Je ne suis pas à Tbilissi. Rappelez-moi demain matin.

Il coupa la communication et lança à Gocha Sukhumi :

– On ne part plus.

***

Malko s'était dit qu'il ne perdait rien à passer une soirée agréable chez Gocha Sukhumi. Une occasion supplémentaire de le sonder. « Crazy » Natia serait là, lui assurant une éventuelle récréation sexuelle qu'il avait bien mérité, après son coup d'éclat…

Tout en montant les lacets perdus dans les bois de sapins, il se dit que le colonel Arevadzé allait passer une mauvaise nuit. Il ne risquait rien à lui laisser un peu de temps : le Géorgien ferait tout pour récupérer son argent.

Plusieurs voitures étaient déjà garées devant la maison de Gocha Sukhumi et il dut parcourir une centaine de mètres avant de trouver une place le long d'un fossé. Il stoppa, éteignit ses phares et allongea la main pour prendre le Sig-Sauer dans la boîte à gants. Il préférait l'avoir sur lui, même chez Gocha Sukhumi.

Il était encore penché lorsque sa portière s'ouvrit brutalement. Il aperçut une haute silhouette, sentit une main énorme le saisir par le col de sa veste et le jeter à l'extérieur. Comme il tentait de se relever, un coup de crosse le frappa sur le côté de la tête et il perdit connaissance.

Lorsqu'il émergea, il avait les poignets menottés dans le dos. Sa tête lui faisait horriblement mal. Il était assis sur le sol, dans ce qui semblait être un garage désert. D'abord, son champ de vision se borna à découvrir deux chaussures qui lui parurent énormes, deux jambes de pantalon. Une des chaussures partit en avant, le frappant violemment à l'estomac. Il se plia en deux et vomit. Il avait à peine fini qu'une poigne vigoureuse le remit debout, puis le jeta sur un fauteuil de jardin en lourd métal. Il leva les yeux et aperçut le visage convulsé de rage du colonel Arevadzé. Celui-ci serrait dans son poing droit un gros automatique Makarov. Il se pencha sur Malko et lui heurta les dents avec le bout du canon. Sous la douleur, Malko ouvrit la bouche et le canon de l'arme s'enfonça aussitôt dedans, heurtant son palais, provoquant un violent réflexe nauséeux.

Le colonel du SOD lui tira ensuite la tête en arrière, par les cheveux, de la main gauche, et lança en anglais :

– *Son of a bitch!* Est-ce que tu crois que tes chefs t'estiment à dix millions de dollars ?

***

Malko, étouffé par le canon de l'arme, était bien incapable d'articuler le moindre mot. Il croisa le regard fou de haine de Levan Arevadzé. Devant son silence, le colonel du SOD se mit à remuer le canon du Makarov dans sa bouche, lui heurtant douloureusement les dents. Il était littéralement hors de lui.

– Tu réponds, fils de pute ! hurla-t-il, ou je te fais sauter la tête.

Son pouce ramena en arrière le chien extérieur du Makarov et Malko devina que, même si c'était contre ses intérêts, il allait tirer. Les élancements de ses dents étaient tellement douloureux qu'il n'avait même plus peur, mais il se dit lucidement qu'il allait mourir. Il ferma les yeux, essayant de dominer sa souffrance. À chaque fraction de seconde, il s'attendait au choc qui l'enverrait dans un autre monde.

Et puis, son sang-froid finit par payer…

La pression du canon se relâcha. Puis, d'un coup, le canon du pistolet s'arracha de sa bouche. Il referma aussitôt les mâchoires, comme pour l'empêcher de revenir. Maîtrisant une envie de hurler de douleur…

La voix de Levan Arevadzé retentit à nouveau, un peu plus calme, mais toujours aussi chargée de haine.

Une chatte à qui on aurait volé ses petits…

Penché sur lui, dans une haleine d'épices, le colonel géorgien lui lança :

– *Listen and listen good*[1]. Je veux mon argent. Alors, tu vas appeler ton putain de chef et lui dire de l'apporter ici. Avant une heure, sinon je t'explose la tête.

Malko avala sa salive et déglutit, essayant de retrouver un peu de calme.

– C'est mon chef, comme vous dites, il ne m'obéit pas…

Aussitôt, il reçut un coup de crosse qui lui ouvrit la pommette.

– Je suis sûr que mon fric est planqué à l'ambassade,

1. Écoute et écoute bien.

hurla Levan Arevadzé, tu l'as pas gardé avec toi, non? Alors, appelle. Donne-moi le numéro.

Malko se dit que gagner du temps était toujours bon.

– 899 216578.

Levan Arevadzé sortit un portable et composa le numéro de la main gauche. Lorsque cela sonna, il colla le portable à l'oreille de Malko et menaça.

– Si tu dis où on est, je t'explose tout de suite…

La voix de Marlin Siegwalt fit « Hello ».

– C'est moi, dit Malko, j'ai un problème. Je suis avec le colonel Arevadzé qui menace de me tuer s'il ne retrouve pas son argent. Il désire que vous l'apportiez à un endroit qu'il vous désignera.

Il y eut un long silence au bout du fil. Malko, choqué par les coups, n'arrivait plus à se souvenir s'il avait dit au chef de station de la CIA où il allait… C'était pourtant crucial. Marlin Siegwalt répondit enfin :

– Pouvez-vous me le passer, que je discute avec lui?

Levan Arevadzé avait entendu. Il jappa :

– Je ne discute avec personne. Je veux mon argent. Sinon, je le flingue.

Nouveau silence. Dans le portable, Malko percevait la respiration de Marlin Siegwalt. Ce dernier reprit, après quelques secondes :

– Très bien. Il me faut un certain temps pour accomplir les formalités. Cet argent se trouve dans le coffre de l'ambassadeur. Rappelez-moi dans une demi-heure, afin que nous établissions les modalités de l'échange.

La communication fut coupée. Levan Arevadzé, sa rage encore vibrante, avertit Malko.

– J'espère que ce *mother-fucker*[1] ne cherche pas à me baiser. Parce que tu y passes.

1. Enculé.

Malko ne répondit même pas. Il avait l'impression qu'on lui donnait des coups de marteau dans les mâchoires.

Remettant son pistolet dans sa ceinture, Levan Arevadzé sortit de la pièce. Malko ferma les yeux, se demandant ce que Marlin Siegwalt allait pouvoir faire pour le sauver.

***

Levan Arevadzé surgit sur la terrasse de Gocha Sukhumi au milieu des invités et se versa au passage une flûte de Taittinger. Il y avait une douzaine d'invités, dont « Crazy » Natia qui lui adressa un sourire langoureux. Sans la voir, il fonça vers Gocha Sukhumi, scotché à Lena.

– Où étais-tu passé ? demanda Gocha.

Son copain ne lui avait donné aucun détail sur ce qui se passait. Il lui avait simplement dit qu'il allait négocier avec les Américains pour récupérer son argent. Gocha Sukhumi n'avait pas osé lui demander comment, et cela le hantait : les Américains allaient sûrement lui demander une compensation, en échange des dix millions de dollars. Quelle compensation ?

Il était résolu à ne pas le lâcher du regard, et tellement noué qu'il avait laissé un de ses invités inviter Lena à danser. En voyant la croupe de la jeune Russe se balancer langoureusement, il avait eu de nouveau une pique au cœur. Décidément, ce n'était pas sa soirée. Levan discutait avec Natia. On avait apporté des canapés de caviar et il avait essayé de se détendre, se disant que rien ne se passerait ce soir.

Soudain, un peu plus tard, il s'était aperçu que Levan Arevadzé s'était éclipsé. Pas pour sauter « Crazy » Natia dans la maison, car elle était encore au bord de la piscine…

Pourvu qu'il n'ait pas filé…

***

Malko aurait donné n'importe quoi pour faire cesser les élancements dans sa mâchoire. Il leva la tête : la porte venait de s'ouvrir sur le colonel géorgien, l'air plus mauvais que jamais. Il n'eut pas le temps d'arriver jusqu'à Malko : son portable sonnait. Il l'arracha de sa poche et jeta :

– *K'i?*

– Colonel Arevadzé ?

Il reconnut instantanément la voix de Marlin Siegwalt, et aboya :

– Comment avez-vous mon numéro ?

– Il s'affiche…

– Vous avez l'argent ?

– Oui.

– Où êtes-vous ?

– Exctement derrière votre Toyota, garée en face de la maison de votre ami Gocha Sukhumi, annonça calmement le chef de station de la CIA. Je ne suis pas seul, nous sommes une demi-douzaine et d'autres vont nous rejoindre.

Levan Arevadzé en resta muet une fraction de seconde, puis explosa.

– *Son of a bitch !* Je vais exploser la tête de votre copain…

– Ce serait stupide ! répliqua de sa voix posée l'Américain. Je suis venu ici faire un échange. Vous libérez Malko Linge et, cinq minutes plus tard, vous avez votre argent…

– Vous vous foutez de moi ! hurla le colonel géorgien. Une fois que vous l'aurez, vous filerez.

– Non. Vous avez ma parole.

Un ange traversa le garage sur la pointe des ailes. Levan Arevadzé n'attachait pas une importance extraordinaire à la « parole ». Cette fois, il était beaucoup plus calme.

– Vous serez venu pour rien ! lança-t-il. Ne me prenez pas pour un con ! Votre mec, je le sèche, maintenant. Vous allez l'entendre en direct.

Tenant toujours le portable dans la main gauche, il s'approcha de Malko, posa le canon du Makarov sur son front, releva le chien et lança :

– Ça va faire boum, enculé !

Malko ferma les yeux. Il allait mourir.

CHAPITRE XXIII

La voix de Marlin Siegwalt, beaucoup plus sèche, mais toujours posée, claqua dans le portable.

– Colonel, si vous tuez Malko Linge, vous serez mort vous-même dans les minutes qui suivront. C'est idiot.

Malko, tous ses muscles tétanisés, passait de la prière muette au découragement. Chaque fraction de seconde gagnée ressemblait à une éternité de bonheur. Le canon du Makarov s'appuyait toujours sur son front. Il n'osait même plus respirer. Et soudain, il sentit la pression du métal diminuer imperceptiblement.

Il essaya de contenir sa joie, mais lorsque Levan Arevadzé lança dans le portable : « Je veux mon argent », il comprit qu'il n'allait pas mourir tout de suite.

La voix de Marlin Siegalt sonnait doux à ses oreilles. Calme et précise.

– Colonel, dit-il, si vous êtes raisonnable, personne ne mourra ce soir et vous pourrez continuer votre vie avec beaucoup d'argent. Nous ne cherchons pas à refaire le monde. Je veux deux choses : la vie de Malko Linge et les informations nous permettant de « démonter » le complot ourdi par les Russes contre Mikhaïl Saakachvili. C'est tout…

Levan Arevadzé voulut encore mordre.

– En attendant, votre mec n'est pas loin de l'éternité…

– Si vous le tuez, vous vous suicidez, répéta l'Américain. Personne ne tirera aucun profit de ces deux morts. En tous cas, pas vous.

Levan Arevadzé respira profondément, puis, d'un coup, le canon du pistolet s'éloigna du front de Malko.

– Qu'est-ce que vous proposez ?

– Puisque vous êtes avec Malko Linge, c'est à lui que vous allez parler. Nous voulons tout savoir… Ensuite, nous nous donnerons rendez-vous à l'endroit que vous souhaitez. Vous nous remettrez Malko Linge, et nous vous remettrons votre argent. Évidemment, vous aurez à quitter le pays très vite.

– O.K., grommela le colonel géorgien. On rentre en ville.

Il coupa la communication, rempocha son portable et tira Malko pour le faire se lever. Avec une clef prise dans le trousseau suspendu à sa ceinture, il ouvrit les menottes. Malko avait toujours aussi mal, mais suivit Levan Arevadzé lorsque ce dernier lui jeta :

– *Davai.*

Ils sortirent dans le chemin en contrebas de la villa de Gocha Sukhumi et remontèrent la file des voitures stationnées à droite. Jusqu'à la Toyota du colonel géorgien. Une fois au volant, ce dernier démarra, avança, afin d'effectuer un demi tour, puis repartit vers Tbilissi. Au passage, Malko aperçut plusieurs voitures avec des hommes autour, dont l'un arborait un gilet pare-balles. Le commando de Marlin Siegwalt.

Une grosse veine battait au cou du Géorgien et ses mains posées sur le volant, striées de veines bleues, lui parurent énormes. Entre deux virages, il tourna la tête vers Malko et demanda d'une voix âpre :

– C'est vous qui avez pris l'argent. Comment l'avez-vous trouvé ?

– Nous savions que Nestin Zougdade était votre maîtresse, expliqua Malko, qui parlait difficilement à cause de sa mâchoire douloureuse. À votre retour de Londres, cela a paru étrange que vous alliez lui rendre visite à quatre heures du matin… Ensuite, nous avons « visité » son appartement…

Levan Arevadzé serra les dents. Ses pulsions sexuelles allaient faire basculer sa vie. C'était payer cher quelques instants de plaisir. Il fit un effort désespéré pour retrouver son sang-froid.

– Que voulez-vous savoir ? demanda-t-il.

– Tout sur le complot russe pour déstabiliser Mikhaïl Saakachvili, opération dont vous êtes une pièce essentielle. Comme Badri Gouramichvili, à qui vous êtes allé rendre visite à Londres. Et pourquoi vous a-t-on remis ces dix millions de dollars ?

– Pour prix de ma collaboration. On m'a donné l'idée de l'écoute fabriquée, afin de permettre aux Russes d'écraser l'armée géorgienne. Ils escomptaient un soulèvement populaire, qui ne s'est pas produit.

Malko tiqua.

– Ce n'est pas vous qui avez remis ce compte-rendu d'écoutes…

– Non, j'ai un ami au C.-E. qui l'a fabriqué à ma demande. Ils ont mordu à l'hameçon.

– Qui ?

– Un Estonien. Elva Tamsalu.

Malko nota mentalement.

– Et ensuite ?

– Depuis 2004, les Russes ont décidé de se débarrasser de Saakachvili, d'une façon ou d'une autre. Ils ont mis en place des gens à Tbilissi pour cela.

– Qui ?

– Je ne les connais pas tous. Gocha Sukhumi, c'est lui qui m'a recruté…

Bel exemple de double jeu. Malko était furieux contre lui-même.

– Ensuite, quel a été le plan des Russes ?

– Ils avaient déjà convaincu Badri Gouramichvili d'être leur candidat secret. Lui se moque de la politique, il veut seulement le pouvoir pour couronner sa vie. Quitte à servir le Kremlin. Seulement, il a mis une condition pour se lancer dans la bagarre : l'élimination préalable de Mikhaïl Saakachvili. C'est la raison pour laquelle je suis allé lui rendre visite, à Londres.

– La présidence géorgienne semblait d'accord…

Levan Arevadzé négocia un virage particulièrement serré et jeta :

– Je les ai enfumés… En prétendant que je ne voulais pas trahir. Ils m'ont « sonorisé » avec un micro dissimulé dans ma chaussure, mais on a réussi à les baiser…

– Quel devait être votre rôle ?

Ils passaient devant l'ambassade de Russie, lorsque le colonel géorgien eut fini d'expliquer son rôle dans le complot. Une question brûlait les lèvres de Malko :

– Vous ne deviez pas participer à l'élimination physique de Mikhaïl Saakachvili ?

– Non, c'est l'affaire des réseaux du FSB.

– Comment ?

Levan Arevadzé marqua une imperceptible hésitation.

– Je ne sais pas, prétendit-il.

– Vous mentez ! coupa Malko. Si vous ne me dites pas toute la vérité, il n'y a plus de deal, vous ne reverrez jamais les dix millions de dollars.

Le Géorgien émit une sorte de grognement et se tourna brièvement vers Malko.

– Si je vous dis ça, j'aurai le FSB au cul jusqu'à la fin de mes jours…

– C'est vrai, reconnut Malko, mais si vous ne me le dites pas, vous les aurez aussi, mais sans argent pour refaire votre vie…

Tandis qu'ils entraient en ville, le colonel géorgien éructa un bref juron et lança :

– O.K. Ils veulent le faire sauter avec une charge explosive, une vieille bombe russe.

Pendant qu'ils longeaient les quais de la Koura, il donna tous les détails à Malko. Le lieu de l'attentat préparé, la date approximative, le *modus operandi.*

– Quels sont les gens qui traitent le problème ? demanda Malko.

– Je ne les connais pas. Des Tchétchènes, je crois. Manipulés par le FSB tchétchène.

Peu importait à Malko.

– Et Badri Gouramichvili, quand doit-il intervenir ?

– Dès que « Micha » n'est plus là. Il m'a dit qu'il se préparait à Bakou, avec son jet privé.

Malko n'avait plus de question à poser.

– Très bien, fit-il,où voulez-vous récupérer votre argent ?

– Ça peut se faire dans combien de temps ?

– Une heure, au maximum.

– À la station-service Lukoil du rond-point d'Ortatchalo, à côté de la gare routière, à l'entrée de la route de Roustavi.

Ils étaient arrivés en face du pont menant au quartier d'Avlabari.

– Arrêtez-moi là, proposa Malko.

– Qu'est-ce que vous allez faire ? demanda Levan Arevadzé, soupçonneux.

– Je pense qu'une voiture va me recueillir, fit Malko. Et ensuite, j'irai me soigner.

Levan Arevadzé ne fit aucun commentaire et s'arrêta le long du trottoir en face d'un des casinos de Tbilissi, sur le quai de la Koura.

Malko ouvrit la portière et se tourna vers Levan Arevadzé.

– Tamouna, c'est vous ?

Le Géorgien ne répondit pas et repartit aussitôt. Malko regardait encore ses feux rouges s'éloigner lorsque la Mercedes de Marlin Siegwalt s'arrêta à sa hauteur. Sans un mot, le chef de station de la CIA sauta à terre et l'étreignit.

– *My God !* fit-il, j'espère ne plus jamais revivre un truc pareil...

– J'espère que vous avez un bon dentiste à l'ambassade, dit Malko, j'ai l'impression que toutes mes dents vont tomber...

– On a tout ce qu'il faut ! assura l'Américain. Mais, avant de vous soigner, il y a encore une petite formalité.

***

Gocha Sukhumi n'avait plus du tout la tête à s'amuser. Il avait cherché Levan Arevadzé dans toute la maison, sans le trouver, et son portable était coupé.

Après ce que venait de dire le colonel géorgien, c'était plus qu'inquiétant. Gocha Sukhumi se dit que s'il n'avertissait pas immédiatement Boris Loubiachev de ce qui se passait, il serait considéré comme complice et traité comme tel. Il n'avait pas le choix. Se glissant entre les groupes, il rejoignit Lena.

– *Goloublcha*[1] fit-il à voix basse, je viens de recevoir un coup de fil, ma mère est très mal. Il faut que j'y aille tout de suite. Occupe-toi des invités.

– C'est en ville ?

– Non, à côté de Gori, je ne serai pas de retour avant demain. Je t'appelle.

Il laissa errer sa main sur sa chute de reins et dit à voix basse :

– Je vais revenir très vite…

Quelques instants plus tard, au volant de sa vieille Volga, il attaquait les lacets descendant vers Tbilissi.

Il attendrait d'être à Gori pour appeler Boris Loubiachev. Le Russe laissait toujours son portable ouvert, donc il pourrait le joindre facilement.

***

Les trois voitures de l'ambassade américaine s'étaient garées en épi dans la petite rue en pente longeant l'hôtel *Marriott.* Malko, assis à côté de Marlin Siegalt, essayait de ne pas trop penser à la douleur de ses dents. Un *case officer* frappa à la glace et le chef de station la baissa.

– Tout est prêt, *sir* ! annonça-t-il.

Malko et l'Américain sortirent ensemble de la Mercedes blindée pour gagner la BMW de Malko dont le coffre était ouvert. Il aperçut les deux gros sacs de tissu plastifié empilés dans le coffre…

– Nous avons changé les cadenas, expliqua-t-il, voici les nouvelles clefs.

Malko empocha les deux petites clefs et referma le coffre. Marlin Siegwalt le prit à l'écart, le visage grave.

1. Mon pigeon.

– Tout devrait bien se passer, fit-il. De toute façon, une de nos voitures vous accompagnera jusqu'au rendez-vous. Mais je pense que le colonel Arevadzé est plus soucieux de filer que d'autre chose…

– Je le pense aussi, confirma Malko.

– Dès ce soir, notre ambassadeur va entrer en contact avec le président Saakachvili pour lui recommander de ne pas rendre visite à sa mère jusqu'à nouvel ordre.

– Cela me paraît une mesure judicieuse, approuva Malko.

L'Américain lui tendit la main et il aperçut au creux de sa paume un objet rectangulaire, de la taille de la moitié d'un portable. Malko comprit aussitôt. D'une voix égale, le chef de station de la CIA annonça :

– Je crois que c'est à vous que revient cet honneur, fit-il. Sauf si vous y voyez un inconvénient.

– Je n'en vois pas, assura Malko.

Pensant à Tamouna Fakri.

Il mit la télécommande dans sa poche et les deux hommes se serrèrent longuement la main.

– *Take care !* lança Marlin Siegwalt.

*
* *

Boris Loubiachev était blanc comme un mort. À peine reçu le message de détresse de Gocha Sukhumi, il avait donné des instructions aux deux check-points russes le séparant de Tskhinvali de le laisser passer, puis était venu lui-même l'accueillir. Le récit du Géorgien lui avait fait froid dans le dos.

Ils s'étaient installés dans un des bureaux du siège du FSB à Tskhinvali pour évaluer la situation.

– Tu n'as aucune idée de l'endroit où se trouve Levan ? insista-t-il.

– Non, jura Gocha Sukhumi. J'ai peur qu'il ne soit en train de négocier avec les Américains…

– C'est « total catastrophy », lâcha Boris Loubiachev.

– Ce n'est peut-être pas certain…

Le Russe secoua la tête.

– Il faut prévoir le pire.

– Qu'est-ce qu'on fait ?

– D'abord, on ne dit rien à Badri. Ensuite, on essaie de retrouver cet enfoiré de Levan. Je laisse le dispositif en place. De toute façon, ce ne sont que des Tchétchènes qui ne savent pas grand-chose… On a encore une chance : que « Micha » aille voir sa mère demain matin… Avant le bordel.

– Et moi, qu'est-ce que je fais ?

– Tu retournes à Tbilissi.

– Ce soir ?

– Oui. Il ne faut pas attirer l'attention sur toi.

– Et si les Américains me sautent dessus ? Il y a un loup. J'avais invité Malko Linge à mon dîner. Il n'est pas venu. Il a dû être intercepté par Levan…

– C'est possible, reconnut Boris Loubiachev. Tu t'en sortiras en racontant des blagues. Allez, si tu pars maintenant, tu sera chez toi avant onze heures.

– *Karacho !* fit de mauvaise grâce Gocha Sukhumi.

Les deux hommes se serrèrent froidement la main, Boris Loubiachev demeurant à son bureau pour répandre les « bonnes » nouvelles. Gocha Sukhumi monta dans sa Volga et prit la direction du sud. Mais, au premier croisement, il tourna à gauche, revenant sur ses pas, regagnant la grande place de Tskhinvali. Une trentaine de paysans étaient allongés sur le sol à côté de leurs bennes. À cause de la fermeture de la frontière, ils ne pouvaient plus exporter leurs pommes en train de pourrir en Géorgie pour en faire du jus de pomme et n'avaient pas un rouble pour passer l'hiver.

Gocha Sukhumi se gara un peu plus loin et poussa la porte de l'hôtel *Oural.* Il avait un très mauvais pressentiment sur la suite des événements et préférait se trouver là qu'à Tbilissi.

***

Malko aperçut la station-service Lukoil et, garée sur le terre-plein, la Toyota noire de Levan Arevadzé. Il s'arrêta à côté et sortit. La Toyota était vide. Il inspecta la boutique de la station. Vide également. Levan Arevadzé surgit de l'ombre, derrière lui, le visage crispé, la main sur la crosse de son Makarov.

– Vous avez l'argent ? lança-t-il.

– Dans mon coffre.

– Ouvrez-le.

Malko s'exécuta et tendit au Géorgien les clefs des cadenas.

– Ils ont été changés, annonça-t-il.

Le colonel Arevadzé était déjà en train de les ouvrir. Il fit glisser les fermetures et rabattit le couvercle de toile. Même avec le peu de lumière, il put constater que les liasses de billets de cent dollars étaient bien là. Il plongea la main dans le sac, afin de vérifier qu'il n'y avait pas de papier journal dessous. Ensuite, rassuré, il referma la valise et la transporta dans son coffre. Pour la seconde, cela alla encore plus vite : il l'ouvrit, jeta un coup d'œil aux liasses et la referma.

– C'est bien ! dit-il.

Sans un mot de plus, il se mit au volant de la Toyota et démarra en trombe, faisant hurler ses pneus, en direction de Roustavi. Malko attendit une minute, puis démarra à son tour, dans la même direction.

Levan Arevadzé avait ralenti l'allure. En grimpant les lacets du col dominant Roustavi, il conduisait si vite qu'il avait failli quitter la route. C'eût été trop bête de se tuer avec dix millions de dollars dans son coffre… Il n'avait pas trop d'inquiétude pour son passage au poste-frontière. Les Azéris le connaissaient et ne fouilleraient pas sa voiture. En tant que citoyen géorgien, il n'avait pas besoin de visa. Il avait décidé de rouler d'une traite jusqu'à Bakou, quitte à passer une partie de la nuit sur la route. Là-bas, enfin, il pourrait se détendre. Il avait hâte d'être dans une des suites avec Jacuzzi du *Metropol.* Et, dès le lendemain, il se paierait la plus belle pute de la ville. Bakou pullulaient de superbes Arméniennes, vénales et soumises. Avant, il se rendrait à l'International Bank of Azerbaïdjan pour y déposer son trésor et faire des plans d'avenir.

Devant lui, la route s'allongeait, rectiligne, jusqu'au poste-frontière. Il jeta un coup d'œil dans le retroviseur et aperçut des phares. Une voiture roulait derrière lui et se rapprochait.

Il ralentit pour la laisser passer. Il n'était plus à quelques minutes près.

***

Malko avait posé la télécommande remise par Marlin Siegwalt dans le vide-poches, entre les deux sièges de la BMW. Lui qui abhorrait la violence se sentait parfaitement calme, alors qu'il allait donner la mort. Le colonel Levan Arevadzé la méritait. Même la CIA l'avait condamné. Malko savait qu'une opération d'élimination comme celle-ci avait exigé un *executive order* du président des États-Unis. Justifié par le meurtre d'un *case officer* de l'Agence. Les Américains ne pardonnaient jamais à ceux qui tuaient les leurs.

Pour Malko, c'était plutôt le sourire de Tamouna, effacé prématurément, qui le motivait.

Il prit la télécommande dans la main et accéléra. Lorsqu'il ne fut plus qu'à une trentaine de mètres de la Toyota noire, sans état d'âme, il appuya sur le poussoir rouge.

***

Levan Arevadzé fouillait dans sa poche pour y prendre un paquet de cigarettes quand la Toyota se transforma en une boule de feu à 2 000 degrés. Le colonel géorgien n'eut même pas le temps d'avoir peur. D'abord grillé par la vague brûlante, son corps se disloqua sous le souffle de l'explosion qui venait de se produire dans le coffre de la Toyota.

***

Malko freina brutalement pour éviter la voiture en flammes qui venait de s'immobiliser sur le bord de la route. Il se trouvait dans une zone totalement désertique, entre deux villages. Il finit par s'arrêter à une vingtaine de mètres de l'épave de la Toyota en train de se consumer. Le colonel Arevadzé n'atteindrait jamais l'Azerbaïdjan.

Il aperçut soudain dans le faisceau des phares des bouts de papiers qui s'envolaient dans toutes les directions, poussés par le vent assez violent qui soufflait du sud. Il lui fallut quelques secondes pour réaliser qu'il s'agissait des billets de cent dollars qui n'avaient pas été carbonisés dans l'explosion. Ils voletaient dans toutes les directions, retombant dans les champs. Une fortune pour ceux qui les trouveraient…

Malko se sentait en paix.

Une voiture arrivait, très loin derrière lui, venant de Roustavi. Il effectua un demi-tour et repartit en direction de Tbilissi. La tension nerveuse retombée, ses dents et sa mâchoire recommençaient à le faire souffrir et il se demanda s'il allait pouvoir attendre jusqu'au lendemain pour se faire soigner.

Il lui restait encore un problème à régler : Gocha Sukhumi. Il se jura qu'il ne passerait pas à travers les gouttes.

CHAPITRE XXIV

Malko eut un léger sursaut lorsque l'aiguille s'enfonça dans sa gencive.

– *Don't move, please*[1], réclama le dentiste de l'ambassade américaine, tandis qu'il injectait la procaïne.

C'était la quatrième piqûre. Après plusieurs radios, le dentiste avait conclu qu'il n'y avait rien de grave, à part le léger déchaussement de deux incisives. Malko n'avait pas fermé l'œil de la nuit, néanmoins... Avant le passage chez le dentiste, on lui avait recousu la blessure à la tempe avec deux agrafes. Il avait l'impression d'avoir la tête comme un ballon.

Le dentiste retira l'aiguille de sa bouche.

– Revenez demain, si vous souffrez, dit-il. Vous allez être un peu ankylosé pendant une heure ou deux, ensuite, ce sera O.K.

Malko essaya de sourire. Toute sa mâchoire lui paraissait en bois... Il s'ébroua et gagna le hall de l'ambassade. Marlin Siegwalt était parti voir Shalva Dzeghenti, afin de lui faire un rapport complet sur l'affaire.

La télévision gouvernementale couvrait, depuis le matin, la mort du colonel Arevadzé, vraisemblablement

1. Ne bougez pas, s'il vous plaît !

assassiné par les Services russes, grâce à une charge explosive posée dans son véhicule.

Pas un mot des billets de cent dollars.

Malko se dit que les premiers arrivés sur place les avaient raflés, sans souffler mot, et la plus grande partie avait brûlé. Lui qui aurait pu les utiliser pour la réfection de son château de Liezen… Il remonta dans sa BMW et reprit la direction de Tbilissi. Il avait l'impression d'être dans du coton et avait envie de se reposer un peu après sa nuit blanche.

Une fois au *Marriott*, il s'allongea et composa le numéro de Gocha Sukhumi.

Pas de réponse.

Il eut alors l'idée d'essayer « Crazy » Natia.

La jeune femme répondit aussitôt.

– Tu as vu ce qui est arrivé à ce pauvre Levan ? s'exclama-t-elle. Salauds de Russes ! Hier soir, il était en pleine forme.

– Tu l'as vu hier soir ?

– Bien sûr, chez Gocha. Toi aussi, tu devais venir…

– J'ai eu un empêchement, fit Malko. Tu ne sais pas où est Gocha ?

– Je crois qu'il a eu un problème avec sa mère, expliqua Natia. Il est parti en cours de soirée, mais il doit être de retour aujourd'hui. Lena l'attend sagement à la maison, ajouta-t-elle avec un ricanement rentré. Quand est-ce qu'on se voit ?

– Je te rappelle ! promit Malko.

Il raccrocha, contenant sa fureur. Le piège dans lequel il était tombé la veille au soir avait été monté avec Gocha Sukhumi… Le Géorgien ne perdrait rien pour attendre… Il décida d'abord de reprendre des forces. Et, sans même s'en rendre compte, bascula dans le sommeil. Épuisé.

***

Gocha Sukhumi s'était réveillé de mauvaise humeur dans une chambre minable de l'hôtel *Oural*, à Tskhinvali. Se disant qu'il devait quand même retourner à Tbilissi, il appela d'abord Lena, par prudence.

– Tout va bien ?

– Oui, pourquoi ? demanda la jeune Russe, un peu surprise.

– Personne ne m'a demandé ?

– Non. Tu reviens quand ? Ta mère va mieux ?

– Ça va. C'était une fausse alerte... Écoute, je reviens dans la journée. Fais-toi très belle.

Il raccrocha, un peu rasséréné. Même si Levan Arevadzé plongeait, lui n'était pas directement impliqué dans le complot. Il pouvait donc rentrer retrouver la pulpeuse Lena.

Il se jeta sous une douche presque froide.

***

Badri Gouramichvili ne tenait littéralement plus en place. Il n'en dormait plus. Ne pensant plus qu'à son arrivée triomphale à Tbilissi, accueilli par Levan Arevadzé. Et ensuite, au Parlement... Il ne quittait pas son portable des yeux, priant pour le voir sonner

Le maître d'hôtel entra, après avoir frappé.

– Que veut Monsieur pour le lunch ?

Le milliardaire géorgien n'avait pas faim. Brutalement, il se dit qu'il allait péter un plomb s'il restait inerte à Londres à attendre la nouvelle de l'attentat contre Mikhaïl Saakachvili. Il gagna son secrétariat et lança à sa secrétaire :

– Prévenez Jack. Nous allons nous envoler pour Bakou aujourd'hui. Qu'il demande un créneau de décollage, le plus vite possible.

Jack était le chef pilote de Badri Gouramichvili. Son Falcon 900 était toujours en attente à Heathrow et les deux pilotes vivaient dans un cottage à dix minutes de l'aéroport.

Le milliardaire géorgien retourna dans sa chambre et entassa quelques affaires dans un sac de voyage. Il avait tout ce qui lui fallait à Tbilissi, dans son palais, et ne prit que le stric nécessaire.

Il venait à peine de terminer que la secrétaire le rappela.

– Tout est en ordre, *sir*, il y a un créneau de décollage à 1.30 PM. Il faut que vous partiez maintenant.

– Sortez la Bentley et prévenez Jack, lança Badri Gouramichvili.

Quelques minutes après, il roulait en direction de l'ouest, sur la Great West Road. Il se sentait mieux, avec l'impression d'être déjà sur le chemin de la victoire.

Jack l'attendait au Country Club de l'aéroport, réservé aux propriétaires d'avions privés.

– Tout est prêt, *sir*, annonça-t-il, la tour de contrôle est prévenue. Je dois juste faire viser les passeports à l'Immigration.

Badri Gouramichvili lui tendit le sien. Résident britannique, il avait gardé son passeport géorgien.

– Fais très vite ! ordonna-t-il.

En attendant, il se mit au bar et commanda un gin-tonic. Le pilote réapparut dix minutes plus tard. D'abord, le milliardaire ne remarqua pas son expression préoccupée.

– On y va ! lança-t-il.

– *Sir*, il y a un problème…

– Quoi ! L'avion n'est pas prêt ?

– Si, si, nous pouvons décoller dès que nous en avons l'autorisation, mais il s'agit de vous, *sir*.

– De moi ? fit Badri Gouramichvili, sincèrement étonné.

– Oui, oui, l'*Immigration Officer* prétend qu'il a des instructions vous concernant : une interdiction de sortie du territoire.

– Quoi ?

Le pilote n'osa pas en dire plus. Badri Gouramichvili lui arracha son passeport des mains et courut presque jusqu'au bâtiment de l'Immigration. Un *Immigration Officer* souriant et embarrassé lui exhiba un document émanant du Home Office. C'était clair : le citoyen géorgien Badri Gouramichvili n'avait pas le droit de quitter la Grande-Bretagne jusqu'à nouvel ordre.

– Mais c'est dingue ! explosa Badri Gouramichvili.

– C'est sûrement une erreur, *sir*, approuva le Britannique, mais je suis obligé d'appliquer les ordres. Vous éclaircirez le problème très vite.

Le Géorgien reprit son passeport sans un mot.

– On ne part plus ! lança-t-il au pilote. Annulez le créneau. Je rentre à Londres.

Dès qu'il fut dans la Bentley, avant même d'appeler son avocat, il composa le numéro de Gocha Sukhumi. Il mit plusieurs minutes à établir la communication et elle était très mauvaise.

– Où es-tu ? hurla-t-il dans l'appareil.

– Pas à Tbilissi, répondit Gocha Sukhumi au milieu des crachotements. Qu'est-ce qui se passe ?

– Je voulais sortir de Grande-Bretagne et on m'en a empêché, hurla Badri Gouramichvili. Je suis, paraît-il, visé par une interdiction de sortie de territoire britannique.

Gocha Sukhumi demeura muet. Si longtemps que son interlocuteur crut la communication interrompue. Puis, le Géorgien lança d'un ton volontairement léger.

– Ce doit être une erreur de ces cons de bureaucrates ! Rappelle-moi quand tu auras arrangé ça.

Badri Gouramichvili était déjà en train d'appeler son avocat. Au prix où il le payait, il allait le sortir de la merde…

***

Gocha Sukhumi avait presque atteint Gori lorsqu'il avait reçu l'appel de Badri Gouramichvili. Il était décomposé. Cette histoire d'interdiction de sortie de territoire n'était pas une coïncidence… Levan Arevadzé avait balancé…

Trente secondes plus tard, il faisait demi-tour, en direction de Tskhinvali. Ce n'était pas le moment de regagner Tbilissi et il devrait prévenir Boris Loubiachev d'urgence.

Et pas par téléphone…

***

La Bentley se traînait dans le trafic de l'A4 lorsque l'avocat rappela Badri Gouramichvili.

Consterné.

– Il y a bien une interdiction de sortie du territoire vous concernant, annonça-t-il. Personne ne veut me dire qui l'a émise. Je vais saisir le tribunal d'instance… Je suis sûr que cela va s'arranger.

Bari Gouramichvili raccrocha sans un mot. Lui n'en était pas sûr du tout.

***

Salid Bassaiev, dès sept heures du matin, avait installé son éventaire de fruits et légumes à son emplacement habituel de la rue de Pékin, en face du numéro 30, en profitant d'un décrochement dans l'alignement des immeubles qui lui permettait de ne pas gêner la circulation. Sa charrette, remplie de bananes, de pastèques, d'aubergines, de tomates, offrait un choix plutôt appétissant. Cela faisait déjà trois jours qu'il avait remplacé Mogamed, le neveu de Chamil Ianderbaiev, jugé trop inexpérimenté pour conduire ce genre d'action.

Salid Bassaiev, lui, avait déjà perdu une jambe dans les combats contre les Russes, lorsqu'il était encore *boivik*, et marchait avec des béquilles. Pauvrement vêtu, barbe en broussaille, calot marron, il inspirait plus la pitié que la peur.

Une femme s'approcha et lui acheta trois aubergines. Après avoir encaissé les quelques laris, il jeta un coup d'œil machinal sur sa gauche. Là où était stationné un fourgon en piteux état, avec un pneu dégonflé, presque en face de l'immeuble où habitait la mère du président Saakachvili.

Il ne savait même pas à quoi elle ressemblait et s'en moquait. Ses consignes étaient simples : lorsque le président géorgien viendrait la voir, Salid prendrait la télécommande dissimulée sous les tomates et déclencherait l'explosion de la bombe russe de 500 kilos dissimulée dans le fourgon. Il avait prévu de s'abriter du souffle derrière le décrochement du mur et pensait que dans la pagaille qui suivrait l'attentat, il pourrait s'esquiver facilement. Un client s'approcha et il lui servit six bananes. Il n'éprouvait absolument rien à l'idée de déclencher l'explosion de cette bombe qui risquait de provoquer un carnage, en plus de tuer le président géorgien. Il avait été témoin de trop d'horreurs en Tchétchénie, spécialement à Grozny où il avait survécu, caché dans une cave pas chauffée, tout un hiver. Voyant sa mère, ses deux sœurs et son grand-père succomber tout à tour. En prime, sa sœur aînée avait été violée par un *spetnatz*, avant d'être égorgée.

Ensuite, son chef s'était rallié aux milices prorusses et il avait suivi. Depuis, il obéissait sans discuter, sachant que ce qui lui restait de famille en Tchétchénie répondait de son obéissance... Il avait hâte que le président Saakachvili se présente, afin qu'il puisse appuyer sur sa télécommande et filer.

Salid détestait vendre des légumes et des fruits, comme une femme.

***

Il était quatre heures quand Malko émergea, la tête lourde et les dents encore sensibles. L'effet de la procaïne se dissipait.

Instantanément, il repensa à Gocha Sukhumi. D'après « Crazy » Natia, il devait revenir à Tbilissi.

Malko allait lui rendre visite. Une visite « amicale »... À cause du Géorgien, il avait failli se faire massacrer par Levan Arevadzé.

Après avoir glissé le Sig-Sauer dans sa ceinture, il descendit prendre la BMW toujours garée le long du *Marriott*.

***

Salid Bassaiev posa brusquement la pastèque qu'il était en train d'envelopper pour une cliente, alerté par des hurlements de sirène venant de l'extrémité est de la rue de Pékin. Quelques secondes plus tard, il aperçut les gyrophares de plusieurs voitures de police qui fonçaient dans la rue tranquille.

Son cœur fit un bond dans sa poitrine.

Ça y était. Depuis qu'il planquait dans la rue, il n'avait pas encore vu un tel déploiement de forces. Cela ne pouvait signifier qu'une chose : le président venait rendre visite à sa mère… Salid Bassaiev tendit précipitamment la pastèque à sa cliente et encaissa le billet d'un lari. Fébrilement, il plongea la main dans le tas de magnifiques tomates, récupéra la télécommande, la glissa au fond de sa poche. Ensuite, il recula et se mit à l'abri du mur qui devait le protéger de l'explosion.

Les voitures de police venaient de s'arrêter devant le numéro 24, bloquant la chaussée, mais il n'aperçut pas la Mercedes noire du président Saakachvili.

Soudain, d'autres sirènes le firent sursauter. Celles là arrivaient de l'extrémité ouest de la rue de Pékin. Quatre voitures de police qui se placèrent en travers de la chaussée, stoppant toute circulation. Derrière, un autobus se mit à cracher des hommes en uniforme, lourdement armés, avec casques, tenues ABC, boucliers… Ils se déployèrent sur la chaussée et les trottoirs, repoussant vers l'autre barrage tous les passants. Systématiquement, ceux-ci étaient arrêtés et fouillés sur-le-champ.

Et toujours pas de Mercedes noire !

Salid Bassaiev comprit vite ce qui se passait : il avait été dénoncé ! C'est lui qu'on cherchait ! Sa « cible » ne viendrait plus… Il hésita, posa sa main au fond de sa poche sur le déclencheur de la télécommande. Les policiers se trouvaient encore à une vingtaine de mètres : il avait le temps de déclencher l'explosion… Les pensées tournaient à toute vitesse dans sa tête. En le faisant, il avait une chance de pouvoir s'enfuir Mais probablement pas de franchir la frontière. Si les policiers étaient là, c'est qu'ils connaissaient tout sur l'attentat.

Sortant la télécommande de sa poche, il la jeta par terre, prit ses béquilles et se rapprocha de son éventaire. Trois minutes plus tard, les policiers arrivaient à sa hauteur... Ils le fouillèrent, puis, sans hésiter, renversèrent sur le sol le contenu de sa charrette. Fouillant ensuite parmi les fruits et les légumes sans rien trouver. Évidemment... L'un d'eux se mit à interroger Salid Bassaiev.

Ce dernier expliqua son statut de réfugié de la vallée de Pankrissi, précisant qu'il était venu gagner un peu d'argent à Tbilissi. On lui ordonna de ne pas s'éloigner, sans le menotter. Au même moment, les policiers se mirent à s'agiter dans tous les sens, glapissant dans leur radio, courant vers le fourgon stationné un peu plus loin. Deux policiers commencèrent à dérouler un ruban jaune délimitant un périmètre interdit tout autour du véhicule. En soulevant la toile qui fermait l'arrière, l'un d'eux venait de découvrir la bombe de cinq cents kilos...

Une limousine noire déboula à toute vitesse, couverte de feux clignotants. Le ministre de l'Intérieur lui-même. On le repoussa respectueusement et, bientôt, la rue de Pékin fut totalement vide sur une centaine de mètres. Des policiers munis de haut-parleurs mettant en garde les occupants des immeubles, leur recommandant de s'éloigner des fenêtres et, surtout, de ne pas mettre les pieds dehors...

Salid Bassaiev fut emmené avec d'autres gens, pour un interrogatoire plus poussé. Au moment où trois véhicules bleu sombre déboulaient dans un concert de sirènes, crachant des hommes vêtus comme des cosmonautes : l'équipe de déminage du ministère de l'Intérieur.

– C'est à toi, la charrette de fruits et légumes ? demanda un gradé de la police à Salid Bassaiev.

– Oui.

Le policier ouvrit la main droite et montra un petit objet rectangulaire noir.

La télécommande.

– Alors, ça, c'est aussi à toi ? On l'a trouvé là-bas.

Salid Bassaiev baissa la tête sans répondre. Se disant que les ennuis commençaient.

De très gros ennuis.

CHAPITRE XXV

Malko se gara en face de la villa de Gocha Sukhumi, et sortit de la BMW après avoir glissé son Sig-Sauer dans sa ceinture, une balle dans le canon. Il était presque sept heures du soir. Il ignorait les dispositions d'esprit du Géorgien, mais était décidé à lui extorquer une confession écrite de son rôle exact dans le complot, qui ne serait pas forcément rendue publique, et qui pourrait, à l'avenir, servir d'incentive, si on souhaitait utiliser le Géorgien.

Ensuite, Malko reprendrait vite l'avion pour l'Autriche. La Géorgie commençait à lui sortir par les yeux…

Il sonna à la porte du bas et attendit.

Quelques instants plus tard, il entendit un bruit inattendu derière la porte : le martèlement de hauts talons sur du bois.

La porte s'ouvrit quelques instants plus tard sur une silhouette magique.

Lena, la « fiancée » de Gocha Sukhumi, portait un haut en dentelle noire, qui découvrait les trois quarts de ses obus, moulant leurs longues pointes offertes par un soutien-gorge échancré qui les dégageait entièrement. Ses immenses yeux bleus allongés au mascara lui mangeaient le visage et sa bouche aurait pu servir de feu de détresse. La taille serrée dans une grande ceinture noire, une jupe au genou dévoilait ses interminables jambes gainées de noir.

Elle parut surprise de voir Malko et dit aussitôt, en mauvais anglais :

– Quel grand plaisir de vous voir mais Gocha n'est pas là.

– Je crois qu'il va rentrer, fit Malko.

– Moi aussi, je croyais, répliqua-t-elle, mais il m'a appelée pour me dire que sa mère avait encore besoin de lui…

– Je vois, fit Malko.

Sans attendre qu'elle le fasse entrer, il se glissa à l'intérieur, et elle le précéda dans l'escalier menant à l'étage de la piscine. Le balancement de ses hanches fit oublier son mal de dents à Malko. Par la longue fente de sa jupe, il apercevait aussi, fugitivement, des bandes de peau blanche, au-dessus des bas.

Arrivée à la piscine, elle se retourna et proposa :

– Je vous offre quelque chose à boire ?

– *Russian Standarte*, fit Malko. Vous êtes magnifique, Lena, ajouta-t-il en russe.

– Gocha m'a dit de me faire belle, expliqua-t-elle, il devait revenir…

– Vous avez bien fait…

Il la suivit des yeux tandis qu'elle prenait une bouteille de vodka dans le bar. C'était vraiment un superbe mammifère. Une petite idée commençait à se faire jour dans sa tête. Avant de quitter la Géorgie, il avait droit à une modeste compensation.

– Vous pouvez joindre Gocha ? demanda-t-il.

– Oui, bien sûr, il m'appelle souvent.

– Appelez-le, je veux lui dire un mot.

– Vous n'avez pas son portable ?

– Si, mais je veux lui faire la surprise. Ne lui dites pas avec qui vous êtes.

Docilement, elle prit son portable et enclencha un numéro en mémoire. Quelques instants plus tard, elle tendit le portable à Malko en disant :

– Gocha, je te passe quelqu'un.

– Gocha ! fit Malko, c'est ton ami Malko…

Un ange passa et alla s'écraser au fond de la piscine…

Le Géorgien retrouva enfin ses esprits et lança d'une voix un peu forcée :

– Malko, qu'est-ce que tu fais là ?

– J'étais venu te voir…

– Je suis retenu… Ma mère.

– Ça ne fait rien, fit gentiment Malko. Il y a Lena. Elle s'est faite très belle pour toi. C'est dommage que tu ne reviennes pas. Enfin, cela ne sera pas perdu…

– Qu'est-ce que tu veux dire ? demanda Gocha Sukhumi, soudain alarmé par le ton de Malko.

Celui-ci continua en anglais :

– Cela veut dire, Gocha, que je vais baiser Lena, aussi longtemps que j'en aurai la force… En pensant à toi.

– Tu es fou ! protesta Gocha Sukhumi.

– Ah, bien sûr, si tu reviens, cela ne se passera pas de la même façon, corrigea Malko, mais j'ai l'impression que tu ne peux pas revenir…

– Pourquoi ?

– Gocha… Levan Arevadzé est mort, Badri Gouramichvili ne pourra pas sortir de Grande-Bretagne, l'équipe chargée de tuer le président Saakachvili doit être sous les verrous à l'heure actuelle. Toi, tu t'en sors plutôt bien. Si on ne révèle pas à tes amis de la présidence géorgienne le rôle que tu as joué dans cette affaire…

– Mais…, protesta le Géorgien.

– Gocha, coupa Malko, au nom de notre vieille amitié, je te fais une proposition. Lena contre mon silence.

– Comment ça ?

– Tu lui dis ce que tu veux. Que tu l'as perdue au jeu. Que tu veux me faire plaisir Je veux qu'elle se conduise avec moi, à partir de maintenant, comme elle l'aurait fait avec toi. Et si, demain matin, je suis satisfait d'elle, tu n'auras aucun ennui. Je te la passe, que tu lui expliques la situation… *Dosvidania*[1], Gocha.

Il tendit le portable à la jeune Russe qui le colla à son oreille. La conversation fut assez longue et, lorsqu'elle eut terminé, elle jeta un regard complètement perdu à Malko.

– Gocha m'a dit que je devais aller dîner avec vous et…

– Très bien, fit Malko, caressant sa cuisse par-dessus la jupe. Faites déjà quelque chose : au lieu de ces horribles bas « stay-up », allez mettre de vrais bas. Vous en avez, non ?

– *Da*, fit-elle d'une voix mal assurée.

* * *

Malko avait réclamé le petit salon où il avait vu Lena administrer une fellation royale à Gocha au restaurant *Shadow of Metheki*, et commandé du caviar. Depuis sa conversation avec Gocha, Lena était douce comme une image.

La *Russian Standarte* avait considérablement atténué

1. Au revoir.

les douleurs de Malko et il se sentait dans un état second. Lena se tourna vers lui.

– Le caviar est très bon, roucoula-t-elle.

– Digne de nous, Lena, fit Malko.

– *Spasiba. Spasiba bolchoi*[1]...

Sans quitter son regard, Malko posa une main sur sa cuisse et remonta légèrement, sentant le serpent d'une jarretière. Le regard de la Russe se troubla et elle murmura :

– *Pajolsk*[2]...

C'était la première fois qu'il la touchait. Tout doucement, il remontait la jupe. Elle se laissa faire jusqu'à ce qu'il atteigne la peau au-dessus des bas. Puis le nylon d'un string rouge. Lena se laissait faire, mais il n'insista pas, ayant marqué son territoire.

– On va rentrer, proposa Malko.

Au même moment, le portable de Lena sonna. Elle prit la communication et le passa à Malko.

– C'est Gocha.

La voix tonitruante du Géorgien éclata dans l'appareil.

– Malko ! Tu plaisantais tout à l'heure, non ?

– Absolument pas... Nous flirtons en ce moment, mais nous allons rentrer. Tu veux quelque chose ?

– Salaud ! hurla Gocha Sukhumi, je t'interdis...

– Tu peux venir défendre ton bien, précisa Malko. Sinon, passe une bonne soirée et pense à nous.

Il rendit l'appareil à Lena, après l'avoir coupé.

– Je ne comprends pas, fit la Russe. Tout à l'heure, il me priait d'être gentille, maintenant, il a l'air furieux.

Malko lui prit la main et lui baisa le bout des doigts.

1. Merci, merci beaucoup.
2. S'il vous plaît.

– Tu es une prise de guerre, Lena !

– Qu'est-ce que cela veut dire ?

– Que je vais te baiser, comme j'en ai eu envie dès que je t'ai vue. Mais à cette époque lointaine, Gocha était mon ami. *Davai.*

Tétanisée, elle ne protesta même pas. Durant le trajet, Malko se contenta de lui caresser les cuisses, attentif aux innombrables virages.

Dans le living-room, ils se retrouvèrent face à face. Sans un mot, Malko déboutonna le chemisier de dentelle, libérant la poitrine, et prit les très longues pointes entre ses doigts, les malaxant doucement.

Lena poussa un cri étouffé mais se laissa faire... Il continua, sentant son excitation grandir. Il approcha sa bouche et, cette fois, la jeune femme n'hésita pas, glissant une langue bien vivante dans la sienne. En quelques minutes, Malko fut dur comme du bois de fer. Il s'écarta et dit simplement :

– Prends-moi dans ta bouche.

C'était la minute de vérité. Lena pouvait se rebeller et ce ne serait plus la même chose. Mais, sans discuter, elle se laissa tomber à genoux devant lui. Lorsque Malko sentit les lèvres de la Russe se refermer avec douceur sur son sexe, ce simple contact lui envoya des étoiles dans le cerveau.

Lena avait compris le sens de l'expression « prise de guerre ».

* * *

La voiture noire s'arrêta devant l'hôtel particulier de Badri Gouramichvili. Belgrave Mews était désert. Dans ce quartier chic, il n'y avait aucun piéton la nuit tombée et peu de véhicules.

Un homme sortit de la voiture, portant une sorte de bonbonne prolongée par un fin tuyau et une canule… Arrivé devant la porte, il enfonça la fine canule dans la serrure et dévissa une petite valve sur la bonbonne. Il y eut un faible chuintement, qui se prolongea tant que l'homme n'eut pas retiré la canule de la serrure… Celui qui tenait la bonbonne regagna alors la voiture qui démarra aussitôt.

Vingt minutes plus tard, la même voiture réapparut. Cette fois, deux hommes en noir, portant des gants de chirurgien, en sortirent. L'un s'accroupit devant la serrure où il enfonça un « parapluie », tandis que l'autre faisait le guet.

Exactement vingt-sept secondes plus tard, la porte s'ouvrit avec un claquement sec.

Un troisième homme jaillit de la voiture, un paquet à la main, rejoignant les deux autres. Le paquet contenait trois masques à gaz dont ils s'équipèrent rapidement, avant de pénétrer à l'intérieur, refermant derrière eux au moment où la voiture redémarrait pour la seconde fois. Ils connaissaient parfaitement les lieux et se dirigèrent vers l'escalier desservant le premier étage. Arrivé en haut, un des visiteurs enfonça à nouveau la canule dans la serrure de la porte en face de l'escalier.

Même chuintement. Ensuite, les trois hommes attendirent. Cinq minutes exactement, avant d'ouvrir la porte.

L'un d'eux alluma une torche électrique dont le pinceau très fin éclaira un homme endormi, à moitié découvert, dans un pyjama bleu. L'un des visiteurs le secoua légèrement. Il n'eut aucune réaction. Rapidement, ils tirèrent les couvertures, le découvrant entièrement et l'allongeant sur le dos. Il respirait régulièrement.

Lorsque ce fut fait, un autre homme en noir ouvrit une trousse et fixa sur son front une lampe au faisceau puissant. Puis, il déposa sur le drap une trousse ouverte où se trouvaient divers instruments médicaux. Il choisit une seringue, plongea l'aiguille dans un flacon et remplit la seringue. Ensuite, il se pencha sur le pied gauche de Badri Gouramichvili, le tâtant avec son index à la recherche d'une veine apparente. Les médecins légistes examinaient toujours les bras, jamais les pieds. Lorsqu'il l'eut trouvé, il enfonça l'aiguille d'un geste souple, de biais, avant de commencer à injecter lentement le liquide dans la veine.

Cela prit presque deux minutes.

Lorsqu'il retira l'aiguille, la seringue était vide et il n'y avait même pas une goutte de sang sur le pied.

Il le massa quand même à tout hasard, avant de rabattre le drap et la couverture sur le dormeur. Ensuite, les trois hommes redescendirent, attendant derrière la porte de voir la voiture noire s'arrêter pour la troisième fois devant l'hôtel particulier.

En quelques secondes, ils furent dehors, refermant le verrou puis montant dans la voiture, qui s'éloigna aussitôt.

***

Malko regarda Lena allongée sur le lit, à plat ventre, les poignets et les chevilles liés aux quatre montants du lit. Il ne lui avait laissé que ses bas et ses escarpins. Il était quatre heures du matin, il avait joui dans la bouche de Lena, et ensuite dans son ventre. Elle venait encore de le prendre dans sa bouche, tandis qu'il lui tendait son sexe à travers les barreaux du lit.

Il remonta sur le matelas, puis s'allongea sur elle sans l'écraser, posant son sexe raide entre ses fesses.

– Bouge un peu ! demanda-t-il.

Lena obéit, balançant doucement les hanches. Malko ferma les yeux, profitant de ce roulis exquis. Presque naturellement, son sexe se retrouva collé à l'ouverture des reins de la Russe. Il prolongea cet instant magique, la sentant se contracter, puis se détendre. Il lui souffla à l'oreille.

– Ouvre-toi !

Il vit le sphincter frémir comme la corolle d'une fleur agitée par le vent. D'un coup, il pesa de tout son poids et son sexe disparut, avalé jusqu'à la racine. Comme un poignard.

Lena hurla.

Malko demeura immobile, avec la sensation que son pouls allait exploser. C'était trop bon.

Il prolongea le plus possible ce nirvana et c'est Lena qui prit l'initiative de bouger lentement sous lui.

Glissant les mains sous son torse, il empoigna ses seins et commença à les pétrir tandis qu'il ruait dans ses reins de plus en plus fort… Il aurait voulu que cela ne finisse jamais…

Quand il explosa, il demeura fiché en elle, comme pour en profiter encore un peu. Il se releva et la regarda longuement.

C'était vraiment une belle prise de guerre.

La Russe tourna la tête et le vit en train de se rhabiller.

– Tu ne restes pas ? demanda-t-elle.

– Non.

– Détache-moi, alors..

Il ne la détacha pas et s'en alla, sans remettre sa cravate, comme dédoublé, filant d'un trait jusqu'à Tbilissi. Le jour se levait.

***

– Badri Gouramichvili a eu une crise cardiaque la nuit dernière, annonça Marlin Siegwalt. Ce doit être l'émotion de cette affaire.

– Qu'est-il arrivé ?

– Il est mort dans son sommeil. C'est sa femme de chambre qui l'a découvert ce matin, dans son lit... Il n'était pas vieux : 54 ans... Il va être enterré ici, dans sa propriété de Tbilissi. Il y aura beaucoup de monde.

– Vous avez des nouvelles de Saakachvili ?

– Oui, il a écrit une lettre de remerciements à l'ambassadeur... Bien entendu, il est encore plus remonté contre les Russes ! Il vient de passer un accord avec l'Ukraine, pour qu'elle lui livre des armes.

– Ça promet ! soupira Malko. Vous pensez qu'il va rester longtemps au pouvoir ?

Le chef de station leva les yeux au ciel.

– *Inch'Allah !* Nous n'avons personne d'autre sous la main. J'espère que les Russes ne reviendront pas tout de suite à l'assaut.

– Je repars tout à l'heure, annonça Malko. Par Kiev.

***

Sur sa vieille machine à écrire – plus discrète qu'un ordinateur –, Rem Tolkachev tapait son rapport, en un seul exemplaire, destiné à Vladimir Poutine, sur l'opération « Badrijani ». Pas de fioritures, ni de commentaires. Simplement l'enchaînement des faits et le sort des personnages.

Boris Loubiachev était revenu à Moscou, traînant dans son sillage Gocha Sukhumi, penaud. Les autres protagonistes n'avaient pas d'importance.

Ayant terminé la relation des faits, Rem Tolkarev ajouta un post-scriptum :

« J'étudie une nouvelle opération destinée à obtenir un changement de gouvernement à Tbilissi. »

Comme Felix Dzerjinski, le fondateur de la Tcheka, Rem Tolkachev n'abandonnait jamais, lorsqu'il s'agissait des intérêts de la *rodina.*

SAS RUSSIE COLLECTOR

Suivez les missions du Prince Malko

De l'URSS de Staline . . .

A la nouvelle Russie de Vladimir Poutine

Imprimé en Espagne par
Liberdúplex
à Sant Llorenç d'Hortons (Barcelone)
en décembre 2019

ÉDITIONS GÉRARD DE VILLIERS

N° d'imp. : 80652
Dépôt légal : Janvier 2020
53798/61